Inhalt

1. Kapitel

Wohin gingen meine Träume, wenn ich erwachte?

Diese Frage stellte ich mir immer öfter. Fielen sie in einen tiefen Schlaf, während ich selbst wach war? Träumten sie ihren eigenen Traum? Und wenn ja, wie sah der wohl aus? Kam ich darin vor?

Verrückt, oder?

Ob es daran lag, dass ich Schriftstellerin war und mir solche verqueren Gedankengänge ständig im Kopf herumspukten, oder daran, dass ich viel lieber in meinen Träumen lebte, weil mir mein bewusstes Leben einfach nur noch zuwider war, konnte ich nicht genau sagen. Jedenfalls machte ich mir ernsthaft Gedanken darüber, und zwar solange, bis die Synapsen in meinem Kopf rebellierten und mir meine Grübelei mit einer fiesen Migräne bestraften.

Das Ende vom Lied: Ich verzog mich in mein Schlafzimmer, schloss die Welt vor mir aus und verharrte in vollkommener Dunkelheit, bis ich endlich einschlafen konnte und das Träumen von vorne begann.

Es war ein Teufelskreis, und zwar einer der gemeinen Sorte. Ständig musste ich dagegen ankämpfen, mich in Welten zu flüchten, die so fern meiner Realität lagen. Doch das Sehnen blieb hartnäckig in mir verankert. Regelrecht festgebissen hatte es sich in meinem Herz.

Mein echtes Leben wich so weit von meiner Wunschvorstellung ab, dass es schon fast lächerlich war. All das, was ich mir erhoffte, ja regelrecht erflehte, funktionierte nur in meinen Büchern. Ein Kosmos voller Möglichkeiten tat sich auf, sobald ich einen Stift zur Hand nahm und auf ein leeres Blatt Papier hinabblickte. Doch wenn ich mir mein eigenes Leben hätte schreiben müssen, wären wohl nur Kritzeleien und Endlosspiralen dabei herausgekommen.

Überbordende Fantasie gepaart mit einer soziopathischen Grundeinstellung – das ging meistens daneben. So auch an diesem regnerischen Tag …

»Erde an Juliet!«, drang ein Zischen an mein Ohr und ich drehte den Kopf.

»Hmh?«

Ich blickte in die Augen von Geraldine Hicks, die mich kopfschüttelnd betrachtete. Geraldine war meine Verlegerin, und für den heutigen Tag hatte sie mir mal wieder eine Signierstunde aufs Auge gedrückt. Dass diese ausgerechnet in Los Angeles stattfinden musste, würde ich ihr nie verzeihen können, denn ich hasste diese Stadt. Alles war zu groß, zu laut und zu dreckig. Außerdem bekam man den Eindruck, die gesamte Oberflächlichkeit der Welt hätte sich hier in menschlichen Narzissten konzentriert, und an dieser Tatsache konnte auch die Schönheit des Pazifiks nicht ändern.

»Träumst du? Ich hab dich schon drei Mal gerufen«, erboste sie sich.

»Muss daran liegen, dass du mich Juliet genannt hast«, grummelte ich.

Gott, ich hasste diesen Namen. Juliet Romero – mein Pseudonym. Geraldine und der Verlag dachten, der Name würde sich viel besser für Liebesromane und

Dramen eignen als mein eigener. Dass sie nicht noch einen Romeo aus dem Nachnamen machten, konnte ich gerade noch so verhindern. Was war an Aspen White so verkehrt?

»Verdammt, Juliet, würdest du dich jetzt bitte zusammenreißen?«

Nervös rutschte Geraldine auf ihrem Stuhl hin und her, und ich warf ihr ein breites, künstliches Lächeln zu. Danach widmete ich mich wieder der Schlange an mir unbekannten Menschen, die sich von unserem Tisch, quer durch die Buchhandlung, bis hinaus auf die Straße zog.

Eine Frau mittleren Alters knallte mir mein letztes Werk vor die Nase und tippte hektisch mit dem Finger auf den Deckel.

»Können Sie *Für Greta* schreiben?«

»Ja, kann ich. Soll ich auch?«, grinste ich in mich hinein und spürte umgehend einen Tritt von Geraldine gegen meinen Unterschenkel.

»Ähm …?«, blickte mich Greta fragend an.

»Schon gut. Nur ein Scherz«, brummte ich und signierte ihr das Buch. »Bitteschön.«

»Danke«, lächelte sie und drückte den Band fest an ihre Brust. Und schon machte sie der Nächsten Platz.

Eine hagere, etwas ältere Frau stand nun vor mir und reichte mir ihre Ausgabe von *Mohnblumen unter dem Regenbogen*.

»Würden Sie bitte *Für Bethany* signieren?«, fragte sie höflich.

»Natürlich«, nickte ich und fing an zu schreiben.

»Wissen Sie«, fuhr sie fort, »ich besitze all Ihre Bücher. Ich liebe sie. Aber wieso mussten Sie in diesem Malcolm sterben lassen?«

Oh nein! Bitte nicht! Ich hasste diese Diskussionen. Was sollte man darauf antworten? Weil es meine Geschichte ist und ich verdammt noch mal sterben lassen kann, wen ich will? Weil ich es liebe, meine Protagonisten, und damit auch die Leser, leiden zu lassen? Lieber nicht, sonst würde mich Geraldine an Ort und Stelle erwürgen.

»Er war ein Arsch und hatte es verdient«, antwortete ich stattdessen und erntete umgehend den nächsten Tritt. »Ein süßer zwar, aber ein Arsch«, versuchte ich, die Situation wenigstens ein bisschen zu retten.

Etwas verstört blickte mich Bethany an, doch zum Glück drängelte die Dame dahinter so sehr, dass sie sich mit einem gequälten *Danke* entfernte.

Scheiße, ich hatte das Gefühl, diese Schlange nahm kein Ende. Diesen Tag würde ich auf jeden Fall fett und rot in meinem Kalender anstreichen. Ich hasste ihn jetzt schon.

Als die Buchhandlung endlich ihre Tore schloss, schickte ich ein Stoßgebet zum Himmel. Jetzt nur noch raus hier, und zwar so schnell wie möglich!

Ich hatte Hunger, und Geraldine lud mich zum Edel-Italiener um die Ecke ein. Noch bevor meine Bolognese Nudeln den Tisch erreichten, hatte ich bereits eine halbe Flasche Rotwein intus, und Geraldine musterte mich kopfschüttelnd.

»Was ist bloß mit dir los, Aspen?«, fragte sie, und ihr Tonfall sollte wohl beruhigend auf mich wirken, aber genau das Gegenteil war der Fall. Ich fühlte mich angegriffen und wollte eigentlich nur meine Ruhe haben.

»Was soll mit mir los sein? Du weißt, wie ich diese Menschenaufläufe hasse, und ständig zwingst du mich dazu.«

Ich nahm einen weiteren Schluck Wein zu mir, und Geraldine tat es mir seufzend nach. Als sie das Glas wieder absetzte, blickten ihre Augen tief in meine.

»Hey, du weißt, dass du deinen Lesern ein wenig Kontakt schuldig bist. Sie lieben deine Bücher, und ein wenig Liebe solltest du an sie zurückgeben.«

»Ich schulde ihnen gar nichts«, fauchte ich.

»Das glaubst du nicht wirklich!«

»Doch. Genau das glaube ich. Niemand zwingt sie, meine Bücher zu lesen. Ich bin nur für das Schreiben verantwortlich. Und du weißt, ich gebe immer mein Bestes. *Das* bin ich ihnen schuldig, nicht mehr und nicht weniger!«

»Du bist eine unausstehliche Zicke, Aspen, weißt du das?«, zischte Geraldine und wischte sich mit der Serviette einen Rest Rotwein aus dem Mundwinkel.

»Und du eine fordernde Nervensäge.«

Zum Glück kam der Kellner mit unserem Essen und unterbrach damit fürs Erste unser Streitgespräch. Gedankenverloren kaute ich auf der Pasta herum, und gleich, wie gut sie auch schmeckte, ich hatte Probleme damit, sie runterzuschlucken. Als ob mir jemand eine Hand um die Kehle gelegt hätte und immer weiter zudrückte. Schweigend aßen wir einen Bissen, da ergriff Geraldine wieder das Wort. Wieso konnte sie nicht ein Mal still sein?

»Aspen, ich meine es doch nur gut. Merkst du denn nicht, wie du dich immer mehr zurückziehst? Ein regelrechter Menschenfeind bist du geworden. Diese Einsamkeit in deiner Hütte, die tut dir einfach nicht gut.«

Gequält spülte ich den letzten Bissen mit einem Schluck Wein hinunter und schob den Teller mit dem Rest der Nudeln von mir weg.

»Nein, Geraldine. Es ist genau umgekehrt. Die Menschen mögen mich nicht. Und ich muss mir das nicht ständig aufs Neue beweisen lassen. In meiner Hütte, wie du sie nennst, da fühle ich mich wohl. Wenn ich dort bin, geht es mir gut, und wenn es mir gut geht, kann ich schreiben. Du solltest dankbar dafür sein, anstatt mir vorzuwerfen, ich wäre ein Psychopath.«

»Das habe ich nie behauptet!«, empörte sie sich. »Ständig verdrehst du mir die Worte im Mund. Verdammt, Aspen, ich bin deine Freundin!«

»Dann sei auch eine, und lass mich mein Leben leben, wie ich es will. Ich muss los, mein Flugzeug wartet nicht.«

»Du willst jetzt noch zurück?«

»Ja. Ich halte es in dieser Stadt keine Minute mehr aus. Außerdem ist Devil alleine. Er wartet bestimmt schon auf mich.«

»Devil kann besser auf sich aufpassen, als du auf dich. Ich bin enttäuscht, Aspen. Wirklich enttäuscht.«

»Das tut mir sehr leid, aber ich kann es nicht ändern«, flüsterte ich und rief den Kellner wegen der Rechnung. Geraldine übernahm sie, und ich dankte ihr dafür, aber jetzt wollte ich nur noch weg.

»Rufen Sie mir bitte ein Taxi zum Flughafen?«, bat ich die Pomadenfrisur mit Fliege.

»Ich kann dich fahren!«, warf Geraldine ein, doch ich schüttelte den Kopf.

»Bemühe dich nicht!«

»Sehr gerne, Ma'am«, bestätigte der Kellner und machte sich wieder davon.

»Wer hat dir bloß so viel Schlimmes angetan, dass du denkst, niemand mag dich leiden?«, bohrte Geraldine weiter.

»Wo soll ich anfangen? Lass mich überlegen! War es Jason, der drei Tage vor unserer Feier die Verlobung gelöst hat, weil ich seiner Mutter nicht in den Kram passte? Oder vielleicht mein Dad, der meine Mom und mich sitzengelassen hat, als ich gerade mal sechs Jahre alt war? Nein, warte, das kann ich toppen! Wie wäre es mit Daniel, den ich im Bett erwischt habe? Mit einem Kerl!«, wurde ich wütend.

»Aspen ...«

»Oder wie wäre es mit den Lesern, die sich persönlich beleidigt fühlen, weil ihnen meine Story nicht passt, da sie lieber eine ganz andere gehabt hätten? Hast du mal gesehen, wie unverschämt beleidigend sie werden können? Und von all denen mal abgesehen, siehst du eigentlich überhaupt noch, was in der Welt los ist? Nein, Geraldine. Ich bin die Menschen müde. Es gibt kein Ehrgefühl mehr, keine Loyalität. Höflichkeit ist eine ansteckende Krankheit, die man tunlichst vermeiden sollte. Und vor allem gibt es keine Liebe mehr. Was denkst du, wieso alle Welt Romanzen kauft?«

»Nicht alle sind so!«

»Kann sein. Nur kenne ich keinen davon.«

»Na, danke auch«, stöhnte meine Verlegerin und ich zuckte zusammen.

»Tut mir leid, du weißt, so hab ich das nicht gemeint.«

»Weiß ich das? Du behandelst mich nicht besonders gut in letzter Zeit.«

Jetzt tat sie mir wirklich leid. Geraldine war eine liebenswerte Frau, die viel für mich getan hatte, und die stets meine Launen ertrug. Ich wollte nicht, dass sie sich mies fühlte. Aber sie konnte mich einfach nicht verstehen.

»Gerry«, drückte ich ihre Hand. »Du weißt doch, dass du der einzige Grund bist, wieso ich mich immer wieder hinter dem Ofen hervorlocken lasse. Du weißt, dass ich dich mag. Und ich schätze deine Freundschaft. Aber bitte, verlange keine Dinge von mir, die mir nicht guttun.«

So liebevoll, wie es mir nur möglich war, blickte ich sie an, und sie zwang sich zu einem Lächeln.

»Schon okay, Aspen. Deine Schuhe, nicht wahr? Ich muss ja nicht darin laufen. Aber ich mache mir wirklich Sorgen um dich.«

»Musst du nicht. Ich schicke dir die neuen Seiten des Manuskripts zu, sobald ich sie noch mal durchgesehen habe.«

»Ja, ist gut.«

»Da kommt mein Taxi«, lächelte ich und schnappte meine Tasche.

»Ich begleite dich noch hinaus.«

Ich zog meine Jacke an und hinter Geraldine verließ ich das Lokal.

»Also. Wir sehen uns«, drückte ich sie noch einmal.

»Ja, bestimmt. Komm gut nach Hause. Und streichele Devil für mich.«

»Mach ich. Bis dann.«

»Bis dann.«

Ich drehte mich um und wollte zum Taxi gehen, als mir jemand zuvorkam und die hintere Tür öffnete. Ein großer Kerl mit dunklen Haaren und einer kichernden Blondine am Arm, drängte sich einfach vor und ließ seine Begleitung einsteigen.

»Hey, warten Sie mal, das ist mein Taxi!«, lief ich hinüber und beschwerte mich aufs Heftigste. Was fiel denen überhaupt ein?

Der Kerl drehte sich zu mir um. Graue Augen blitzten mich aus einem gebräunten Gesicht an, und ein unverschämtes Lächeln umspielte seine Mundwinkel.

»Ich kann nirgendwo deinen Namen erkennen, Süße«, lachte er dreckig, und ich war angesichts so viel Niedertracht schockstarr geworden. »Mach dich mal locker. Du bist ja steifer als mein Schwanz!«

Seine Begleitung lachte laut und ordinär, und ich war entsetzt über so viel Unverfrorenheit.

»Das … das ...«, stammelte ich nur.

»Mund zu, es zieht!«, lachte er mich aus und stieg ebenfalls ein. Fünf Sekunden später waren sie verschwunden.

Mir traten Tränen der Wut in die Augen, als mir Geraldine ihren Arm um die Schultern legte.

»Vergiss sie einfach. Komm, ich fahre dich.«

»Verstehst du jetzt, was ich meine?«, heulte ich beinahe und sie nickte.

»In etwa. Vergiss ihn. Er war einfach nur ein Arschloch.«

Tröstend führte mich Geraldine zu ihrem Prius und ich stieg ein.

»Wieso habe ich immer solches Pech mit Kerlen?«, seufzte ich. »Selbst die, die ich gar nicht kenne, sind gemein zu mir. Hab ich irgendwo einen Zettel an mir kleben, auf dem *Mach mich fertig* steht?«

Geraldine kicherte neben mir auf dem Fahrersitz. »Nein, hast du nicht. Aber schon mal über Karma nachgedacht? Du bist auch nicht nett zu den Menschen, also warum sollten sie es zu dir sein?«

»Ich bin nur deshalb nicht nett, weil sie damit angefangen haben. Nur leider hören sie nicht auf damit«, versank ich beinahe in Selbstmitleid.

Die fast dreißigminütige Fahrt zum Los Angeles Flughafen verbrachten wir damit, darüber zu diskutieren, warum meine Lage, in der ich mich befand, so erbärmlich war. Eine Antwort fanden wir aber beide nicht.

»Eines Tages wirst du jemanden finden, der dich zurück ins Leben führt, Aspen«, rief sie mir noch zwinkernd zu, als ich ihr Auto verließ.

»Dein Wort in Gottes Gehörgang«, lächelte ich und schlug die Tür zu.

Endlich! Jetzt musste ich nur noch mein Flugzeug erwischen.

2. Kapitel

Wäre ich mir nicht zu albern vorgekommen, hätte ich nach meiner Landung in Gardiner wohl Purzelbäume geschlagen, so glücklich war ich, wieder hier zu sein. Als ob ich vier Wochen in der Hölle verbracht hätte und nicht bloß einen einzigen Tag in Los Angeles. Es war ja nicht so, dass ich eine Ahnung davon hatte, wie es in der Hölle so zuging, aber ich konnte mir durchaus vorstellen, sie käme einer Großstadt gleich.

Atmen!

Hier, am Rande der Wildnis, konnte ich es, und das, obwohl ich noch immer in der kleinen Propellermaschine saß, die nun langsam ausrollte. Die Enge hier drin machte mir nichts aus, denn nur ein einziger weiterer Passagier, der mich den ganzen Flug über in Ruhe gelassen hatte, befand sich mit mir zusammen in der kleinen Kabine. Und auch wenn es schon spät und dunkel war, wusste ich, was ich bald wieder sehen, riechen und fühlen würde: Endlose Wälder, mächtige Berge, auf deren Spitzen schon der erste Schnee den Boden bedeckte und den Yellowstone River, der wild und majestätisch zu ihren Füßen floss. Dazu einen Himmel, so blau und klar bei Tage, und in der Nacht übersät mit Myriaden von Sternen, dass ich mich nie entscheiden konnte, welcher Anblick der schönere war.

Montana – weites Land! Sie hätten keinen besseren Namen für diesen Staat finden können als Treasure State oder Big Sky Country, wie man ihn auch bezeichnete. Doch hier in Gardiner, einem neunhundert Seelen Städtchen, wurde selbst dieser Name dem Land nicht gerecht. Von meiner *Hütte* aus, wie Gerry meine Lodge immer herablassend bezeichnete, konnte ich bis nach Wyoming blicken, und hier oben befand sich außerdem das nördliche Tor zum Yellowstone Nationalpark.

Weite!

Das war es, was ich brauchte, und was meiner Seele guttat. Nur hier konnte ich aufleben, Kraft tanken und mein verträumtes Kopfkarussell rotieren lassen, ohne mich erklären zu müssen. Hier fand ich die Ruhe und die Inspiration, die ich für meine Romane brauchte. Vielleicht hätte ich sie in einer Stadt auch irgendwann gefunden, doch vermutlich wären am Ende lediglich psychopathische Horrorgeschichten dabei herausgekommen. Da blieb ich doch lieber bei meinen Romanzen.

Nein, die Stadt war nichts für mich. Jedes Mal, wenn ich mich in einer befand, hatte ich das Gefühl, ich würde langsam, aber stetig vertrocknen, wie eine Primel in einer Wüste, während einer Jahrtausenddürre. Außerdem kam ich dort mit den Menschenmassen nicht klar. Menschen machten mir Angst. Vor allem die der Spezies Mann. Dazu kam meine Abneigung gegen jedwede Art von Trends, und wenn man den neuesten nicht hinterherhechelte, galt man eh schon als verschrobener Außenseiter und wurde entweder belächelt oder mitleidig angeguckt. Nein, die Stadt war ganz und gar nichts für mich. Da blieb ich lieber hier in der Einsamkeit. Einsam, aber glücklich!

Endlich blieb der Flieger stehen und ich stand auf. Die Tür wurde geöffnet, die dreistufige Treppe hinabgelassen und der Pilot persönlich verabschiedete uns mit einem freundlichen Gruß.

Ein kalter Wind schlug mir sofort entgegen, als ich nach draußen trat, und es nieselte, daher klemmte ich die Laptoptasche unter meinen Arm und zog die Kostümjacke etwas mehr zu. Es fröstelte mich ein wenig, doch es machte mir nicht viel aus. Kälte war ich gewohnt, und der frische Duft des leichten Regens war mir zehnmal lieber, als die schwüle Hitze in Kalifornien.

Auf dem Parkplatz vor dem Flughafengebäude wartete mein Auto auf mich, das ich am frühen Morgen dort abgestellt hatte, und schon von Weitem konnte ich sehen, dass mir jemand einen Zettel hinter den Scheibenwischer geklemmt hatte. Ich hoffte, dass es kein Knöllchen war. Eigentlich konnte das nicht sein, und ich war mir keiner Schuld bewusst, etwas Falsches getan zu haben, aber man konnte ja nie wissen.

Eilig stöckelte ich auf meinen Heels hinüber zu meinem Chevy Silverado, und ich wusste, bevor ich nach Hause fahren könnte, musste ich zuerst meine Schuhe tauschen. Auf meinen konnte ich kaum laufen, geschweige denn mit ihnen fahren. Doch zuerst entfernte ich den Zettel an der Scheibe. Es war *kein* Knöllchen, sondern wohl nur irgendein Werbeflyer, den ich mir später ansehen wollte, darum steckte ich ihn weg.

Mühselig kramte ich den Schlüssel aus meiner Handtasche und versuchte, ihn richtig zu greifen. Doch als ich es fast geschafft hatte, rutschte mir meine Laptoptasche von der Schulter. Natürlich wollte ich sie auffangen, damit sie nicht zu Boden fiel, doch dabei ließ ich meinen Schlüssel los, der nun stattdessen hinabplumpste. Wankend hoffte ich, ihn mit meinem Bein an seinem Fall hindern zu können, doch ich war zu langsam. Statt mit dem Oberschenkel, traf ich ihn mit meinem Fuß und kickte ihn unters Auto. Verflucht!

»Ganz ruhig, Aspen!«, seufzte ich. »Alles ist gut. Beruhige dich, lege die Taschen ab, krieche unter den Wagen und hol dir den Schlüssel zurück. Du bist bald zu Hause!«

Ärgerte ich mich gerade schwarz? Natürlich tat ich das! Solche Sachen passierten mir ständig. Immer verzettelte ich mich wegen irgendwas und manchmal kam ich mir vor wie der größte Tollpatsch der Welt. Multitasking schien auf mich nicht anwendbar, weshalb ich es für einen Mythos hielt, auch wenn es bei anderen augenscheinlich funktionierte.

Ich legte die Tasche mit dem Laptop und meine Handtasche auf das Dach des Silverados und beugte mich hinab, doch das reichte nicht. Ich konnte den Schlüssel nicht sehen.

»Nein ...«, zog ich das Wort gequält in die Länge, denn ich wusste, was nun kam.

Stöhnend ging ich auf die Knie und kroch unter den Wagen. Es dauerte keine zwei Sekunden, bis meine Vorderseite völlig durchnässt war. Kalt rann das Regenwasser unter mir hindurch und ich griff blind in die Dunkelheit. Endlich bekam ich den verdammten Schlüssel zu fassen, und rutschte zurück, um unter dem Auto hervorzukriechen.

»Nettes Hinterteil«, ertönte eine tiefe, männliche Stimme, und ich erschrak mich darüber so sehr, dass ich hochzuckte, und mir dabei am Boden des Autos den Kopf anstieß.

»Aua«, klagte ich und schob mich mühsam rückwärts, bis ich endlich aufstehen konnte.

»Scheiße, Sie sehen jämmerlich aus!«, erklang erneut die Stimme, zu der ich nun ein Gesicht hatte.

Vor mir stand ein Mann, meiner Einschätzung nach um die einsfünfundachtzig groß, ziemlich breit und er dürfte in etwa mein Alter gehabt haben. Er trug eine dicke Jeansjacke mit Lammfellfutter, in deren Taschen er seine Hände vergraben hatte, sowie Jeans und Boots. Ein kurzgeschorener, dunkler Bart säumte sein Gesicht und ebensolche dunklen Augen musterten mich amüsiert, wie ich an dem Zucken seiner Mundwinkel erkennen konnte.

»Finden Sie das witzig?«, zickte ich ihn an.

»Im Gegenteil. Eigentlich wollte ich einer Lady in Not helfen, doch ich war wohl zu langsam. Jetzt bleibt mir nur noch, den sexy Anblick zu genießen.«

Er zog eine Hand aus seiner Tasche und deutete auf meinen Oberkörper. Als ich an mir hinabblickte, sah ich mit Entsetzen, dass das Regenwasser meine weiße Bluse völlig durchnässt und damit durchsichtig gemacht hatte. Deutlich zeichneten sich mein BH und die Wölbung meiner Brüste ab, sodass ich verschämt meine Jacke zuknöpfte.

»Sie finden es *doch* witzig«, grummelte ich und er lachte laut.

»Ach, kommen Sie. Ich meine es doch nicht böse. Hab schon Schlimmeres gesehen.«

»Falls Sie sich beliebt machen wollen, haben Sie eine sehr seltsame Art, das zu tun. Was machen Sie so spät überhaupt hier?«

Gardiner war ja nun nicht der größte Ort. Ich kannte zwar nicht jeden, aber *ihn* hatte ich hier noch nie gesehen. Allerdings könnte das damit zu tun haben, dass ich mich, außer im Supermarkt, auf der Bank, der Post und an der Tankstelle, kaum irgendwo unter die Menschen mischte.

»Arbeiten«, antwortete er knapp.

Wollte ich wissen, was? Eher nicht.

»Ich heiße übrigens John. John Gatlin.«

Bitte nicht! Einen Namen zu kennen, bedeutet, sich irgendwann daran erinnern zu müssen, und zwar spätestens bei der zweiten Begegnung!

Ich starrte nach unten auf seine kräftige Hand, die sich mir entgegenstreckte und seufzte. Es war zu spät! Aus dieser Nummer kam ich nicht mehr raus, wollte ich nicht als unfreundlichste Person Gardiners in die Annalen der Stadtschreibung eingehen. Zaghaft ergriff ich sie.

»Nett, Sie kennenzulernen, John. Mein Name ist übrigens ...«

»Aspen White. Ich weiß«, lächelte er. »Freut mich, Ihre Bekanntschaft zu machen.«

Ich lief rot an. Nicht, weil mir sein Wissen peinlich war, aber weil er sich verdächtig machte. Woher kannte er meinen Namen? Ein Stalker? Ein Perversling?

»Woher …?«

»Keine Angst. Ich bin weder ein Stalker noch ein Perversling. Ich habe Ihre Parkplatzbuchung gesehen.«

Jetzt las er auch noch meine Gedanken!

»Oh!«, sagte ich nur und schluckte die Unterstellung, die mir ihm gegenüber vor zwei Sekunden noch im Kopf herumspukte, ganz schnell runter. »Dann sind Sie …?«

»Ich passe hier spätabends auf die Autos auf. Keine unberechtigten Parker, keiner, der einem das Auto schrammt und verschwindet. Solche Dinge halt. Und ich wollte Sie wirklich nicht erschrecken.«

John Gatlin lächelte, und irgendwie erschien er mir nun ganz sympathisch. Strahlend weiße Zähne in geraden Reihen blitzten mich an, und nur ein etwas zu spitzer Eckzahn mogelte sich unter sein perfektes Gebiss. Sehr süß, irgendwie sexy und definitiv ein Blickfang.

»Ich weiß. Tut mir auch leid, dass ich eben so zickig war, aber ich hatte einen harten Tag. Ich will Sie auch nicht länger aufhalten.«

»Tun Sie nicht. Mein Dienst ist vorbei. Wo wohnen Sie?«

Konnte ich ihm das sagen? Brachte ich so viel Vertrauen auf?

»Nun ja, ich habe eigentlich keine Adresse.«

»Quatsch. Jeder hat eine.«

»Ich nicht. Nur 'ne behelfsmäßige. Ich wohne oben auf dem Berg. In … einem Holzhaus. Am ...« Wieso geriet ich ins Stocken?

John lächelte sanft, und mir war die Sache peinlich. »Wo schickt man Ihre Post hin?«

»Romero Lodge«, flüsterte ich beinahe, doch er hatte es wohl verstanden, denn seine Augen wurden groß.

»Romero Lodge? Dann sind Sie die Schriftstellerin?«, fragte er, und sein Blick zeigte Verwunderung.

»Tja, da haben Sie mich wohl erwischt«, lächelte ich.

John fing laut an zu lachen und rieb sich mit den Händen zuerst durch sein dichtes, schwarzes Haar, bevor er sich am Bart kratzte.

»Was gibt es da zu lachen?«

»Ich weiß auch nicht«, grinste er. »Ich dachte immer, da wohnt eine verschrobene, dicke alte Dame mit weißen, dünnen Haaren.«

»Sehen Schriftstellerinnen für Sie so aus?«, giftete ich leicht, doch schon wieder fing mich sein Lächeln ein. Ich hatte keine Ahnung, wie er das machte. Wieso unterhielt ich mich schon so lange mit ihm? Und weshalb gab ich ihm so bereitwillig Auskunft? Das entsprach überhaupt nicht meinem vorsichtigen Wesen, und er war ein völlig Fremder für mich.

»Irgendwie schon«, kicherte er jetzt albern. »Keine Ahnung. Ehrlich gesagt, ich habe noch nie eine kennengelernt. Muss aufregend sein.«

»Ganz und gar nicht«, seufzte ich, denn ich wusste, alles Aufregende in meinem Leben spielte sich höchstens in meinen Büchern ab. »Hören Sie, John Gatlin. Es hat mich wirklich gefreut, Sie kennenzulernen. Aber mir wird langsam kalt, ich bin müde und durchnässt, und ich will jetzt einfach nur nach Hause.«

John runzelte die Stirn. »Natürlich. Wo habe ich nur mein Benehmen gelassen. Entschuldigen Sie. Ich hole nur schnell mein Auto, dann bringe ich Sie heim.«

WAS?

»Nein, ich habe selbst einen Wagen«, versuchte ich ihn von seinem Vorhaben abzubringen.

»Ja, ich weiß. Aber es ist weit nach Mitternacht, Sie sind alleine und Sie müssen auf einer unbeleuchteten Straße den Berg rauf. Ich begleite Sie, bis Sie sicher zu Hause sind.«

»Das ist wirklich sehr nett, aber ...«

»Lassen Sie schon mal den Wagen an. Bin sofort da!«

John sprintete los und ich rannte im Geiste vor ihm davon. Ich hatte mich überrumpeln lassen!

Stöhnend öffnete ich endlich die Tür meines Trucks und stieg ein. Meine Sachen warf ich achtlos auf den Beifahrersitz und wechselte die Schuhe.

Ich hatte noch nicht mal richtig ausgeparkt, als mich ein Hupen erschreckte. Ein Blick durch mein Seitenfenster zeigte mir einen silbernen Pickup-Truck, der neben mir stand und durch dessen Seitenfenster mir ein fröhliches Lächeln entgegenschlug. Ich hatte wohl keine Chance, Mister Gatlin zu entkommen. Langsam fuhr er vor, und ich folgte ihm.

Der Regen nahm stetig zu, und als wir die ungeteerte Zufahrtsstraße zu meinem Haus erreichten, hatte sie sich bereits in eine glitschige Piste verwandelt. Mehrmals spürte ich, wie das Heck meines Wagens leicht schlingerte, und komischerweise überfiel mich plötzlich ein Gefühl der Dankbarkeit, die roten Rücklichter vor mir zu sehen. Noch nie hatte ich mir bis dato darüber Gedanken gemacht, was geschehen würde, sollte mir hier oben etwas zustoßen, und es tat gut zu wissen, dass ich gerade nicht alleine war.

Froh darüber, endlich meine Einfahrt erreicht zu haben, stellte ich den Wagen vor dem Garagentor ab, schnappte meine Sachen und stieg aus. John hatte sein Auto schon durch den Wendehammer gefahren und hielt genau vorm Eingang. Die Lichter am Wagen erloschen, und nur noch der diffuse Schimmer der Eingangslampe über meiner Haustür leuchtete schwach zu uns herüber, als John ausstieg.

»Nein!«, schrie ich ihm noch zu, doch es war zu spät.

Hinter seinem Truck näherten sich schleichend zwei leuchtende Augen, langsam, beobachtend, und ich wusste, wer das war.

»Devil, nicht!«, rief ich, und als John meinen Blick sah, wirbelte er herum.

»Oh Gott!«, keuchte ich und rannte zu ihm hinüber, als der Pelz auf vier Beinen beschleunigte. Es sah aus, als würde er zum Sprung ansetzen, doch mitten im Lauf hielt er inne.

John war in die Knie gegangen, und Devil schien verwirrt zu sein über die fremde Stimme, die ihm sanfte Worte zumurmelte. Er wurde immer langsamer und fast demütig senkte er sein Haupt. John hielt ihm seine weit ausgestreckte Hand hin, und zaghaft schnupperte Devil daran. Endlich erreichte ich beide, und erleichtert atmete ich durch, als John ihm über den Kopf streichelte und Devil es mit einem leisen Winseln quittierte.

»Gott sei Dank«, krächzte ich und rief Devil zu mir, der mich nun endlich überschwänglich begrüßte. »Tut mir leid, John«, entschuldigte ich mich. »Ich hätte Sie vorwarnen müssen. Das hätte übel ausgehen können. Mein Hund ist fremde Menschen nicht gewohnt. Ich hätte nicht gedacht, dass er so friedlich bleiben würde.«

John erhob sich und musterte mich fragend. »Wolf«, meinte er trocken und sagte kein weiteres Wort.

»Was?«

»Ich glaube, Sie haben mich verstanden. Aspen, das ist kein Hund, sondern ein Wolf! Lateinisch Canis Lupus, schon mal gehört? Um genau zu sein, es ist ein Mackenzie-Wolf!«

»Nein«, wiegelte ich ab und wedelte mit den Händen. »Das ist ein Schäferhund. Deutsch oder belgisch. Glaube ich.« Ich biss mir auf die Lippe und starrte ihn mit großen Augen an.

»Ma'am, ich weiß, wie ein Wolf aussieht.«

Ma'am? Das hörte sich verdammt ernst an, und ich seufzte.

»Na schön. Sie haben recht. Es ist ein Wolf«, gestand ich meinem Gegenüber kleinlaut. »Und jetzt? Wollen Sie mich melden?«

»Kommt darauf an. Erklären Sie es mir«, forderte er und ich wusste, würde ich es nicht tun, hätte ich ein Problem. Ein großes Problem sogar, und das konnte ich im Moment einfach nicht gebrauchen.

»Ich würde es gerne versuchen. Aber nicht hier draußen. Mir ist wirklich kalt. Kommen Sie mit rein, damit ich Ihnen wenigstens einen Tee anbieten kann? Oder was immer Sie wollen.«

Sah ich da ein kleines Zucken seines Mundwinkels? Wollte er gerade ein Lächeln vor mir verbergen?

»Da sag ich nicht nein.«

Nervös lief ich zur Haustür, um zu öffnen, John immer dicht hinter mir. Mir war, als könnte ich seinen Atem im Nacken spüren, und ich bekam Gänsehaut.

»Devil«, rief er plötzlich laut, sodass ich zusammenzuckte, und schon kam mein *Haustier* ums Auto herumgeschossen, lief wedelnd auf ihn zu und folgte ihm in mein Haus. »Hört aufs Wort«, grinste mich mein nächtlicher Besucher jetzt an und kopfschüttelnd schloss ich die Tür hinter uns.

»Einfach geradeaus durch die Tür ins Wohnzimmer«, nuschelte ich, denn ich fühlte mich mehr als unwohl. »Ich zieh mir nur schnell etwas Trockenes an.«

»Hmh, ist gut. Ich warte.«

Lässig trabte John davon, und ich rannte die Treppe hinauf in mein Schlafzimmer. Schnell entledigte ich mich der nassen Kleider und zog Sweatshirt, Jogginghose und Hausschuhe an. Dann beeilte ich mich, zu meinem Gast zu kommen. Der saß mittlerweile im Wohnzimmer auf der Couch und sah sich in aller Ruhe um.

»Darf es ein Tee sein oder möchten Sie lieber etwas anderes?«, rief ich ihm aus der Küche zu.

»Tee ist in Ordnung. Keine Milch, keinen Zucker. Wenn möglich etwas Zitrone.«

»Wenn möglich etwas Zitrone«, wiederholte ich seine Worte abfällig. »Nänänänänä ...«

Nein, ich war nicht erfreut über meinen Gast. Erst lachte er über mich, dann überrumpelte er mich, um mit hierherzukommen, und nun hatte er mich in einer Defensive festgenagelt, der ich nicht so leicht entkommen konnte. Ich fühlte mich in eine Ecke gedrängt und in die Enge getrieben.

Eilig machte ich ein kleines Tablett mit Tassen, Löffelchen und einem Stück Zitrone in einer Teepresse fertig. Und Milch und Zucker! Ob er beides nun wollte oder nicht! Die Kanne Tee dazu. Fertig.

»Auf in den Kampf«, flüsterte ich zu mir selbst, bevor ich das Wohnzimmer betrat.

Dort angekommen, ließ ich fast das Tablett fallen. John saß auf der Couch, und Devil lag mit geschlossenen Augen zu seinen Füßen, den Kopf auf seine Schuhe gebettet. Als ich näher kam, bemerkte ich, dass John seine Jacke ausgezogen hatte. Eine breite Brust, die ich vorher seiner dicken Jacke zugeschrieben hatte, offenbarte sich mir unter seinem Jeanshemd, dessen Ärmel hochgekrempelt waren und den Blick freigaben auf zwei kräftige, sehnige und tätowierte Unterarme. Im ersten Moment wusste ich nicht, ob mich das erschreckte oder faszinierte.

»Tee. Mit Zitrone.«

»Danke«, lächelte er mir wieder zu.

Ich goss ihm ein, setzte mich und sah ihm dabei zu, wie er die Zitronenscheibe auspresste.

»Sie scheinen eine besondere Wirkung auf Devil zu haben«, nahm ich das Gespräch wieder räuspernd auf.

»Finden Sie?«

»Ja. So ruhig erlebe ich ihn sehr selten.«

»Nun, er ist ein wildes Tier. Seine Instinkte werden Sie niemals ausschalten können. Dämpfen vielleicht, aber sie sind immer da. Und er ist ein Rüde.«

»Ja, das stimmt. Aber wieso hatten Sie ihn so schnell im Griff? Haben Sie ein Geheimrezept?«

John blickte mich an, dunkel, geheimnisvoll, und ich nahm einen großen Schluck Tee.

»Ich bin ein Alpha«, brummte er.

Ein Alpha? Den Begriff kannte ich nur in Zusammenhang mit gewissem Sexualverhalten dominanter Männer, und diese Aussage, in Verbindung mit dem Kerl neben mir, führte dazu, dass ich mich verschluckte und den Tee in meinem Mund auf seine Hose spuckte. Der nachfolgende Hustenanfall ließ Devil mit einem leisen Knurren aufspringen, und er verduftete erst einmal. Ich japste nach Luft.

»Geht's wieder?«, fragte John und ich nickte.

»Ja. Entschuldigen Sie. Das mit dem Tee ... Scheiße!«

Ich griff mir eine Serviette und versuchte, seine Hose in Oberschenkelhöhe trockenzureiben, doch der dunkle Fleck wollte einfach nicht verschwinden.

»Es tut mir so leid«, jammerte ich. »Ich befürchte, wenn ich noch länger reibe, wird er noch größer.«

Was hatte ich da gerade gesagt?

»Ja, das könnte passieren«, knurrte John nun zu allem Überfluss noch.

»Der Fleck! Ich meinte den Fleck!«

Wo war bloß das Loch, in dem ich gerade am liebsten verschwunden wäre? Wieso passierte mir ständig so etwas? Ich hätte laut losheulen können, so peinlich war mir das alles.

Seine kräftige, raue Hand ergriff meine und hielt sie fest. Mit seiner anderen nahm er mir die Serviette ab und warf sie aufs Tablett.

»Aspen?«

»Hmh?

»Schließ deine Augen.«

»Wieso?«

»Schließ! Deine! Augen!«

Das letzte Wort musste er gar nicht mehr aussprechen, denn da waren meine Lider bereits geschlossen.

»Und jetzt atme. Tief ein … und wieder aus. So ist es gut. Lass es strömen ...«

Ich atmete ein paar Mal, so, wie er es mir vorgab, und langsam wurde ich ruhiger.

»Geht's wieder?«, fragte er, und ich konnte nur nicken. »Sieh mich an!«

Ich öffnete meine Augen und blickte umgehend in seine.

»Du bist ein einziges Nervenbündel, Aspen«, sagte er kopfschüttelnd und erst jetzt bemerkte ich, dass er mich duzte. »Das überträgt sich auf den Wolf. Bist du immer so, oder liegt es nur an dem schlimmen Tag, den du hattest?«

Als ich darüber nachdenken musste, traten mir ein paar Tränen in die Augen, aber nicht so viele, dass ich hätte weinen müssen. Ich war einfach nur fertig, müde, und diese ganze Situation setzte mir mehr zu, als ich noch ertragen konnte.

»Du zitterst ja«, sorgte sich John und strich mir eine Haarsträhne aus dem Gesicht. »Du bist völlig übermüdet und gehörst in dein Bett. Über Devil können wir auch morgen noch reden. Ich sollte besser gehen. Danke für den Tee.«

»Morgen?«, fragte ich entsetzt, denn eigentlich wollte ich nur, dass er endlich geht und nicht wiederkommt. Oder nicht?

»Ja, morgen. Oder wäre es dir lieber, dass ich die Parkbehörde informiere?«

Unruhig rutschte ich auf meinem Platz hin und her. Ich hatte keinen blassen Schimmer, was mir passieren könnte, würde er es wirklich tun, aber wollte ich es darauf ankommen lassen? Lieber erst mal nicht. Dennoch startete ich einen Versuch, vielleicht doch noch mit einem blauen Auge aus dieser Angelegenheit herauszukommen.

»Das ist Erpressung«, stöhnte ich und John lachte.

»Ja, ist es. Aber du hast die Wahl. Die hat man übrigens immer.« Er stand auf und zog seine Jacke an, bevor er mich wieder fragend anschaute.

»Okay, du hast gewonnen«, gab ich seufzend nach. »Aber nicht vor Nachmittag. Ich schlafe für gewöhnlich sehr lange, und vor dem Mittagessen und zwei Kannen Kaffee kann ich nicht denken.«

»Schön. Dann sind wir uns ja einig. Ich werde erst gegen sechs Uhr vorbeischauen. Vorher schaffe ich es eh nicht.«

»Gut. Dann um sechs. Ich werde da sein.« Ich stand auf und begleitete ihn zur Tür. »Gute Nacht, John. Und danke fürs Begleiten.«

»Ma'am«, brummte er nur und lief zu seinem Wagen.

Mit Magengrummeln wartete ich an der Tür, bis seine Rücklichter nicht mehr zu sehen waren. Devil hatte sich an meine Seite geschlichen und wimmerte leise. Sanft streichelte ich ihm über den Kopf.

»Du magst ihn, hmh?«, lächelte ich ihm zu, doch eine Antwort blieb er mir schuldig.

Fragend blickte ich in das Dunkel des Waldes hinein und dann wieder zu meinem Wolf.

»Wie sieht es aus? Willst du die halbe Nacht lang deine Runden drehen oder gehst du mit schlafen?«

Ein nervöses Tippeln zeigte mir, wonach ihm mehr der Sinn stand.

»Na los. Lauf schon. Du weißt ja, wo morgen früh dein Futter wartet.«

Wie ein Pfeil schoss er los und verschwand unter den Bäumen, also schloss ich die Tür und begab mich zu Bett. Ein weiterer Tag konnte abgehakt werden.

3. Kapitel

Gegen sechs Uhr morgens riss mich mein Wecker aus meinen Gedanken. Ich konnte kaum die Augen offen halten, aber Devil war es gewohnt, um diese Zeit einen gefüllten Napf vorzufinden. Üblicherweise arbeitete ich an meinen Romanen bis in die frühen Morgenstunden und bevor ich zu Bett ging, machte ich ihm sein Futter fertig, denn um die Zeit kam er für gewöhnlich zurück von seinen Streifzügen. Ich schlurfte in die Küche, öffnete eine Dose Hundefutter und stellte den Napf auf seinen Fressplatz. Durch die Klappe käme er alleine ins Haus, darum musste ich mich nicht sorgen, also ging ich wieder ins Bett.

Gegen Mittag quälte ich mich aus den Federn und trank als Erstes einen großen Becher Kaffee. Um ihn genießen zu können, setzte ich mich raus auf meinen Balkon. Tief atmete ich die frische Luft ein, die nach dem gestrigen Regen besonders viel Sauerstoff zu enthalten schien, und sogleich fühlte ich mich besser. Ich liebte dieses Ritual, und beinahe erschien es mir, als würde mir der mittägliche Anblick der Natur meine inneren Kräfte auftanken.

Ich liebte dieses Land so sehr. Und ganz besonders diesen Ort. Hier kamen zur Winterzeit noch nicht tausende von Touristen zum Skifahren her, wie in anderen

Regionen des Staates. Ein paar waren zwar immer da, wegen der Nähe zum Nationalpark. Oder Familien, die in der Umgebung wohnten, schauten mal zum Kajakfahren oder Rafting vorbei. Doch ansonsten war es ruhig, und genau diese Ruhe brauchte ich für meine innere Stabilität.

In dem Moment, als ich es dachte, fiel mir John wieder ein und mit meiner Ruhe war es erst mal vorbei. Ich war zwiegespalten bezüglich meiner Gefühle für ihn. Letzte Nacht hatte er sich wie ein wahrer Gentleman benommen, aber dennoch war er in mein Reich eingedrungen, und das machte mich nervös. Wenigstens war er so nett gewesen, meine beiden peinlichen Aktionen freundlich zu übergehen. Vertrauen jedoch sah anders aus. Ich traute ihm nicht. Eigentlich traute ich niemandem …

Nachdem ich ausgetrunken hatte, brachte ich meinen leeren Becher zurück in die Küche, füllte ihn wieder auf und ging hinters Haus, um nach Devil zu sehen. Da er drinnen nicht zu finden war, schlief er wohl in seiner Hütte, denn er konnte wählen, ob er lieber hereinkam oder draußen blieb.

Man hat immer eine Wahl!

Schon wieder drängte sich John in meine Gedanken, und nachdem ich einen in seiner Hütte eingerollten Wolf sah, trollte ich mich wieder ins Haus.

Wollte ich etwas essen? Eher nicht. Die ersten beiden Stunden nach dem Erwachen bekam ich üblicherweise nichts runter, und so auch heute. Später würde ich mir einen Schinken-Käse-Toast machen, aber nicht jetzt.

Mein Blick fiel auf den blankgeputzten Napf von Devil, und ich nahm ihn auf, um ihn in die Spülmaschine zu räumen. Einer war wohl satt.

Gegen zwei gönnte ich mir ein heißes Bad, denn nach einem Niesen hatte ich Angst, mir eine Grippe oder Erkältung eingefangen zu haben. Ob dies allerdings der Vorbeugung diente, konnte ich nicht sagen, aber ich bildete es mir gerne ein. Anschließend zog ich meinen bequemen Jogginganzug an und bereitete mir meinen Toast zu, denn so langsam meldete sich mein Magen.

Da heute Sonntag war und keinerlei Hausarbeiten zu verrichten waren, setzte ich mich an meinen Schreibcomputer und sah durch, was ich zuletzt geschrieben hatte. Das tat ich immer, bevor ich neu ansetzte, doch es fiel mir schwer, mich zu konzentrieren, denn schließlich erwartete ich noch unangenehmen Besuch.

»Seine schlanken Hände mit den schmalen, fast filigranen Fingern, strichen über die zarte Haut unterhalb meines Kinns ...«, las ich mir leise die letzte Textstelle meines neuesten Werks vor.

In Gedanken versuchte ich, mir die Szene mit Miles Laughton, meinem Protagonisten, vorzustellen. Wie ein Film lief die Szene, bei der ich selbst die Rolle der Protagonistin Lorraine de Lac übernahm, in meinen Gedanken ab, und ich bekam einen Lachanfall.

»Das ist doch scheiße!«, grummelte ich und löschte den Satz, um neu anzusetzen. »Kräftige Hände legten sich in meinen Nacken, hielten mich und ließen kein Zurückweichen zu. Rau spürte ich seine Haut an meiner ...«, murmelte und tippte ich gleichzeitig, und je mehr ich schrieb, umso mehr kam ich außer Atem. »Verdammt!«, fluchte ich, als ich den Abschnitt beendet hatte.

Ich stellte fest, dass das zuletzt von mir Geschriebene überhaupt nicht zum Rest der Geschichte passte. Miles war von einem sanften, gefühlvollen Pianisten zu einem ungehobelten, groben, wenn auch wahnsinnig erotischen, Neandertaler mutiert! Und Lorraine von einer schüchternen, zurückhaltenden Adligen zu einem sexbesessenen Vamp!

Das ging gar nicht!

Ich markierte den gesamten Bereich und hielt meinen Finger über die *Delete* Taste, doch ich zögerte. Wollte ich das wirklich alles löschen? Noch einmal las ich mir die Szene durch. Sie war gut. Richtig gut sogar, doch sie passte weder zu meinem Manuskript noch zu mir als Schnulzenschreiberin schlechthin. Was war da bloß in mich gefahren?

Klick!

Weg war die Szene!

»Oh Mann ...«

Heute war nicht mein Tag, das spürte ich in jeder einzelnen Nervenzelle. Mein Kopf war nicht frei und ich wusste, in solchen Momenten machte es keinen Sinn zu schreiben. Vielleicht sollte ich lieber lesen. Oder essen. Oder noch mehr Kaffee trinken.

Der Werbeflyer fiel mir wieder ein, also kramte ich ihn aus meiner Handtasche. Da hatte sich wohl eine neue Firma im Ort angesiedelt, die in den schwer zugänglichen Gebieten den Müll abholen käme, insofern man ihre Dienste in Anspruch nahm. Eine großartige Idee! Natürlich schafften es die großen Müllfahrzeuge nicht bis hier nach oben, und so musste ich meinen Müll immer zur örtlichen Sammelstation bringen, was manchmal mehr als lästig war, vor allem wenn es geschneit hatte. Ich beschloss, gleich morgen dort anzurufen, also sicherte ich den Flyer an meiner Pinnwand, damit er mir nicht verlorenging. Danach wurde die nächste Tasse Kaffee fällig.

Mittlerweile war es fünf Uhr und so langsam musste ich mir darüber klar werden, wie ich John Gatlin empfangen wollte. Behielt ich meinen Jogginganzug an oder wollte ich mich noch schnell umziehen? Bei einem Blick in den Spiegel stellte ich fest, dass ich mehr als nur armselig aussah in meinem Schlabberlook, darum schlüpfte ich schnell in eine bequeme Stretchjeans und tauschte die ausgetretenen Puschen gegen ein paar Sneakers. Das Sweatshirt behielt ich an und ich befand, ich wirkte sportlich in diesem Outfit, obwohl ich der größte Sportmuffel aller Zeiten war, aber das brauchte er ja nicht zu wissen.

Kurz vor sechs. Nervös kaute ich auf meinen Nägeln herum und die Stille im Haus machte es nicht besser. Jedes noch so kleine Geräusch, ob es das leise Brummen des Kühlschranks war oder das rhythmische Ticken der Wanduhr, förderte meine innere Unruhe noch mehr. Plötzlich erklang ein Heulen von Devil, und ich erschrak mich fast zu Tode darüber. Wölfe bellen nicht, sie heulen. Ich fragte mich noch, was sein Anlass dafür war, als ich ein Auto vorfahren hörte. Das musste John sein, und Devil hatte seine Anfahrt wohl schon früher wahrgenommen. Schnell lief ich zur Tür, um meinem Besuch zu öffnen.

John war schon ausgestiegen und kam lächelnd auf mich zu. Mein Herzschlag beschleunigte sich, doch ich war mir nicht sicher, wieso. Ob es daran lag, dass mir nun eine Befragung bevorstehen würde, oder daran, dass er in seinem rot-schwarz-karierten Hemd und seiner tiefsitzenden Jeans zum Anbeißen aussah, konnte ich nicht sagen. Zumindest bewirkte eins davon, dass meine Abneigung gegen dieses Treffen plötzlich an Intensität verlor.

Im Augenwinkel sah ich, dass Devil hinter dem Haus hervorgeschossen kam und wie ein Strich auf John zurannte. Doch der hob nur kurz die Hand und brüllte ihm ein lautes »Stopp!« entgegen. Devil hielt sofort inne, den Schwanz ganz leicht zwischen seine Beine geklemmt. Dann kam John zu mir.

»Hey, Aspen. Da bin ich«, begrüßte er mich und gab mir ein Küsschen auf die Wange.

»Hey. Was hast du mit Devil gemacht?«, fragte ich, als ich meinen Wolf auf seinem Allerwertesten sitzen sah, als wäre er unfähig, sich zu bewegen.

»Er ist nicht die Nummer Eins im Haus, das muss er lernen. Das bist nämlich du, und dir gehört die erste Aufmerksamkeit.«

John drehte sich um, pfiff und klopfte sich auf den Schenkel. Sofort kam Devil angerannt und leckte ihm die Hand ab.

»Ja, guter Junge«, lächelte John, und ich lächelte mit.

»Wirst du ihn mir wegnehmen?«, fragte ich dennoch skeptisch.

John rümpfte die Nase. »Lass uns erst mal reden.«

Er folgte mir ins Haus, und ich bat ihn, draußen auf dem Balkon Platz zu nehmen.

»Willst du was trinken?«

»Nein, danke.«

Schüchtern setzte ich mich zu ihm, und er schien zu überlegen, wie er anfangen wollte mit seiner Befragung.

»Wie kam es dazu?«, fragte er schließlich und zeigte auf Devil, der es sich mal wieder zu seinen Füßen bequem gemacht hatte, und ich dachte an die Zeit vor zwei Jahren zurück, als ich das süße Fellknäuel gefunden hatte. Einsam, winselnd und vor Hunger schreiend. Es tat mir immer noch weh, wenn ich daran dachte.

»Es ist etwas mehr als zwei Jahre her, da hab ich ihn bei einem Spaziergang durch den Wald gefunden. Ich wusste damals nicht einmal, dass er ein Wolf war. Ich dachte, jemand hätte einen Hundewelpen ausgesetzt. Er stand wohl kurz vorm Verhungern. Glaubte ich jedenfalls. Hätte ich ihn zurücklassen sollen?«

»Nein, natürlich nicht«, schüttelte John den Kopf. »Aber du hättest ihn zu einer offiziellen Aufzuchtstation bringen können.«

»Das sind die, die die Wölfe später wieder auswildern, ich weiß. Und dann setzen sie sie aus, und irgendein bekloppter Wilderer oder Jäger erschießt sie dann, um sich eine Trophäe an die Wand zu hängen!«

Beim Thema Jäger redete ich mich gerne in Rage, so auch dieses Mal. Ich hasste solche Menschen. Es war was anderes, wenn man durch die Jagd sich selbst und seine Familie ernährte, aber bei Wölfen ging es rein ums Prestige und um die Lust am Töten. Ich verachtete das.

»Ja, das ist in der Tat ein Problem, aber es wird besser, seit sich die Wildhüter für sie stark machen. Beinahe hundert Wölfe konnten wieder im Park angesiedelt werden und erst jetzt sieht man, wie viel Gutes sie bewirken. Und sie vermehren sich.«

Davon hatte ich schon gehört. Die Wölfe regulierten die Population der Pflanzenfresser, wodurch ganze Gegenden ein Wachstum an Bäumen und Sträuchern erfuhren, da weniger junge Triebe gefressen wurden. Dadurch kehrten auch andere Tierarten zurück, und die Artenvielfalt im Park nahm zu.

»Warum macht man dann Jagd auf sie?«, fragte ich betrübt.

»Weil die Idioten einfach nicht aussterben wollen. Ich nehme an, Devils Mutter war auch ein Opfer von ihnen.

Möglicherweise ist das Rudel in Panik geflüchtet und sie haben den Kleinen zurückgelassen. Hättest du ihn nicht gefunden ...«

»Wäre er jetzt tot, ich weiß.«

John blickte mich liebevoll an. »Du hast ein gutes Herz, Aspen White.«

»Was mir in Bezug auf Devil aber wohl nicht viel helfen wird, oder? Du wirst es melden, nicht wahr?«

John verzog einen Mundwinkel. »Es ist nicht erlaubt, Wildtiere als Haustier zu halten. Wenn sie es erfahren, wirst du gezwungen sein, ihn auszuwildern. Es ist zu gefährlich, sie an Menschen zu gewöhnen.«

»Ich weiß«, seufzte ich.

»Es ist gegen die Natur. Viele sehen in ihnen Schmusetiere, die sie nicht sind. Sie bringen ihnen Kunststückchen bei und prahlen damit vor ihren Bekannten. Das ist einfach nicht richtig.«

»Da bin ich ganz bei dir. Ich habe aber vor niemandem geprahlt, und ich habe ihm auch keine Kunststückchen beigebracht. Im Gegenteil. Ich füttere ihn und lasse ihm ansonsten seinen Willen. Meistens weiß ich nicht einmal, wo er sich aufhält.«

»Das ist gut«, konnte John wieder lächeln.

»Manchmal kommt er rein, legt sich zu mir und holt sich ein paar Streicheleinheiten ab. Das ist aber schon alles. Ich würde ihm niemals seine Freiheit nehmen.«

»Du bist sein Rudelmitglied. Da er sonst keins hat, kommt er immer wieder zurück zu dir. Der einsame Wolf auf der Suche nach ein wenig Zuneigung.«

»Ja, mag sein. John?«

»Ja?«

»Bitte, melde ihn nicht. Ich könnte es nicht ertragen, würde man ihn irgendwo einsperren.«

Mein Besucher blickte lange zu Devil und dann wieder zu mir. Mein Herz klopfte bis zum Hals, denn ich wollte meinen Wolf nicht in einem Gefängnis sehen.

»Ich werde ihn nicht melden. Aber versprich mir, dass du ihn ziehen lassen wirst, wenn es so weit ist.«

»Ziehen lassen?«, fragte ich erschüttert.

»Der Tag wird irgendwann kommen, Aspen. Da bin ich ganz sicher.«

Mit Tränen in den Augen nickte ich. »Ich verspreche es. Solange man ihn nur nicht einsperrt.«

»Gut«, klatschte John in die Hände. »Dann wäre das ja geklärt. Ich mach mich mal wieder auf den Weg.«

»Du willst schon gehen?«, fragte ich, und seltsamerweise schwang Enttäuschung in meinen Worten mit.

»Ich muss. Meine Arbeit am Flughafen wartet. Ein weiterer einsamer Wolf, nur ist dieser auf der Jagd nach Parksündern«, grinste er.

»Okay, das verstehe ich. Ich begleite dich noch hinaus.«

An der Haustür angekommen, lief mir ein kleiner Schauer über den Rücken, denn es war kühl geworden.

»Du zitterst ja schon wieder«, bemerkte es auch John.

»Mir ist nur kalt. Ich werd mir gleich eine Weste überziehen.«

»Du hast einen wundervollen Kamin. Mach dir ein Feuer an.«

»Könnte ich, wenn ich Holz hätte«, grummelte ich und verdrehte dabei die Augen.

»Du bist nicht sehr praktisch veranlagt, kann das sein?«, ärgerte er mich und lachte.

»Nicht wirklich.«

»Okay«, lächelte er. »Ich bin dann mal weg.«

»Ja, ist gut.«

»Bis dann, Aspen.«

»Wiedersehen.«

John stieg in seinen Truck und fuhr davon. Ich spürte Erleichterung, denn er hatte mir Devil gelassen. Doch auch etwas anderes verspürte ich, nämlich, dass ich gerne noch ein Weilchen länger mit ihm geredet hätte.

Da wurde mir plötzlich klar, ich mochte ihn. Er war nett, höflich und ich hatte keine Angst vor ihm. Nicht mehr. Das war mehr, als ich von jedem anderen Mann behaupten konnte. Außerdem war er so ziemlich der Einzige, den ich im Ort nun näher kannte, ließ ich doch sonst nie jemanden in mein Leben.

Zwei kurze Begegnungen nur. Und auf einen Schlag fühlte ich mich einsam …

4. Kapitel

John hatte mir etwas zum Nachdenken mitgegeben und so verbrachte ich in den nächsten beiden Tagen viel Zeit damit, Devil intensiv zu beobachten, doch sein Verhalten schien sich nicht verändert zu haben. Er schlief tagsüber viel und drehte nachts seine Runden.

Natürlich war er ein wildes Tier, das steckte ihm einfach im Blut. Nie wusste ich, wo er sich in der Nacht herumtrieb, was er machte, doch niemals hätte ich ihn gezwungen, gegen seine Natur zu leben.

Dennoch, die kurzen gemeinsamen Stunden mit ihm taten meiner Seele gut, denn ich fühlte mich nicht ganz so allein. Vermutlich erging es ihm ebenso.

Mit zugekniffenem Auge linste ich nach meinem Computer. Seit dem kläglichen Versuch vom Sonntag war mir kein einziges Wort mehr geglückt. Ich steckte fest. Schreibblockade könnte man es nennen, aber das war es nicht wirklich. Ich zweifelte plötzlich an meiner Story und das war mir vorher noch nie passiert. Miles erschien mir zu glatt, Lorraine einen Ticken zu dumm und alles miteinander viel zu schnulzig. Ich brauchte einen neuen Plan, und zwar schnell.

Ich beschloss, Geraldine erst mal die letzten Kapitel zu schicken, damit sie beruhigt war und mir keine lästigen Fragen stellte.

Nachdem ich alles in einen Umschlag gesteckt hatte, fuhr ich an diesem Mittwochmorgen zur Post. Im Ort würde ich dann noch ein paar Einkäufe erledigen und wenn ich schon mal da war, gleich noch den Wagen betanken.

Als ich mein Auto vor der Post parkte, kam mir eine Gruppe Schüler entgegen, die wohl einen Ausflug machten. Schnell lief ich hinein, denn Kinder waren mir unheimlich und ich konnte nicht wirklich viel mit ihnen anfangen. Meinen Brief gab ich auf und vertrödelte noch etwas Zeit vor dem schwarzen Brett mit den diversen Aushängen. Ich schaute mir die einzelnen Sachen, die dort hingen, nicht wirklich an, aber ich hoffte, wenn ich wieder zu meinem Wagen ging, wären die Kids außer Sicht, und so war es dann auch.

Die Tankstelle lag auf dem Weg zum Supermarkt, also stand das Benzin als Nächstes an. Nachdem ich zwei Minuten auf eine freie Zapfsäule gewartet hatte, fuhr ich vor, stieg aus und öffnete den Tankdeckel. Etwas unbedacht legte ich ihn auf der Säule ab, wo er zu kreiseln begann. Da ich in einer Hand meinen Schlüssel und in der anderen schon den Tankschlauch hielt, ahnte ich, was passieren würde und konnte nichts dagegen tun. Der Tankdeckel tänzelte nach vorne, kippte über den Rand, fiel hinab und - natürlich - rollte unters Auto!

»Shit, fuck und fahr zur Hölle!«, fluchte ich, und klinkte den Schlauch erst mal wieder ein.

Ich bückte mich am Heck und schaute unter den Truck. Natürlich lag das Scheißding ziemlich mittig und ich wusste, ich würde schon wieder kriechen müssen. Seufzend ging ich auf die Knie und schob mich nach vorne.

»Seltsam. Jedes Mal, wenn ich dir begegne, streckst du mir dein Hinterteil hin. Ist das 'ne seltene Form der Anmache? Ein Ritual, das ich noch nicht kenne? Oder lässt du einfach nur gerne Dinge fallen?«

Oh bitte, nicht schon wieder! Was machte John denn hier? Und wieso stellte ich mich immer wieder so bescheuert an?

»Hi, John«, knurrte ich unter dem Wagen hervor. »Bin gleich bei dir. Mir ist der Tankdeckel runtergefallen und ich komme nicht ran.« So sehr ich mich auch streckte, ich erreichte ihn nicht.

»Aspen?«

»Ja?«

»Komm mal da raus.«

»Ich kann nicht. Ich muss versuchen, ihn von hier zu schnappen. Von vorne oder der Seite komme ich erst recht nicht ran.«

»Aspen, ich sagte, komm da raus. Du verbrennst dich noch am Auspuff, also beweg deinen süßen Arsch. Ich hol dir das Ding.«

Das war natürlich ein Angebot, und so peinlich es mir auch war, ich wusste, ich selbst käme da niemals ran. Also zurückkriechen. Vor Anstrengung musste ich einen ganz roten Kopf gehabt haben, und meine Haare fielen mir wild ins Gesicht. Ich strich sie nach hinten und lächelte John an.

»Ich mach das wirklich nicht mit Absicht. Mir passieren ständig solche Sachen, und ich weiß nicht, warum. Aber danke für den süßen Arsch.«

John grinste und ich nahm es mit Humor. Das musste ich tun, sonst hätte ich mir schon längst die Kugel gegeben, bei dem ganzen Pech, das an meinen Sohlen zu kleben schien.

»Was machst du überhaupt hier?«, fragte ich neugierig, denn zwei Begegnungen in so kurzer Zeit, die hatte ich noch mit niemandem hier.

»Arbeiten.«

»Arbeiten? Ich dachte, du arbeitest am Flughafen.«

»Ja, auch. Spät abends. Hier bin ich nur mittwochs und freitags und auch nur morgens.«

Schön, er hatte zwei Jobs und wohl seine Gründe dafür, doch ich wollte nicht nachhaken.

»Hast du 'nen Besenstiel oder so was?«, fragte ich stattdessen.

»Hast du 'nen Autoschlüssel?«

»Ja, hier. Wieso?«

John nahm ihn kopfschüttelnd in die Hand, stieg ein und fuhr zwei Meter vor. Da lag er, der Tankdeckel!

Sofort errötete ich wegen meiner eigenen Blödheit, und ich hätte schwören können, der Deckel lachte mich aus!

John kam zurück und winkte mit dem Schlüssel, bevor er das ungezogene Ding aufhob und mir beides in die Hand drückte.

»Danke«, würgte ich hervor und wäre mal wieder am liebsten im Erdboden verschwunden.

»Gern geschehen. Kann ich sonst noch etwas für dich tun?«

»Nein. Ich muss nur tanken und danach fahre ich einkaufen.«

»Lass mich das machen mit dem Benzin. Nicht, dass du mir hier noch alles in die Luft jagst.«

»Ha ha!«, grummelte ich, doch mehr konnte ich nicht mehr sagen, denn er nahm mir wieder den Schlüssel ab, setzte den Truck zurück und steckte den Einfüllstutzen in den Tank.

»Volltanken?«

»Ja, bitte.«

Da standen wir nun und beobachteten die Tankanzeige, wie sie sich drehte. Niemand sagte ein Wort. Als es klickte, zog John den Stutzen raus, hängte ihn ein, schraubte den Tankdeckel auf und wandte sich mir zu.

»Aspen ...«

»John ...«

Zeitgleich flossen die Namen von unseren Lippen, und die Situation war auf eine niedliche Art peinlich.

»Du zuerst«, bat ich ihn.

Er kratzte sich am Kinn und fischte nach Worten. Während er noch überlegte, erkundeten meine Augen seine ganze Gestalt. Die breiten Schultern, die tätowierten Arme. Und auch die kräftigen Oberschenkel. Wollte ich einen Blick zwischen ... Nein! Auf keinen Fall!

»Ich wollte dir nur sagen, es muss dir nicht peinlich sein. Solche Dinge passieren anderen auch. Sie lösen sie nur etwas anders. Du bist ein wenig unkonventionell, was das betrifft, aber das macht dich sehr liebenswert.«

Jetzt errötete ich ob des Kompliments. Liebenswert – so hatte mich noch nie jemand betitelt.

»Danke, John. Es ist sehr nett von dir, dass du das sagst.«

»Nur die Wahrheit.«

Meine Wangen fühlten sich heiß an. Ein komisches Gefühl ...

»Ich werde in Zukunft darauf achten, nur noch mittwochs und freitags hier zu tanken. Der Service ist einfach unschlagbar«, lächelte ich und zwinkerte ihm zu.

»Tu das.«

»Okay. Dann danke noch mal. Ich werd dann mal fahren.«

Er drückte mir den Schlüssel in die Hand, und so gerne hätte ich wenigstens für den Bruchteil einer Sekunde seine Haut an meiner gespürt, doch mehr als vorsichtig überreichte er mir das kalte Metall.

»Hier.«

»Wir sehen uns.«

»Ähm, Aspen?«

»Hmh?«

»Du musst noch bezahlen.«

~

Eine weitere Peinlichkeit und einen Einkauf später, war ich wieder zurück auf meinem Berg und betrachtete mein Haus. Ich liebte es noch immer und mit ihm hatte ich mir einen Traum erfüllt, der mich von Kindesbeinen an begleitete.

Dicke Blockbohlen stapelten sich gewaltig in der Landschaft. Ein dreieckiger, überdachter Eingangsbereich mit großen, hohen Fenstern, die viel Licht hereinließen, thronte über allem, und innen war alles aus Holz und Naturstein. Hier war mein Nest. Hier fühlte ich mich geborgen und beschützt vor der Welt da draußen. Doch heute fehlte mir etwas. Wärme!

Seufzend verstaute ich meine Einkäufe, fütterte Devil, der sich gleich wieder trollte, und setzte mich an meinen Computer. Ich musste schließlich weiterkommen, denn Abgabetermin war Abgabetermin, und ich wollte Geraldine nicht enttäuschen.

In gewohnter Manier spulte ich mein Programm ab, und als sich gegen sieben Uhr abends mein Magen wütend zu Wort meldete, hatte ich nicht weniger als fünfzehntausend Wörter geschrieben.

Es ging voran, auch wenn ich nicht ganz zufrieden war. Etwas störte mich, doch ich wusste nicht, was es war, also entschied ich mich dazu, die Lösung dafür meiner Lektorin aufs Auge zu drücken.

In der Mikrowelle machte ich mir ein paar Dosenravioli warm und verschlang sie gierig. Beim Schreiben vergaß ich oft alles um mich herum, so auch das Essen. Und kochen war mir viel zu aufwändig für mich alleine, sodass ich mich traurigerweise meistens von so etwas ernährte. Dabei kochte ich eigentlich gerne.

Nach dem Essen setzte ich mich wieder an meine Arbeit, bis ich gegen Mitternacht so müde wurde, dass ich mich nicht mehr konzentrieren konnte. Zum Zähneputzen musste ich mich regelrecht zwingen, und ich war glücklich, endlich in die Federn fallen zu können.

Über mir prasselte der Regen aufs Dach und spielte eine Melodie, derer ich niemals überdrüssig wurde. Ich liebte den Klang der Tropfen und jetzt im September kam oft noch das Heulen des Windes dazu, wenn es stürmte, so wie in dieser Nacht. Mein letzter Blick fiel auf die leere Seite neben mir, dann löschte ich das Licht.

Kaum hatte ich mich eingekuschelt, hörte ich ein leises Kratzen auf dem Parkettboden und musste lächeln.

»Hey, Devil. Ist es dir draußen zu nass heute Nacht?«

Ein kurzes Jaulen erklang.

»Na komm.«

Mit einem Satz war er neben mir im Bett und ließ sich den Kopf kraulen.

»Ich bilde mir mal ein, du hast gespürt, wie alleine ich mich heute fühle, oder Dicker?«, fragte ich, doch natürlich kam keine Antwort. »Aber wenigstens haben wir uns. Ich hoffe, das wird sich auch so schnell nicht ändern.«

Devil kratzte sich mit seiner Hinterpfote am Kopf und rollte sich dann ein.

»Schlaf gut«, wünschte ich ihm noch, bevor auch ich langsam ins Reich der Träume eintrat.

Gegen sechs in der Früh bereitete ich ihm wieder sein Futter vor, was er gierig verschlang. Eigentlich erwartete ich, dass er sich gleich wieder auf den Weg nach Nirgendwo machte, aber heute blieb er an meiner Seite. Er folgte mir wieder ins Bett und stand gegen elf Uhr mit mir auf. Wo ich mich auch befand, stets saß oder lag Devil neben mir. Tiere hatten wohl doch einen Sinn dafür, wie sich ihre Lieben gerade fühlten, und ich fühlte mich an diesem Donnerstag irgendwie neben mir.

Dennoch – meine Geschichte wartete auf mich, und so verschränkte ich die Finger ineinander, ließ einmal kurz die Gelenke knacken und haute in die Tasten. Von Tag zu Tag lief es auch wieder besser. Miles wurde wieder der feinfühlige Pianist, den ich für ihn auserkoren hatte und Lorraine seine ihn anschmachtende Adelsdame.

Ab und zu telefonierte ich mit Geraldine, die mich glücklicherweise zu keinen weiteren öffentlichen Auftritten zwang und so fügte ich mich langsam, aber sicher wieder in meine eigene kleine Welt ein.

Die kurzzeitige Welle, die John geschlagen hatte, war abgeebbt, mein See wieder glatt und ruhig. Und genauso sollte es auch sein.

5. Kapitel

Die Tage zogen ins Land, und mit jedem weiteren hielt der Herbst immer schneller Einzug. Die Blätter der Laubbäume verfärbten sich und täglich segelten mehr zu Boden. Doch noch waren die Äste nicht kahl, und die Sonne gab in diesen Spätsommertagen ihr Bestes, den Herbst noch eine Weile lang auszusperren.

Mit einer dicken Strickweste um meine Schultern, ging ich, mit Bleistift und Zeichenblock bewaffnet, hinaus auf meinen Balkon, um die letzten wärmenden Sonnenstrahlen einzufangen. Ich setzte mich und kritzelte ein paar Zeichnungen der Landschaft aufs Papier. Malen entspannte mich, und ab und zu benutzte ich es einfach, um im Kopf klar zu werden und die Gedanken neu zu ordnen.

Es war bereits nach fünf Uhr mittags, und die Sonne stand so tief, dass sie den Himmel in den schönsten Farben malte. Nicht mehr lange und ich würde die Ölheizung anwerfen müssen, wenn meine Finger beim Schreiben nicht klamm werden sollten. Aber erst mal vollbrachte dies auch ein wärmender Tee.

Gerade trank ich einen Schluck, als ich Devil heulen hörte. Als ich vom Balkon hinabblickte, sah ich ihn nervös von rechts nach links laufen und immer wieder hob er den Kopf und schnüffelte in den Wind.

»Hey, was ist los mit dir? Hast du etwas gehört?«, fragte ich und hoffte, den Grund seines Benehmens herauszufinden. Ein paar Sekunden später wusste ich es. Ein Auto näherte sich.

Ich blickte den Hang hinab und dann sah ich ihn! Ein silberner Pickup steuerte auf mein Haus zu und ich wusste, das konnte nur einer sein: John!

Von jetzt auf gleich schlug mir mein Herz bis zum Hals. Erst recht, als ich an mir hinabblickte und erkannte, dass die Zeit niemals reichen würde, rein kleider- und frisurtechnisch gesehen, halbwegs ein menschliches Wesen aus mir zu machen!

»So ein Scheiß aber auch! Kann er nicht vorher anrufen?«

Natürlich konnte er das nicht. Woher sollte er auch meine Telefonnummer haben?

Panisch rannte ich zurück ins Haus, stürmte ins Bad und gönnte meinen Haaren wenigstens eine Bürste. Das Schlabbershirt, welches ich bereits den dritten Tag am Leib trug, zog ich aus und stopfte es in den Wäschekorb. Danach rannte ich ins Schlafzimmer, und als ich gerade in den Kleiderschrank griff, um mir ein frisches Shirt zu holen, läutete es schon an der Tür.

»Mist«, fluchte ich, und nahm das Erste, was ich erwischen konnte. Schnell zog ich es mir über, noch während ich die Treppen hinunterlief. Beinahe atemlos erreichte ich die Tür und öffnete.

»John!«, tat ich völlig überrascht und er starrte mich mit großen Augen an, bevor er einen Lachanfall bekam. »Was ist so lustig?«, fragte ich verwirrt.

»Empfängst du deine Gäste immer so?«, grinste er, und wischte sich die Tränen fort, die bereits über seine Wangen liefen.

»Wieso? Was ...« Ich blickte an mir hinab und sah die Bescherung. Ich hatte ein Shirt angezogen, auf dem ein Cartoon-Nilpferd im Tutu tanzte und darunter stand: I'm a sexy bitch! - Ich bin eine sexy Schlampe! Geraldine hatte es mir vor zwei Jahren zu meinem dreißigsten Geburtstag geschenkt. Sie fand es wohl witzig und hat sich damals ebenso darüber kaputtgelacht, wie John jetzt. »Oh Mann ...«, stöhnte ich.

»Hey, das ist witzig«, grinste er und ich schämte mich fast zu Tode.

»Hättest du es nicht einfach charmant übergehen können?«

»Hätte ich. Aber wo bleibt da der Spaß?«

»Was machst du überhaupt hier?«, hakte ich die Sache ab.

John zeigte auf seinen Truck. »Ich hab Holz für dich besorgt. Beste amerikanische Eiche. Perfekt für deinen Kamin.«

»Du hast was?«, staunte ich.

»Es wird kälter draußen, und ich will nicht, dass du frierst.«

Mein Herz schmolz gerade dahin, verflüssigte sich und sammelte sich zu seinen Füßen.

»Das ist wahnsinnig nett von dir, danke. Aber ich muss nicht frieren, ich habe eine Ölheizung.«

»Nichts geht über ein prasselndes Feuer im Kamin, Aspen. Und das brennt auch dann noch, wenn mal der Strom ausfällt. Das kann dir schneller passieren, als dir lieb ist.«

Da hatte er wohl recht. Gründe dafür konnte es viele geben. Zur Stromerzeugung nutzte ich eine Solaranlage auf dem Dach und ein dieselbetriebenes Stromaggregat, falls die Solarkollektoren nicht mehr reichten. Beides konnte kaputtgehen, und wenn man vergaß, den Dieseltank füllen zu lassen, bot auch das Aggregat keine Hilfe mehr. Und die Heizung brauchte nun mal Strom, sonst funktionierte die Pumpe nicht.

»Ich weiß gar nicht, was ich sagen soll. Dankeschön.«

»Keine Ursache. Wo soll ich es hinsetzen?«

»Ich weiß nicht. Es muss doch bestimmt trocken lagern, oder?«

»Wäre von Vorteil.«

Ich überlegte, welche Möglichkeiten ich hatte, und es blieb nur die Garage oder der Platz unter dem Balkon. Die Garage brauchte ich jedoch für mein Auto.

»Würde es unter dem Balkon gehen?«

»Sicher. Wenn du den Platz ansonsten nicht brauchst. Zeig mir, wohin damit, dann lade ich schon mal ab.«

»Einmal ums Haus herum«, sagte ich, und machte zwei Schritte nach vorne, um ihm den Weg zu zeigen.

Es passierte, was passieren musste. Die Tür hinter mir schlug zu und ich hatte mich ausgesperrt.

»Verdammt!«

»Was ist denn?«

»Die Tür. Hab mich mal wieder ausgesperrt.«

John blickte mich amüsiert und gleichzeitig bedauernd an.

»Kein Problem. Passiert mir nicht zum ersten Mal. Ich krieche nachher durch Devils Hundeklappe.«

»Das, oder du gehst durch die Garage«, lachte er.

»Wäre eine Möglichkeit, wenn ich die Tür zum Haus nicht abgeschlossen hätte. Ich habe viel zu viel Angst, sie nachts offen zu lassen.«

»Das ist auch besser so«, lächelte er nun und lief zu seinem Pickup. Die Arme schwingend, folgte ich ihm und ich war gespannt, was er mir mitgebracht hatte.

»Ach du heilige Maria!«, schlug ich die Hände über meinem Kopf zusammen, als ich die Menge an Holz sah, die er geladen hatte.

»So viel ist das gar nicht. Ich bringe dir morgen noch eine Fuhre.«

»Noch eine?«, fragte ich entsetzt.

»Glaub mir, du wirst sie brauchen. Das sind nur die Stämme. Ich werde sie für dich kamingerecht kleinhacken. Aber erst an Ort und Stelle. Hilfst du mir?«

»Natürlich. Kann ich die tragen?«

»Ich denke schon. Versuchs mal.« John legte mir ein langes Stück in die Arme. »Und?«

»Ja, das schaff ich.«

»Dann los!«

Er packte sich drei große Stämme in die Arme und ließ mich vorgehen. Noch bevor wir an die Ecke des Hauses kamen, sah ich, dass Devil vorsichtig dahinter hervorschaute. Als wir fast bei ihm waren, machte er einen Schritt nach vorne und wedelte freudig.

»Hey, mein Großer«, rief ihm John zu, doch mein Wolf blieb brav an Ort und Stelle. »Na komm, du darfst uns helfen.«

Wir gingen hinters Haus und Devil folgte uns. Als John sein Holz abgelegt hatte, klopfte er sich auf den Schenkel und Devil freute sich, dass er ihn nun endlich begrüßen konnte. Es war mir ein Rätsel, wie John das machte.

»Ja, du bist ein Teufelskerl«, lachte er, als Devil an ihm hochstieg, ihm die Pfoten auf die Schultern legte und einmal über sein halbes Gesicht leckte. John lachte herzhaft und mein Herz wurde weit. Es war ein wundervolles Bild, die beiden so zu sehen, und ich fragte mich, wer von ihnen wohl mehr Wildheit in sich trug.

Nach und nach verfrachteten wir das Holz unter den Balkon und stapelten es, so gut es ging, vor der Hauswand. Fast eine Stunde brauchten wir dafür und während Devil sich über jeden zurückgelegten Meter freute, den er neben John herlaufen durfte, war ich froh, als wir die Schlepperei endlich hinter uns gebracht hatten.

»So, das war's. Das letzte Stück. Platz genug hast du ja. Den Rest bringe ich morgen.«

»Okay. Wieder um die gleiche Zeit?«

»Morgen komme ich früher. Dann kann ich mit dem Kleinhacken anfangen, bevor es dunkel wird. Um drei bin ich da.«

John bestimmte es einfach so, und das widerstrebte meiner Natur. Ich wurde nicht gerne vor vollendete Tatsachen gestellt.

»Und was, wenn ich nicht zu Hause bin?«, schmollte ich.

»Wieso? Hast du was vor?«

»Nein, aber ...«

»Na siehst du. Na los, ab durch die Klappe. Ich warte, bis du drin bist.«

»Willst du mir wieder auf den Hintern starren?«

»In dem Outfit?«, grinste er. »Zieh nächstes Mal eine enge Jeans oder einen Rock an, dann können wir darüber reden.«

Ich kniete mich, um die Klappe zu erreichen, und zischte ein »Chauvinist«, durch die Zähne, bevor ich anfing, hindurchzuklettern. Als ich drin war, strahlte mich plötzlich Johns Lächeln an, und es sah so doof aus, wie er den Kopf hereinstreckte.

»Ist noch was?«

»Ich wollte dir nur sagen, ich habe mich geirrt. Dein Hintern sieht immer sexy aus, egal, was du trägst!«

»Verschwinde!«, stöhnte ich, doch ich musste innerlich lachen, als er sich zwinkernd zurückzog.

Devil folgte mir nach drinnen und beschnüffelte zuerst einmal ausgiebig seinen Eingangsbereich.

»Komm nicht auf die Idee, hier drinnen zu markieren. Ich weiß, dass das deine Tür ist«, kicherte ich und hoffte, er würde sich auch an meine Worte halten. »Na komm, lass uns was essen!«

Mittags hatte ich bereits Herz und Lunge für ihn abgekocht, die ich ihm nun unter etwas Reis mischte. Er liebte diese Kombination und so fiel er freudig über seinen Napf her. Ich selbst packte mir eine Pizza in den Ofen, und während sie backte, setzte ich mich im Wohnzimmer auf die Couch und stellte den Fernseher an, um mal wieder ein paar Nachrichten zu schauen. Es dauerte keine zwei Minuten, und ich machte es wieder aus. Manchmal konnte ich das Elend nicht ertragen, das überall in der Welt vor sich ging, und so auch heute.

Stattdessen schnappte ich mir ein Sofakissen und drückte es fest gegen meine Brust. Meine Gedanken wanderten zu John, und das ganz bewusst, denn sobald er ins Spiel kam, fühlte ich mich gleich besser.

Er war der freundlichste Mensch, dem ich je begegnet war. Zwar wirkte er wie ein großer, kräftiger Brummbär, aber das war er nicht. Er war aufmerksam, einfühlsam, hatte Humor. Und ganz freiwillig tat er Dinge für mich, um die ich ihn nicht gebeten hatte. Es war, als machte er sich meine Problemchen zu eigen und löste sie auf seine unkomplizierte Art.

Nur was *Alpha* bedeuten sollte, darüber machte ich mir noch ein wenig Kopfzerbrechen. Irgendwann würde ich ihn darauf ansprechen, denn was ich niemals tun würde, wäre, mich einem Mann unterzuordnen.

»Wahrscheinlich bedeutet es etwas ganz anderes und hat nichts mit Sex zu tun«, redete ich mit mir selbst. »Und wenn dem so ist, wird es nur peinlich. Du wirst schön deine Klappe halten.«

Sich über seine sexuellen Vorlieben Gedanken zu machen, grenzte eh an Blödsinn. Wir hatten uns gerade erst kennengelernt. Er war nett, keine Frage, und ein Bild von einem Kerl. Und er gab mir ein gutes Gefühl. Aber das war es auch schon. Für mehr hatte ich sowieso keine Nerven, denn ich wusste von vorneherein, wie es enden würde: Im totalen Chaos! Trotzdem freute ich mich auf den morgigen Tag, denn ich wusste, dann würde ich ihn wiedersehen.

Damit ich nicht wieder in so einem lächerlichen Aufzug vor ihn treten würde, legte ich am Abend schon meine Kleidung für den nächsten Tag raus. Jeans, Karobluse und Stiefeletten. Ich würde zeitig aufstehen, duschen und mich ein wenig aufhübschen. Wenigstens ein Mal wollte ich bei John einen positiven Eindruck hinterlassen und als ich zu Bett ging, betete ich, dass ich den Tag ohne größere Katastrophen überstehen würde.

Am nächsten Morgen wachte ich gut gelaunt und sehr zeitig auf, was entweder daran lag, dass ich relativ früh zu Bett gegangen war, oder daran, dass ich mich auf John freute. Selbst Devil flüchtete bei so viel guter Stimmung, trällerte ich doch lautstark die Songs mit, die das Radio spielte.

Noch vor Mittag überlegte ich, womit ich John eine Freude machen könnte, und so beschloss ich, einen Käsekuchen zu backen. Es gab keinen Mann, den ich kannte, der nicht auf Kuchen stand, also warum nicht auch er? Außerdem war Wochenende, da durfte man ruhig mal sündigen.

Nachdem ich ihn aus dem Ofen geholt hatte und zum Abkühlen auf die Arbeitsplatte stellte, ging ich ins Bad. Ich duschte, zog mich an und föhnte meine Haare.

»War ja klar!«

Stöhnend betrachtete ich die störrigen Zauseln, die sich heute einfach mal wieder nicht bändigen lassen wollten. Wieso machten sie das immer nur, wenn ich etwas vorhatte?

Ein Griff in den Schrank, und ich zauberte das Brenneisen hervor, um mir ein paar Locken einzudrehen. Ich wollte keine Shirley Temple Locken, aber wenigstens ein paar leichte Wellen, damit ich nicht so streng aussah. Oder plattgedrückt. Oder spröde. Kein Vergleich erschien mir gut genug, also heizte ich das Eisen auf, während ich mich schminkte. Ein paar Hautirritationen ausgleichen, getönte Tagescrème auftragen und die Augen und Wimpern mit etwas Mascara und Kajal betonen. Das war es schon. Ich ging ja nicht in die Disco. Danach widmete ich mich meinen Haaren.

Die linke Seite brachte ich zügig in Form, und endlich zeigte sich etwas Glanz auf meinen rotbraunen Haaren. Zufrieden widmete ich mich meiner rechten Seite und malte mir aus, ob es John auffallen würde, dass ich mir heute besonders viel Mühe gab.

John …

Seufzend setzte ich mich auf den Rand der Badewanne, als meine Gedanken zu ihm schweiften. Er war ein außergewöhnliches Exemplar von einem Mann. Groß, stark, durch und durch männlich und ganz ohne Schnickschnack. Kein Gel in den Haaren. Keine gezupften Augenbrauen, wie man sie immer öfter bei Männern sah. Keine glatte Gesichtshaut, sondern ein Bart. Mochte ich Bart überhaupt?

Bisher eigentlich nicht, aber zu ihm passte er einfach. Er war das Abbild eines rauen Naturburschen, und wenn ich mein Herzklopfen richtig deutete, hätte ich gerne ein wenig in seinem Revier gewildert. Nur ein kleines bisschen. So …

»Scheiße!«, unterbrach ich meine sehnsuchtsvollen Gedanken, als ich einen unangenehmen Geruch wahrnahm und panisch aufsprang, um zum Spiegel zu springen.

Bei meinen abschweifenden Exkursionen in Johns Wildnis hatte ich völlig vergessen, dass ich das verdammte Brenneisen immer noch eingedreht hatte.

»Oh nein!«, schluckte ich, als ich im Spiegel die Bescherung sah.

Schnell versuchte ich, das Ding aus der vorderen Strähne zu ziehen, doch das war überhaupt nicht mehr nötig, denn es hatte sie einfach abgebrannt! Kleine, kaum wahrnehmbare Rauchkringel stiegen aus den Resten der Haare auf, die verbrutzelt, stinkend und gekräuselt vom Kopf wegstanden. Der Rest der einst schulterlangen Strähne lag jetzt im Waschbecken. Verbrannt, verkohlt, tot!

Wollte ich weinen? Ja, verflucht!

Ich sah auf meiner rechten Seite aus, als hätten die Mäuse an mir geknabbert.

»Das ist ein Albtraum«, jammerte ich, und kämmte die versengten Bröselreste der verbliebenen Haare raus, was es aber nicht besser machte. Ich sah scheiße aus, und ich war wirklich kurz vorm Heulen, denn da war nichts mehr zu retten.

Ich zog den Stecker des Eisens raus und legte es zur Seite, um mir das ganze Elend noch einmal genauer anzusehen.

»Du hast zwei Möglichkeiten«, raunte ich leise vor mich hin. »Du kannst losheulen wie ein Baby oder versuchst, das Beste daraus zu machen. Wie entscheidest du dich?«

Diese Frage stellte ich mir immer, wenn mir mal wieder etwas danebenging. Ich war nun mal ein kleiner Pechvogel, und darüber zu lamentieren, würde an der jeweiligen Situation weder etwas ändern, noch machte es sie besser. Glücklich zu sein, war meiner Meinung nach eine Entscheidung, und ich entschied mich meistens gegen das Resignieren. Und so auch heute. Einmal die Nase gerümpft, mir innerlich Mut zugesprochen, und schon blitzte die Schere in meiner Hand.

»Na dann!«

Zuerst kämmte ich ein paar Strähnen nach vorne über mein Gesicht. Zitternd setzte ich die Schere an und dachte an die Worte meiner Mutter, dass man sich niemals einen Pony selbst schneiden sollte. Doch an diesem Tag und bei dem Mausknabberschnitt zu meiner Rechten, blieb mir gar nichts anderes übrig.

Schnipp! Da fiel die erste Strähne und mein Herz wollte beinahe stehenbleiben. Vorsichtig schnitt ich weiter, immer Stückchen für Stückchen, und als ich fertig war, strahlte mich mein Gesicht mit einem frechen Pony aus dem Spiegel heraus an.

»Gar nicht mal so übel«, betrachtete ich mein Werk und ich war stolz auf mich, dass ich das alles einigermaßen hinbekommen hatte.

Meine Haare glänzten und wellten sich leicht, der Pony ließ mein Gesicht etwas ovaler wirken, und mein Selbstvertrauen stieg wieder auf ein erträgliches Maß an. Ich sah hübsch aus, frisch und ausgeruht. So konnte ich John empfangen.

Freudig legte ich mir etwas Musik auf und vertrödelte die Zeit mit Singen, gelegentlichem durchs Wohnzimmer tanzen und dem Warten darauf, dass mein einziger Freund hier aus dem Ort endlich den Berg heraufgefahren kam.

Als ich Devil heulen hörte, da wusste ich, jetzt konnte es nur noch Sekunden dauern, bis er vor meiner Tür stand!

6. Kapitel

Noch bevor John den Truck abgestellt hatte, war ich an der Tür und lief ihm entgegen. Diesmal jedoch nicht ohne Schlüssel.

»Hey! Da bist du ja schon«, lächelte ich ihm zu, als er ausstieg.

»Ja, da bin ich. Und ich hab einiges ...« John stockte und musterte mich. »Du siehst verändert aus«, merkte er an und ich freute mich, dass es ihm aufgefallen war. »Deine Haare sind anders, oder?«

»Ja, ich habe jetzt einen Pony. Gefällt es dir? Ich wollte schon immer mal einen haben und ich dachte, jetzt wäre es an der Zeit.«

»Ja, er gefällt mir«, lächelte John und strich mit einem Finger locker durch meine Haare. »Aber jetzt will ich wissen, was du angestellt hast.«

Fragend durchdrangen mich seine dunkelbraunen Augen und ich machte einen Schmollmund.

»Sieht es so schlimm aus?«, grummelte ich und es war mir peinlich, aber John ergriff liebevoll meine Hand.

»Nein. Es sieht wirklich gut aus. Ganz ehrlich. Aber ich vermute, du hast das nicht ganz freiwillig gemacht, oder? Na sag schon, was ist passiert? Ich will nicht, dass du dich heute schlecht fühlst.«

»Ich hab mir mit dem Brenneisen eine Strähne weggesengt«, gab ich stöhnend zu und John lächelte.

»Gut. Ich bin froh, dass dir das passiert ist.«

»Froh?«

»Ja. Du siehst viel frecher aus. Jugendlicher. Mir gefällt es so.«

Mein Herz machte gerade einen Sprung über die Rockies und wieder zurück, streifte Johns Brustkorb und mogelte sich wieder laut klopfend zurück in meinen.

»Und das sagst du nicht nur so?«, fragte ich schüchtern.

»Nein«, schüttelte er den Kopf. »Ist meine ehrliche Meinung.«

»Danke«, konnte ich nur noch hauchen.

»Lass uns das Holz hinters Haus bringen, damit ich loslegen kann«, bat er mich und drückte mir einen Klotz in die Hand.

»Warte! Du hast was vergessen!«, hielt ich ihn auf, als er seinen von der Ladefläche nehmen wollte.

»Was denn?«

Ich schielte zur Hausecke und John lachte.

»Stimmt! Da war ja noch was. Oder besser einer. Na komm schon, Devil!«

Mit einem Affenzahn rannte mein Wolf auf John zu und jaulend begrüßte er ihn.

»Da hat wohl schon jemand auf mich gewartet«, lachte mein Holzlieferant.

»Ja, ganz bestimmt«, seufzte ich, und ich gestand mir ein, dass Devil nicht der Einzige war.

»Willst du helfen, mein Großer?«, grinste John und hielt ihm einen dünneren Ast hin, den Devil sofort in die Schnauze nahm. John riss ein paarmal dran, und Devil knurrte und prustete. »Na los!«

Wie der Teufel rannte er davon, das Stöckchen fest zwischen seine Beißer geklemmt.

»Du wirst ihm aber jetzt nicht beibringen, zu apportieren, oder?«, fragte ich skeptisch.

»Nein. Aber er freut sich, dass ihm sein Alpha etwas mitgebracht hat«, grinste John und mir wurde schon wieder ganz flau im Magen. Oder glühte es etwas tiefer?

»Okay«, piepste ich nur noch und John zwinkerte mir zu, bevor er sich seine Holzklötze schnappte.

Gemeinsam brachten wir alles unter den Balkon und schon wieder war eine Stunde ins Land gegangen. Ich setzte noch einzelne Stücke auf, als John mit einer Axt um die Ecke kam. Hatte ich jemals etwas gesehen, das so sexy aussah? Ich konnte mich jedenfalls nicht erinnern.

»Das wird eine Weile dauern und du solltest besser in Deckung gehen. Ich will nicht, dass ein Stück Holz wegfliegt und dich womöglich noch am Kopf trifft. Geh besser ins Haus. Ich mach das hier.«

Er schickte mich weg? Damit hatte ich nun nicht gerechnet, aber ich wusste, er meinte es nur gut.

»Okay. Ich bin auf dem Balkon. Ruf mich einfach, wenn du was brauchst.«

»Klar!«, bestätigte er mir und nahm sich den ersten Brocken Holz, den er auf einen noch größeren aufsetzte.

Ich hingegen trollte mich ins Haus, nahm mir eine Tasse Kaffee und ging raus auf den Balkon. Unter mir hörte ich bereits das polternde Geräusch von fallenden Holzstücken und die dumpfen Schläge der Axt, die immer wieder von Devils Jaulen unterbrochen wurden, wenn John sein Stöckchen wieder davonschleudern sollte.

Eine halbe Stunde saß ich nun auf meinem Stuhl und lauschte. Die Sonne schickte wärmende Strahlen in mein Gesicht, und ich genoss diesen Nachmittag in vollen Zügen.

Doch schließlich hielt ich es nicht mehr aus und wagte einen Blick nach unten. Sofort musste ich schlucken. John hatte sein Hemd ausgezogen und nur noch ein ärmelloses Shirt bedeckte seine Brust. Ihm war wohl warm geworden bei seiner Arbeit, und mir wurde nun ganz heiß.

Ein mächtiger Bizeps wölbte sich jedes Mal, wenn er die Axt schwang, und die Sehnen an seinen Unterarmen traten noch mehr hervor, als sie es eh schon für gewöhnlich taten. Seine Brust weitete sich, wenn er zum Schwung ausholte, und mit einem leisen Stöhnen ließ er die Axt auf das Holz, das nur diesen einen Schlag brauchte, um in der Mitte durchzubrechen, hinunterdonnern.

In Gedanken ertappte ich mich dabei, wie ich mir ausmalte, zu was diese kräftigen Hände noch fähig sein würden. Eine leichte Sehnsucht stellte sich bei mir ein. Zu gerne hätte ich mich selbst in diese Arme hineingekuschelt. Zu gerne hätte er mich halten dürfen. Mich beschützen …

Ein Seufzer verließ meine Lippen und John musste ihn gehört haben, denn er schaute zu mir hoch. Sein freundliches Lächeln, das er mir schenkte, ließ mich tief einatmen und ich hielt die Luft an, bis er sich wieder seiner Arbeit widmete. Erst dann konnte ich ausatmen.

Kopfschüttelnd ging ich wieder ins Haus, denn meine Gefühle waren in Aufruhr. Einst hatte ich mir geschworen, niemals wieder etwas mit einem Mann anzufangen, denn zu oft wurde ich enttäuscht.

Doch nun gab es diesen sanften Riesen, der sich einfach so in mein Leben geschlichen hatte, und der gerade mehr Raum in meinem Denken einnahm, als mir lieb war.

Wäre ich wohl wieder fähig, eine Beziehung zu führen? Diese Frage stellte ich mir in einer Tour. Vermutlich nicht. Zu tief saßen meine Angst und mein Misstrauen. Aber ich hatte Bedürfnisse, und die Tatsache, dass ich seit gefühlten hundert Jahren keine Zärtlichkeiten mehr erlebt hatte, führte dazu, dass ich Tagträume entwickelte. Ich träumte von ihm – John!

Wieso kümmerte er sich um mich? Warum tat er das alles? Er kannte mich doch eigentlich gar nicht. Durfte ich mir einbilden, dass er vielleicht auch etwas für mich empfand? Eher nein. So nett er auch war, bis zu diesem Zeitpunkt hatte er mir nicht die geringste Veranlassung gegeben zu glauben, da wäre mehr.

Noch in meinen Grübeleien versunken, erschrak ich mich fast zu Tode, als es an die gläserne Terrassentür klopfte. John stand da und grinste.

»Für heute bin ich fertig«, brummte er mit seiner tiefen Stimme, als ich ihm öffnete. »Für die ersten paar kalten Tage dürften die Holzscheite jetzt reichen. Ich komm immer wieder mal vorbei und mache weiter. So wie ich eben Zeit habe.«

»Ich danke dir vielmals. Aber du weißt, das wäre nicht nötig gewesen. Magst du einen Kaffee?«

»Gerne«, lächelte er und nahm am Esszimmertisch Platz.

Ich brachte ihm eine Tasse, um danach Teller und den Kuchen für uns zu holen. Freudig setzte ich mich zu ihm, und ich wartete auf seinen ebenso erfreuten Gesichtsausdruck, doch der kam nicht.

»Magst du keinen Käsekuchen?«, fragte ich enttäuscht, als sich seine Augenbrauen beim Betrachten des Kuchens immer mehr zusammenzogen.

»Im Gegenteil«, nuschelte er leise.

Er sah mich mit einem Blick an, den ich nicht deuten konnte. War das Wut?

»Tu das nicht, Aspen!«, knurrte er. »Ich will nicht, dass du so etwas für mich machst, verstanden?«

»Aber ...«

»Ich muss gehen. Bis irgendwann einmal.«

Mit einem Satz sprang er auf, rannte zur Tür, als ob der Teufel hinter ihm her wäre, hetzte zu seinem Truck und verschwand damit den Berg hinunter. Ich blickte ihm hinterher, und er ließ mich mit der Frage, was ich falsch gemacht hatte, einfach alleine zurück.

»*Das* war mehr als seltsam«, sinnierte ich über sein Verhalten, und Devil, der sich zu mir gesellte, gab ein leises Wimmern von sich. »Gehen wir rein, Dicker. Ich werde aus Männern wohl niemals schlau.«

Ich wusste nicht, ob es Trauer, Wut oder Enttäuschung war, jedenfalls aß ich ein Stück Käsekuchen nach dem anderen, und ich merkte nicht einmal, dass ich vier Stück verputzt hatte, bevor mein Magen die weiße Fahne schwenkte. Devil musterte mich mit einem Blick, der sich zwischen *wohl übergeschnappt* und *Frauchen benimmt sich seltsam* angesiedelt hatte.

»Was?«, hob ich fragend die Arme in die Höhe, und mein Wolf beschloss wohl, mir lieber aus dem Weg zu gehen, also verschwand er durch seine Klappe nach draußen. »Ich bin ein Alpha-Weibchen, jawohl!«, kicherte ich albern, als ich seine Rute verschwinden sah. »Geh nur. Lasst mich ruhig alle alleine. Ich bin es ja gewohnt!«

Mehr als brummelig verbrachte ich den Rest des Abends damit, über Johns seltsames Verhalten nachzudenken, doch ich konnte mir keinen Reim darauf machen. Schließlich konnte ich ja nicht wissen, dass ein Käsekuchen auf ihn scheinbar wie eine Kriegserklärung wirkte. Auf mich wirkte sein Benehmen jedenfalls inspirierend, denn in dieser Nacht schrieb ich meinen Protagonisten einen Streit auf den Leib, der sich gewaschen hatte.

John, jedenfalls, ließ sich nach diesem Samstag über eine ganze Woche lang nicht blicken, und ich wusste nicht, ob ich nur enttäuscht darüber war, oder ob ich mir Sorgen machte.

In der Nacht quälten mich plötzlich Albträume. Träume, die fern in meine Vergangenheit reichten, und ich wusste nicht, wieso sie jetzt wieder auftauchten. In diesen nächtlichen Horrorgeschichten vereinigten sich sämtliche meiner Exfreunde, um mich noch nachträglich zu quälen.

Das frühe Erwachen deswegen an diesem Sonntagmorgen ließ mich einerseits stöhnen, weil mir nach einer langen Schreibnacht der Schlaf fehlte. Andererseits war ich dankbar, diesen Hirngespinsten entkommen zu sein, und ich wollte auf keinen Fall wieder einschlafen.

Müde schlich ich in die Küche und kochte mir Kaffee, doch bei einem Blick in den Kühlschrank stellte ich fest, dass mir alles fehlte, was dem Namen Frühstück hätte gerecht werden können. Da ich Hunger hatte, beschloss ich, mir ein ausgiebiges Frühstück im Ort zu gönnen, danach vielleicht etwas spazieren zu gehen, um frische Luft zu tanken und diesen Sonntag mit Faulenzen zu verbringen. Nach einer Dusche zum Wachwerden setzte ich mein Vorhaben um und suchte mir im Ort ein kleines Café, wo ich mir einen großen Milchkaffee und einen Frühstücksbagel bestellte.

Leider war es zu frisch, um noch draußen zu sitzen, aber wenigstens fand ich einen Platz vor der großen Panoramascheibe. Die Berge leuchteten in der Morgensonne. Dieser Anblick wärmte immer noch mein Herz und nur zu gerne hätte ich sie in meine Arme geschlossen, aber weil das nicht möglich war, blieb mir nur, ihr Bild fest in meinem Herzen zu verankern.

Im Winter zogen hier öfter mal Bison Herden durch die Straßen, doch heute gab es von ihnen nichts zu sehen. Gut. Der Schnee, der hier sehr früh einsetzte, würde wohl noch eine Weile auf sich warten lassen, und das war mir mehr als recht. Was mir weniger recht war, war der silberne Truck, der gerade vorfuhr, und ich wusste genau, wem er gehörte!

Mit offenem Mund kauend, verschlang ich die Reste meines Bagels und verfolgte mit meinen Augen den Weg, den John einschlagen würde, und leider führte dieser nicht an dem Café vorbei.

»Guten Morgen«, grantelte er in den Raum, als er eintrat und schnurstracks zur Theke lief.

Ich wandte meinen Blick von ihm ab und starrte kaffeeschlürfend durchs Fenster, als ob ich ihn nicht bemerkt hätte. Ich war mir nicht sicher, wie ich mit ihm hätte umgehen sollen, also hoffte ich, dass er mich einfach nicht bemerkte und wieder still seiner Wege ging. Leider schien diese Hoffnung vergebens, denn hinter meinem Rücken erklang plötzlich eine Stimme, die mir nur allzu bekannt war.

»Darf ich mich zu dir setzen?«, fragte sie und langsam drehte ich mich um und schaute hinauf in ein paar warme, braune Augen.

»John? Guten Morgen. Ich hab dich gar nicht reinkommen gesehen.«

Er lächelte mich an, als ob ihm sein Benehmen von letzter Woche vollkommen entfallen war.

»Darf ich?«, zeigte er auf den freien Stuhl neben mir und ich nickte.

»Ja, natürlich.«

Er stellte eine Tüte auf den Tisch, rückte sich den Stuhl zurecht und setzte sich.

»Ich habe mir nur ein paar Muffins geholt. Eigentlich wollte ich die mitnehmen, doch beim Rausgehen habe ich dich hier entdeckt. Was machst du schon so früh hier? Sagtest du nicht, du schläfst lange?«

»Ja, eigentlich schon. Wenn ich kann.«

»Was heißt das?«

»Nun, was es eben heißt. Ich habe nicht gut geschlafen, und bevor ich einen Rekord im Umherwälzen aufgestellt hätte, bin ich lieber aufgestanden.«

»Das tut mir leid«, bedauerte er mich. »Schlecht geträumt?«

»Das auch«, antwortete ich, mehr als kurz angebunden.

John räusperte sich kurz. »Ich seh schon, ich bin wohl nicht erwünscht. Vielleicht sollte ich besser gehen.«

Er sprang auf und schnappte sich seine Tüte, und eigentlich wollte ich wirklich lieber allein sein, aber so wollte ich ihn auch nicht gehen lassen. Vielleicht hatte er vor einer Woche einfach nur einen schlechten Tag gehabt, und ich wollte ihm sein seltsames Handeln nicht ewig vorwerfen.

»Nein!«, entgegnete ich ihm. »Bleib nur. Tut mir leid, ich bin einfach nur noch nicht richtig wach. Ich sagte ja, vor zwei Kannen Kaffee bin ich nicht zu gebrauchen.«

»Dann sollten wir zusehen, dass wir dich ankurbeln«, konnte er wieder lächeln. »Was hattest du? Milchkaffee?«

»Ja.«

»Ich hole dir noch einen. Willst du sonst noch was?«

»Nein, danke, Kaffee reicht völlig.«

Ich wusste, er würde sich nicht davon abbringen lassen, mir einen zu spendieren, also sparte ich mir die Diskussion. Außerdem war es ein schönes Gefühl, mal wieder von einem Mann eingeladen zu werden, auch wenn es sich nicht um ein Date, sondern nur um eine zufällige Begegnung handelte.

»Hier«, hielt er mir die große Tasse hin, und ich nahm sie lächelnd an mich.

»Danke.«

Ich nahm einen Schluck und auch John nippte vorsichtig an seiner Tasse. Ein mehr als peinliches Schweigen stellte sich zwischen uns ein, und ich ahnte, dass dies mit der Käsekuchen Sache zu tun hatte. Ich wollte nicht fragen und er wohl nichts sagen. Doch schließlich durchbrach er die Stille.

»Aspen?«

»Hmh?«

»Letzte Woche ...«

»Ja?«

»Ich möchte mich für mein Benehmen entschuldigen.«

»Schon gut. Wenn ich geahnt hätte, dass du Käsekuchen nicht magst ...«

»Nein!«, unterbrach er mich. »Nein, das ist es nicht. Ich ... Es tut mir einfach leid. Ich weiß nicht, was da in mich gefahren war. Weißt du, eigentlich liebe ich Käsekuchen.«

»So?«, fragte ich und schielte über den Rand meiner Tasse, als ob ich mich dahinter verstecken könnte.

»Ja. Es ist nur ...«

Vermutlich sollte jetzt kommen, dass mein Kuchen einfach nur scheiße aussah, und dem wollte ich zuvorkommen.

»John, es ist schon gut. Du musst mir nichts erklären. Vergessen wir es einfach, okay?«

Unruhig rutschte er auf seinem Stuhl hin und her und ich hoffte, er würde es nun dabei belassen.

»Dann bist du nicht mehr böse auf mich?«

Doch, bin ich, dachte ich, denn natürlich konnte ich es nicht so leicht vergessen. Aber sein Dackelblick konnte Steine erweichen, und so verhärmt war mein Herz nun auch wieder nicht, dass ich eben diesem Blick hätte widerstehen können. Oder diesen Schultern. Oder ...

»Nein«, versicherte ich ihm, bevor ich noch seine ganze Anatomie durchgegangen wäre. »Jeder hat mal 'nen schlechten Tag. Ich verstehe das.«

»Wirklich?«

»Ja.«

John trank seinen Kaffee aus und musterte mich lange. Etwas zu lange, wie ich fand, denn sein Blick wirkte düster und etwas Trauriges lag darin.

»Alles in Ordnung mit dir?«, fragte ich vorsichtig.

»Sicher«, seufzte er. »Ich muss los. Vielleicht komm ich diese Woche noch vorbei zum Holzhacken. Aber ich habe viel zu tun. Versprechen kann ich es dir nicht.«

»Kein Problem.«

»Okay, dann bis bald ... vielleicht.«

»Ja, bis bald.«

Mit einem angedeuteten Lächeln, das nicht echt wirkte, verließ er das Café.

»Du bist mir ein einziges großes Rätsel, John Gatlin«, murmelte ich vor mich hin.

»Ja, das ist er.«

Ich bekam beinahe einen Herzinfarkt, als ich die Stimme hinter mir vernahm und so drehte ich mich erschrocken um. Vor mir stand die Bedienung des Cafés, eine Kanne frisch gebrühten Kaffee in der Hand und ihren Blick verklärt in Richtung John schickend, der gerade in seinen Truck stieg.

»Was meinten Sie?«, fragte ich leise nach.

»John. Sie haben recht, er ist ein großes Rätsel.«

Jetzt wurde ich neugierig, denn scheinbar kannte ihn hier jemand etwas besser als ich.

»Sie kennen ihn?«, hakte ich nach.

»Nicht so sehr, wie ich gerne möchte«, lächelte mich die blonde Frau mit der modischen Bobfrisur an, auf deren Namensschild Jenny geschrieben stand.

Kurz schaute ich mich im Laden um und stellte fest, dass außer mir gerade niemand da war, also wollte ich die Gelegenheit nutzen, ein wenig aus ihr herauszukitzeln.

»Erzählen Sie mir von ihm«, bat ich sie, und deutete mit der Hand auf den Stuhl neben mir. »Ich heiße Aspen.«

»Jenny.«

»Ja, ich habe es gesehen.«

Jenny setzte sich und hielt mir die Kanne vor die Nase. »Darf ich Ihnen nachschenken? Dann sieht es wenigstens so aus, als hätte ich zu tun.«

»Gerne«, nickte ich und hielt ihr meine Tasse hin, die sie umgehend füllte. »Danke. Aber jetzt platze ich vor Neugier. Was können Sie mir über John erzählen? Kennen Sie ihn schon länger?«

»Nein, nicht wirklich. Er zog vor etwa drei Monaten hierher. Er wohnt etwas abgelegen. Fast jeden Morgen kommt er hier vorbei und holt sich sein Frühstück ab. Wir alle erwarten ihn immer schon sehnsüchtig«, grinste Jenny und ich grinste zurück.

»Er ist ein toller Kerl, was?«

»Ja, das ist er«, seufzte meine neue Bekanntschaft. »Leider redet er nicht viel.«

»Nein?«

»Nein. Mit niemandem. Ich war mehr als erstaunt, als ich ihn bei Ihnen sitzen sah, und dass er sich mit Ihnen unterhielt. Ich dachte, Sie kennen ihn.«

»Erst seit ein paar Tagen. John war sehr hilfsbereit und hat mir bei ein paar Problemchen geholfen.«

»Wie haben Sie das angestellt?«, lachte Jenny.

»Ziemlich dumm, würde ich sagen. Mir war ein Missgeschick passiert, und John war so nett, mir zu helfen.«

»Haben Sie ein Glück. Ich würde alles dafür geben, wenn er mich nur einmal beachten würde.«

Jenny verfiel ins Schwärmen und ich schmunzelte innerlich, denn da hatte wohl jemand ein Auge auf Mister Gatlin geworfen. Ich gönnte ihr ihren Tagtraum und konnte sie nur zu gut verstehen. Einen Mann wie ihn sah man auch nicht alle Tage, und als Frau fühlte man sich einfach sicher, wenn er in der Nähe war. Beschützt.

»Na ja, es waren nur ein paar kurze Begegnungen«, wiegelte ich ab. »Eigentlich weiß ich nichts von ihm. Ich weiß nicht mal, ob er Familie hat.« Belanglos warf ich Jenny den Brocken vor die Füße, und ich hoffte, etwas mehr darüber von ihr zu erfahren.

»Soweit ich weiß, nicht. Er wohnt allein. Erzählt man sich jedenfalls. Und ich habe ihn auch noch nie in Begleitung gesehen.«

Als ich das hörte, machte mein Herz wieder einen Satz und schlug ein paar Takte schneller. Er wohnte allein. Genau wie ich. Und abgelegen! Ebenso wie ich.

Ich fragte mich, was seine Gründe dafür waren. Ich wusste, warum ich die Einsamkeit der Gesellschaft von Menschen vorzog. Große Enttäuschungen waren meine Beweggründe und zu gerne hätte ich seine gekannt. Die wenigsten suchen freiwillig die Einsamkeit. Es gab immer einen Grund. Und den von John, den wollte ich auf jeden Fall herausfinden!

7. Kapitel

Die Tage zogen ins Land und mit dem Anbruch der zweiten Oktoberwoche rieselten erste Schneeflöckchen vom Himmel. So ganz langsam wurde es deutlich kälter draußen und meine Heizung lief bereits, denn mit kalten Fingern zu schreiben funktionierte nicht. Und mit kalten Füßen einschlafen auch nicht!

Bisher hatte ich es vermieden, den Kamin anzuwerfen, doch für diesen Samstag nahm ich es mir vor. Als ich die Holzscheite dafür nach oben brachte, dachte ich sehnsuchtsvoll an John. Er hatte sich eine ganze Weile nicht blicken lassen, und ich vermisste ihn. Natürlich hätte ich mal zur Tankstelle fahren können, aber dazu fehlte mir irgendwie der Mut. Schließlich wollte ich nicht den Eindruck erwecken, ich würde ihm nachlaufen.

Etwas ungeschickt stapelte ich das Holz über ein wenig zerknülltem Papier, und erst, als mir ein einigermaßen malerisches Bild entgegenlächelte, zündete ich alles an. Gierig fraßen sich die Flammen ins Holz, und es dauerte nicht lange, bis eine Symphonie aus Knistern und Knacken meine Ohren erfreute.

Seufzend ließ ich mich auf den Boden fallen und im Schneidersitz blickte ich in das warme Rot der Flammen.

Mein Herz wurde weit und mein Blick verklärt. Als ob ich mich selbst festhalten wollte, kreuzte ich meine Arme und meine Hände krallten sich in die Wolle meines Pullovers.

»Wo bleibst du nur?«, flüsterte ich leise, und ich spürte, wie John gerade dabei war, mein ganzes Denken einzunehmen.

Wäre es nicht schön gewesen, ihn jetzt bei mir zu haben? Mich in seine Arme zu kuscheln, ein sanftes Streicheln seiner Finger in meinem Nacken zu spüren, während wir gemeinsam ins Feuer blickten und ein Schweigen miteinander teilten, das uns unsere Liebe zueinander noch intensiver spüren ließ?

Das musste aufhören, und zwar sofort!

Mit Schwung erhob ich mich und ließ diese Romantik-Kitsch-Sehnsuchts-Gefühlsduselei im prasselnden Feuer zurück, wo sie einmal aufflammte, in sich zusammenfiel und mit einem letzten *Pfff* zu Rauch wurde. Ab durch den Kamin! Es gab kein *Uns*!

Als ich mir in der Küche einen Kaffee holen wollte, blieben meine Augen an dem Flyer der Müllfirma hängen, den ich völlig vergessen hatte. Ich zog ihn unter dem Magneten heraus und nahm ihn mit an den Esszimmertisch.

Bald würde es so stark schneien, dass der Abtransport sämtlichen Unrats zur Sammelstelle im Ort einer gewagten Rutschpartie auf einer vereisten Skipiste gleichen würde, also nahm ich mein Telefon und rief die Nummer an, die auf dem Infozettel aufgedruckt war.

»Ähem, hallo?«, rief ich in den Hörer, als ich eine Stimme vernahm, doch es lief nur ein Band. Samstags war wohl niemand vor Ort, also hinterließ ich einfach meinen Namen und die Nummer und bat um Rückruf.

Klasse! Die ganze Aktion hatte gerade mal eine Minute gedauert und so saß ich gelangweilt am Tisch und wusste nichts mit mir anzufangen.

Zum Schreiben fehlte mir an diesem Mittag die Lust, denn dafür war es einfach noch zu früh. Noch immer war ich nicht ganz bei mir, und so sehr ich meine Gedanken an John auch verdrängen wollte, es gelang mir einfach nicht. Immer wieder schlich sich sein Gesicht vor mein inneres Auge, und je öfter es auftauchte, umso mehr spürte ich eine unerklärliche Schwere in meinem Herzen.

Lag es wirklich an ihm? Oder doch nur daran, dass ich mich hier oben wirklich einsam fühlte? War er nur der Auslöser dafür, dass ich dies nun erkannte?

Zwei Tassen Kaffee später saß ich immer noch am Tisch, den linken Ellbogen aufgestützt und mein Kinn in meiner Hand vergraben. Ich liebte mein Leben. Genauso wie jetzt wollte ich es haben. Es ging mir gut. Ich fühlte mich wohl. Mir …

Ein Läuten riss mich aus meinen Gedanken und katapultierte mich zurück aus Grübelhausen in die Realität.

»Ah!«

Beinahe wäre ich mit dem Kinn auf der Tischplatte aufgeschlagen, als ich vor Schreck meinen Arm wegriss, doch ich konnte es gerade noch verhindern. Mit Herzklopfen stand ich auf und ging zur Tür.

»John?«, fragte ich überrascht, als ich öffnete und sein Gesicht erkannte.

»Hallo, Aspen.«

Ein peinliches Schweigen stellte sich zwischen uns ein. Ein Schweigen, so ganz anders, als ich es eben noch erträumt hatte, und ich musste mich anstrengen, den nächsten Satz zu sagen. Doch dann ...

»Kommst du wegen dem Holz? Ich habe eben den Kamin zum ersten Mal angeheizt. Es ist wunderbar. Ich liebe es, wirklich. Die Wärme ist so ganz anders, als die der Heizung. Gemütlich. Und auch ein wenig romantisch. Finde ich jedenfalls. Es ist einfach toll. Willst du reinkommen? Ich zeige es dir. Ich ...«

»Aspen?«

»Ja?«

»Atmen!«

Oh Gott, ich redete wie ein Wasserfall, und heraus kam nur Müll!

Für einen kurzen Moment schloss ich meine Augenlider und atmete tief ein, und noch während ich sie geschlossen hielt, spürte ich, wie John meine rechte Hand ergriff.

»Alles ist gut. Es tut mir leid, dass ich so unangemeldet hier auftauche. Ich weiß, du magst das nicht sonderlich.«

Langsam öffnete ich meine Augen wieder und John betrachtete mich mit einer Mischung aus Sorge und schlechtem Gewissen.

»Nein, ist schon okay. Ich habe nur nicht mit dir gerechnet, das ist alles. Und wenn ich etwas nicht planen kann, macht mich das immer leicht panisch. Du musst mich für eine ziemliche Neurotikerin halten, was?«

»Ganz und gar nicht. Alles menschlich.«

Ich blickte hinab auf die Hand, die meine immer noch hielt, doch John ließ sie beinahe hektisch los.

»Weshalb bist du hier?«

»Du hast angerufen.«

»Ich habe nicht angerufen. Ich kenne deine Nummer doch gar nicht«, antwortete ich verwundert und John lächelte.

»Nicht meine. Bei meiner Firma. Du hast Müll zum Abtransportieren?«

Es dauerte eine Weile, bis ich realisierte, was er da gesagt hatte.

»Das ist deine Firma?«, riss ich die Augen auf, als ich erkannte, was er mir sagen wollte.

»Firma wäre zu viel gesagt. Kleinstunternehmen«, grinste er.

»Kleinstunternehmen? Aber da war eine Frauenstimme auf dem Band!«, stellte ich fest, und alles, was mich interessierte, war, wer die Glückliche wohl sein würde.

»Ja, das stimmt. Das ist die Stimme von Lorna. Sie arbeitet in der Reinigung. Ich habe sie gebeten, das für mich zu übernehmen. Ich mag so was nicht. Außerdem hört sich meine Stimme furchtbar an.«

»Ich mag deine Stimme«, antwortete ich beruhigt, denn scheinbar gab es doch keine Missus Gatlin.

»Wirklich?«

»Ja.«

»Danke. Trotzdem … Wo hast du deinen Müll?«

»In der Garage. Komm mit, wir gehen durchs Haus.«

Ich drehte mich um und ging hinein. John folgte mir, und ihn hinter mir zu wissen, ließ mir die Möglichkeit, zu strahlen wie ein Atomkraftwerk nach einem Super-GAU. Er war hier! Gerade jetzt, da ich ihn so sehr vermisst hatte!

»Sag mal, wie viele Jobs hast du eigentlich noch?«, fragte ich beiläufig, als wir durch den Hauswirtschaftsraum hindurch zur Garage trabten.

»Du kennst sie jetzt alle«, knurrte John hinter mir und ich ahnte an seinem Tonfall, dass er eine Unterhaltung darüber, aus welchen Gründen auch immer, wohl nicht führen wollte, und ich respektierte das.

»Da sind die Tüten«, sagte ich und zeigte auf die schwarzen Säcke in der Garagenecke.

»Mehr nicht?«

»Nein. Eine ist voll mit den leeren Hundefutterdosen von Devil. Eine enthält nur Altpapier. Der Rest ist Hausmüll.«

John warf einen Blick in eine der Tüten und schüttelte den Kopf. »Dass Wölfe Ravioli essen, wusste ich gar nicht. Oder Hühnersuppe.« Er schüttelte die Tüte etwas und ich verdrehte die Augen. »Spaghetti mit Fleischbällchen? Teilt ihr euch die? Du die Nudeln, Devil das Fleisch?«

»Analysierst du von jedem den Müll, wenn du ihn abholst?«, gab ich zickig zurück und John lachte.

»Nein, natürlich nicht. Aber du solltest wirklich besser auf deine Ernährung achten.«

»Sagt der, der sich jeden Morgen Muffins im Café holt.«

»Touché«, lachte er ein offenes Lachen und ich musste schmunzeln.

»Ich koche nicht oft für mich. Es lohnt sich einfach nicht für eine Person. Aber ich koche ganz gerne. Du könntest ja mal vorbeikommen. Ich mache ein hervorragendes Jambalaya. Wenn du willst, könnten wir das für nächste Woche einmal festhalten.«

John sammelte hastig die Tüten ein und sagte nichts. Seine Stimmung schlug von einer Sekunde zur anderen um, und ich fühlte mich hilflos, denn ich wusste nicht, was ich schon wieder falsch gemacht hatte. Mit schnellen Schritten ging er zum Garagentor, öffnete es und lief zwei Schritte nach draußen. Doch ebenso plötzlich, wie er hinausgelaufen war, blieb er auf einmal stehen und drehte sich zu mir um.

»Ich … Ich habe eine bessere Idee. Am nächsten Wochenende habe ich frei. Magst du Fisch?«

»Ja, sicher«, beantwortete ich seine Frage.

»Forellen?«

Ich nickte stumm.

John lief zu seinem Truck und warf die Müllsäcke auf die Ladefläche, bevor er wieder zu mir kam, dieses Mal mit einem wesentlich freundlicheren Gesichtsausdruck.

»Hast du schon mal geangelt?«

»Geangelt?«, fragte ich verwundert.

»Ja. Die Saison ist so gut wie vorbei. Es gibt nichts Besseres als einen frisch gefangenen Fisch. Wir könnten morgens zum Fluss fahren, angeln, und am Abend bereite ich dir die beste Forelle zu, die du je gegessen hast. Was sagst du?«

Das Gehörte musste ich erst mal in eine richtige Reihenfolge bringen und verdauen. Angeln? Davon verstand ich überhaupt nichts. Morgens? Diese Tageszeit existierte für mich gar nicht. Und abends bei ihm zu Hause essen?

Ich spürte, wie in meinem Kopf gerade ein romantischer Horrorfilm ablief. Anders konnte ich diese wüste Kombination aus Angst vor dem Angeln, dem Ekel, einen glitschigen, lebendigen Fisch in meinen Händen zu halten und dem Herzflimmern, wegen Johns Einladung, nicht beschreiben.

»Ich weiß nicht, John. Zunächst mal vielen Dank für die Einladung. Ich freue mich wirklich sehr«, lächelte ich, als in dieser Sekunde der Gedanke an ein mögliches Date die Oberhand gewann. Doch schon im nächsten Moment verzog sich dieses Lächeln zu einem schiefen Grinsen. »Angeln? Es mag blöd klingen, aber beißen Fische?« Gott, ich kam mir so dumm vor!

»Na, das hoffe ich doch«, lachte John herzlich und laut. Seine Augen blickten erwartungsvoll in meine und fast verlor ich mich in diesem Dunkel.

Ich wollte dieses Date!

Ich brauchte dieses Date!

Wenn ich dafür angeln gehen müsste, dann würde ich das tun. Scheiße, bei dem Mann wäre ich in ein Haifischbecken gesprungen, hätte er mich darum gebeten.

»Okay. Wieso eigentlich nicht? Das wird zwar eine ganz neue Erfahrung für mich, aber wieso nicht mal spontan sein? Gehen wir angeln!«

»Klasse! Ich freue mich darauf.«

»Kommst du mich abholen oder treffen wir uns irgendwo?«

»Ich komm dich abholen. Um sechs bin ich da.«

Mein Magen fühlte sich gerade an wie ein Schwamm, den man zusammenpresste und ausdrückte.

»Was?«

John grinste. »Um sechs Uhr morgens. Du solltest zeitig schlafen gehen.«

»Mmpf«, war das Einzige, was mir noch über die Lippen kam, für mehr reichte mein Atem nicht mehr.

»Und zieh dich warm an. Es wird verdammt kalt werden, wenn wir länger brauchen, um etwas zu fangen.«

»Okay.«

»Kein Scherz! Ich will nicht, dass du dir die Füße abfrierst!«

Hektisch nickte ich, doch ich war mir gar nicht mehr so sicher, ob ich das wirklich wollte. Hätte ich doch nur nein gesagt!

»Gut. Dann bring ich mal deinen Müll weg. Wir sehen uns dann. Bis bald.«

»Ja, bis bald«, verabschiedete ich ihn, und ich wusste nicht, was gerade schlimmer war. Die Aussicht auf ein kaltes Angelwochenende oder die Tatsache, dass er mich schon wieder verließ.

Ich brauchte meine Seelentante, und zwar dringend!

Eilig suchte ich mein Handy und wählte die Nummer von Geraldine. Es dauerte eine Weile, doch schließlich ging sie ran.

»Hicks.«

»Am frühen Mittag schon besoffen?«, alberte ich wegen ihrem Namen und hatte Mühe, ein Kichern zu unterdrücken.

»Ha ha. Hörst du das?«

»Was denn?«

»Das leise Dröhnen der Bartwickelmaschinen im Keller. Mein Gott, Aspen, der Witz ist uralt und hat schon so einen Bart, dass sich locker Mäuse darin einnisten könnten.«

»Mir doch egal. Ich finde ihn jedes mal wieder lustig.«

»Was willst du überhaupt an einem Samstag von mir?«, grummelte sie genervt ins Telefon.

»Wow, na du bist ja drauf! Eigentlich wollte ich mir einen freundschaftlichen Rat bei dir holen, aber ich habe das Gefühl, du hast mehr zu erzählen als ich. Was ist los? Wieso bist du so genervt? Wo ist dein Humor geblieben?«

In dem Moment hörte ich Babygeschrei im Hintergrund und ein lautes Gepolter.

»Warte mal kurz!«

Es krachte, als sie das Telefon hinlegte.

»Sparky! Wirst du das jetzt wohl liegenlassen? Aus! Sparky! Verfluchter Köter!«

Amüsiert hörte ich dem Gemisch aus Geraldines Fluchen, dem, wie mir schien, freudigen Hundegebell und dem Babygeschrei zu, das immer mehr zu einer Art Sirene anschwoll. Es dauerte eine gefühlte Ewigkeit, bis ich sie wieder an der Strippe hatte.

»Bist du im Krieg?«, kicherte ich und meine Verlegerin stöhnte.

»Es fühlt sich fast so an. Meine Schwester, Susan, hat mich gebeten, auf Baby Satan und Hund Dämon aufzupassen, und ich blöde Kuh habe *ja* gesagt. Ich dachte, was können ein Baby und ein kleiner Terrier schon groß anrichten?«

»Und?«

»Ich bin in der Hölle! Entweder kotzt der Hund, wieso auch immer, und Baby Ryan trallert sich die Windeln voll oder Ryan bröckelt mir sein Essen mit einem mordsmäßigen Bäuerchen auf die Bluse, während Sparky an meinem mühsam gezogenen Ficus Benjamini das Bein hebt. Ich habe nicht genug Hände, ständig die Sauereien wegzumachen. Oder mich umzuziehen.«

»Du Arme!«

»Arme? Ich stehe kurz vor einem Nervenzusammenbruch. Sparky hat mir zudem mit seinen Krallen meine teuren Seidenstrümpfe zerrissen, die ich immer noch trage, weil ich sie noch nicht wechseln konnte. Dann hat der Postbote geklingelt, und ich musste ihm mit den zerrissenen Strümpfen und der vollgekotzten Bluse öffnen!«

»Oh je!«, heuchelte ich Bedauern, dabei konnte ich kaum noch mein Lachen zurückhalten.

»Ich habe mich doch nicht umsonst für eine Karriere und gegen eine idyllische Vorstadtfamilie entschieden. Und jetzt solltest du mich mal sehen!«

»Gerry?«

»Was?«

»Atmen!«

»Häh?«

»Atmen! Schließ mal für fünf Sekunden deine Augen und atme tief ein und aus. Tu es einfach!«

Ich konnte es kaum glauben, aber sie schien meinem Rat tatsächlich zu folgen, wie ich an dem Geräusch, das ihre Nase wegen der leichten Verkrümmung immer machte, wenn sie tief atmete, erkannte. Ich schenkte ihr ein paar Sekunden, bevor ich mich wieder meldete.

»Und? Geht's wieder?«

»Keine Ahnung. Ich fühle mich wie durchgekaut und wieder ausgespuckt. Aber wenigstens hat Ryan aufgehört zu schreien.«

»Na siehst du. Du bist nervös, das kann ich verstehen. Und diese Nervosität überträgt sich auf das Baby und den Hund.«

»Was bist du? Ein Guru?«, antwortete Gerry zickig, und dennoch erkannte ich an ihrem Tonfall, dass sie dies mit einem inneren Lächeln tat.

»Nein, ganz bestimmt nicht«, antwortete ich und dachte an John. »Aber ich habe in den letzten Wochen einiges gelernt.«

»So? Was denn?« Geraldines Tonfall schlug um von gerade noch hysterisch-panisch zu neugierig-interessiert.

Noch einmal dachte ich darüber nach, ob ich dieses Gespräch wirklich führen wollte, aber ich musste einfach mit jemandem über John reden, damit ich nicht platzte. Tief sog ich die Luft in meine Lungen.

»Ich habe jemanden kennengelernt«, presste ich die Worte hervor und wartete auf Gerrys Reaktion.

Es wurde so still in der Leitung, dass ich schon glaubte, die Verbindung wäre abgebrochen.

»Gerry?«

»Ja! Ja, ich bin noch da. Was hast du gesagt? Du hast jemanden kennengelernt?«

»Ja«, hauchte ich nur noch, denn schlucken und reden gleichzeitig funktionierte nicht so gut, wie ich feststellen musste.

»Was meinst du mit kennengelernt? Hast du Smalltalk mit jemandem von deinem kleinen, räuberischen Bergvolk da oben betrieben oder meinst du jemanden, der ein geeigneter Kandidat wäre, die Spinnweben, die den Eingang deiner Lustgrotte versperren, zu entfernen?«

»Oh bitte, nicht dieses Wort!«

»Lustgrotte?«, kicherte meine Freundin und ich stimmte mit ein. Wir beide hassten diese Bezeichnung.

»Ja, genau! Nenn das Kind beim Namen, wenn du schon so ungebührlich über sie redest. Lustgrotte! Wie nennst du dann einen Penis? Grottenolm?«

Gerry lachte laut. »Das wäre doch mal was für deinen nächsten Roman.«

»Ja, bestimmt. Wenigstens bräuchte sich dann niemand mehr über das Wort Schwanz aufzuregen.«

»Wie auch immer. Na los, erzähl schon?«

»Er heißt John. John Gatlin.«

»Und?«

»Er ist einfach toll. Er sieht gut aus, ist nett und hilfsbereit. Hab ich schon erwähnt, dass er gut aussieht?«

»Ja, hast du«, lachte Gerry.

»Er lacht nicht über mich und meine Schusseligkeit. Im Gegenteil. Weißt du, er schenkt mir einfach ein gutes Gefühl, wenn er in meiner Nähe ist.«

»Worauf wartest du dann noch? Schnapp ihn dir!«, lachte Gerry am anderen Ende der Leitung und ich seufzte.

»Ich weiß nicht. Eigentlich kenne ich ihn noch gar nicht so richtig. Irgendetwas ist seltsam an ihm.«

»So? Was denn?«

Ja, was eigentlich?

»Ich weiß es nicht. Er wirkt verschlossen. Manchmal. Und er reagiert allergisch auf Käsekuchen. Das meine ich im übertragenen Sinn.«

»Käsekuchen?«, lachte Gerry.

»Ja. Ich glaube nicht, dass sein Benehmen etwas mit dem Kuchen zu tun hatte, aber etwas hat er in ihm ausgelöst.«

»Was meinst du?«

»Ich bin mir nicht sicher. Ich bot ihm ein Stück Kuchen an, und er meinte, ich soll das nicht tun. Alles sehr seltsam. Aber vielleicht war alles einfach nur ein großes Missverständnis.«

»Dann finde es heraus.«

»Das habe ich vor. Ich werde nächsten Samstag mit ihm angeln gehen.«

»Angeln? Du?«, fragte Gerry ungläubig, bevor sie so laut in den Hörer prustete, dass ich mein Handy ein Stück vom Ohr weghalten musste. »Das ist nicht dein Ernst?«, hakte sie nach, als sie sich endlich wieder beruhigt hatte.

»Doch, ist es. Wir werden angeln, und John hat mich für abends zu sich eingeladen und mir die beste Forelle versprochen, die ich je gegessen hätte.«

»Und das glaubst du?«

»Ja. Ich meine, ich hoffe es. Gerry, ich will einfach, dass es so ist.«

Auf der anderen Seite wurde es zunächst ganz still, und diese Stille wurde anschließend nur durch einige *Hmms* unterbrochen.

»Gerry? Sag doch was!«, bat ich ungeduldig.

»Nun, Aspen, was soll ich sagen? Weißt du, ich würde dir ein bisschen Glück von ganzem Herzen gönnen. Wirklich. Du sitzt schon viel zu lange da oben auf deinem Berg. Einsam. Eigenbrötlerisch. Aber ich kenne deinen Mister Wundervoll nicht, darum kann ich mir kein Urteil erlauben.«

»Ja, ich weiß«, seufzte ich, und Gerry musste meine Enttäuschung gespürt haben.

»Hey!«, sagte sie sanft. »Deine Erzählung über John hört sich an, als wäre er ein toller Mann. Bestimmt ist er ein rauer Naturbursche, wenn er dort lebt. Und wenn er dir gefällt … Nein! Lass es mich anders sagen! Wenn er dir guttut, dann bleib an ihm dran!«

»Findest du?«

»Höre einfach auf dein Herz!«

8. Kapitel

Lange plauderte ich noch mit meiner Verlegerin und als wir auflegten, fühlte ich mich um einiges leichter. Wie ich feststellte, war ich nicht die einzige Frau mit einer leichten Macke, denn auch Gerry konnte mit Kindern einfach nicht umgehen. Es war ja nicht so, dass ich Kinder nicht mochte. Ich wusste nur einfach nichts mit ihnen anzufangen, darum ging ich ihnen lieber aus dem Weg.

Wem ich nicht länger aus dem Weg gehen konnte, war John!

Dieser Mann hatte etwas in mir berührt, auch wenn ich nicht genau sagen konnte, was. Natürlich fand ich ihn überaus attraktiv, aber da war noch etwas anderes. Ob es daran lag, dass er so ganz anders war als ich? Er wirkte immer so souverän auf mich, wohingegen ich selbst die Unsicherheit in Person war. Und jetzt sollte ich mit ihm angeln gehen. Keine Ahnung, was mehr Herzrasen in mir verursachte. Das Angeln oder das sich anschließende Date zum Dinner.

Ja, ich hatte Angst! Vor allem davor, mich wieder dumm anzustellen, und das in jeder Hinsicht. Viel zu lange war es her, dass ich mich auf einen Mann eingelassen hatte, und ich wusste noch nicht mal mehr, wie man flirtete.

Wie sich Liebe oder verliebt zu sein anfühlte, davon wusste ich ebenfalls nichts mehr, denn eigentlich waren mir nur die negativen Folgen in Erinnerung geblieben.

Doch der *Samstag des Grauens* rückte unaufhörlich näher. Eine Woche lang hatte ich ausgiebig Zeit, mich selbst vollkommen verrückt zu machen und das tat ich mit einer Leidenschaft, die fast schon selbstzerstörerische Züge annahm.

Erst am Freitagnachmittag, als ich wusste, Armageddon stand kurz bevor, besann ich mich auf das, was noch an *Frau* in mir übrig war. Ich gönnte mir ein ausgiebiges Bad, denn die Dusche am frühen Morgen des nächsten Tages wollte ich mir sparen, um ein paar Minuten länger schlafen zu können.

Ich wachste meine Beine, die Achseln und meinen Intimbereich, obwohl ich mir bei einer Sache ziemlich sicher war. Auf keinen Fall würde ich beim ersten Date mit einem Mann ins Bett steigen und von daher würde John auch niemals erfahren, welche Mühe ich mir gerade gab. Dass ich es dennoch tat, führte ich auf meine weibliche Seite zurück. Man fühlte sich einfach selbstsicherer, und obwohl ich schnellen Sex vollkommen ablehnte, wollte ich auf das, was niemals passieren würde, vorbereitet sein.

Als ich mir des Paradoxons bewusst wurde, fühlte ich mich krank …

War ich verrückt? Vermutlich!

Nein, ich war mir sogar sicher, denn wäre ich es nicht, hätte ich mich nicht auf diesen Angeltrip eingelassen.

Auf mein ausgiebiges Enthaarungsritual folgte eine Nacht, die schlimmer nicht hätte sein können. Nicht nur, dass ich Angst vor dem nächsten Tag hatte. Es gesellte sich auch noch die Angst dazu, zu verschlafen. Außerdem hatte ich Probleme, überhaupt so früh einzuschlafen, obwohl es fast Mitternacht war, als ich mich unter meine Decke kuschelte. Das alles widersprach meinem Rhythmus und so wälzte ich mich gefühlte Stunden lang bloß von einer Seite zur anderen. Nur als der Wecker klingelte, da hätte ich selig schlummern können.

»Wie früher an der Uni«, maulte ich, nachdem ich es endlich geschafft hatte, mich aus dem Bett zu quälen.

Natürlich stieß ich mir auf meinem Weg ins Bad den kleinen Zeh am Bettpfosten. Und natürlich verbrannte ich mir die Zunge an dem noch viel zu heißen Kaffee, der schnellstmöglich die Lebensgeister in mir wecken sollte. Aber um mich um fünf Uhr morgens auf Touren zu bringen, da brauchte es schon mehr als nur Kaffee. Ein Schamane hätte vielleicht geholfen. Oder ein Magier.

Als Devil von seinem nächtlichen Ausflug zurückkam, erschrak er regelrecht, als er mich am Tisch sitzen sah.

»Da guckst du, was?«, kicherte ich über sein erstauntes Gesicht, als er den Kopf durch seine Klappe streckte. »Kleiner, glücklicher Bastard. Du darfst dir jetzt den Bauch vollschlagen und gehst dann pennen. Und ich? Ich muss fischen gehen. Hinaus in die Kälte. Und das alles nur, um eine Forelle zu fangen, die man auch bequem im Supermarkt kaufen könnte.«

Devil neigte für einen kurzen Moment seinen Kopf zur Seite und schenkte mir einen mitleidigen Blick. Doch schon eine Sekunde später war er auf dem Weg zu seinem Napf und keine zwei Minuten später auf dem Weg nach oben.

»Das ist jetzt der Gipfel der Unverschämtheit«, rief ich ihm hinterher und zeigte mit dem Finger auf ihn. »Ich wünsche dir viel Spaß in meinem Bett!«, brummelte ich. »Frechheit!«

Kurz vor sechs saß ich fertig angezogen im Esszimmer und wartete auf John. Ich kam mir vor wie eine Zwiebel, mit den vielen Schichten an Kleidung, die ich übereinander trug. Unterhemd, T-Shirt, dicker Wollpulli, Weste, Jacke. Das alles stapelte sich lagenweise auf meiner Haut und ich fühlte mich wie ein Sumo-Ringer. Meine Füße und Beine schwitzten in dicken Socken, gefütterten Stiefeln und einer Thermohose. Auch Handschuhe und Schal hatte ich mir rausgelegt, doch ich war mir nicht sicher, ob ich sie anziehen wollte. Was wollte ich noch tragen, wenn erst mal der Winter Einzug gehalten hätte? Ein Ganzkörperheizgerät?

Mir blieb keine Zeit, mir darüber weitere Gedanken zu machen, denn ich hörte John vorfahren, also sprang ich auf und ging hinaus. Als ich die Tür öffnete, ging die Sonne auf! Im übertragenen Sinne. Es war Johns Lächeln, das mir freudig entgegenstrahlte, und plötzlich war ich hellwach.

»Guten Morgen«, rief ich ihm zu und schloss die Tür.

»Guten Morgen. Na? Bist du bereit für ein Abenteuer?«, antwortete er.

Und wie ich bereit war für ein Abenteuer. Allerdings für ein anderes, als er es gerade für uns vorgesehen hatte.

»Nein. Eigentlich liege ich noch in meinem warmen Bett und träume von einsamen Stränden und sanften, lauwarmen Brisen.«

John lachte laut. »Ach, komm schon! Das wird lustig. Glaube es mir.«

»Für dich vielleicht. Aber vielleicht kann ich auch nur nicht klar denken. Ich schwitze wie verrückt. Hoffentlich kocht mir der Hitzestau nicht das Gehirn weich.«

John neigte seinen Kopf zur Seite. So süß! Beinahe wie Devil, wenn er mich neugierig anblickte.

»Keine Sorge. Du wirst noch froh sein darüber. Na los, fahren wir zum Fluss.«

Ich hob seufzend meine Arme an und wollte sie spektakulär wieder fallen lassen, aber meine dicke Jacke, und alles, was sich darunter befand, verhinderte es. Meine Arme standen ab und schafften es nicht bis runter. Ich fühlte mich, wie sich das Michelin-Männchen wohl fühlen musste. Oder der Marshmallow-Mann.

»Na schön. Los geht's!«

Wir gingen zu seinem Truck, was hieß, ich walzte eher hinüber. Aber egal. Ich war bereit! Bereit, die Angel auszuwerfen. Ich fragte mich nur, nach was. Oder wem.

In seinem Auto war es schon schön warm und ich betete, dass mein Deo halten würde, was es versprach. John fuhr los und mit einem lächelnden Seitenblick musterte ich ihn. Selbst an diesem frühen Morgen wirkte er souverän wie immer. Und ausgeschlafen. Und so abartig männlich!

Mir wurde noch heißer und so richtete ich die Lüftungsklappen so aus, dass sie mein Gesicht kühlen sollten. Doch scheinbar verströmten sie den Testosteronüberschuss im Wagen nun genau in Richtung meiner Nase, was die Angelegenheit nicht wirklich verbesserte.

»Wo fahren wir eigentlich hin?«, wollte ich wissen.

»Zum Yellowstone River.«

»Oh! Ich dachte, da darf man nur mit Genehmigung der Parkverwaltung angeln?«

Konnte ich, dank Internet, das Grauen noch abwenden? Natürlich hatte ich mich erkundigt, und so hoffte ich ein bisschen, dass ich davonkommen würde.

»Ja. Das stimmt.«

»Und?«

Wieso müssen Männer immer so maulfaul sein? Ich verzog meinen Mundwinkel, doch John hatte es wohl bemerkt.

»Rede ich dir zu wenig?«, fragte er ganz ungeniert, und ich fühlte mich ertappt, aber im Recht.

»Ein wenig.«

»Warum fragst du dann nicht gleich, was du wissen willst?«

»Was meinst du?«

»Aspen, du hast dich scheinbar gut vorbereitet, also warum fragst du nicht einfach, ob ich eine Genehmigung habe?«

»Ich dachte, das wäre klar.«

»Ich kann keine Gedanken lesen.«

Doch, das kannst du! Irgendwie.

»Tut mir leid, ich bin noch nicht wach.«

»Schieb nicht immer alles auf den fehlenden Kaffee«, lachte er und boxte mir leicht auf den Oberarm.

Schmollend blickte ich zum Seitenfenster hinaus und starrte in die Landschaft. Die Sonne wanderte stetig höher am Himmel und so langsam konnte ich erkennen, dass es ein kühler aber wohl sonniger Tag werden würde. Nach etwa zwanzig Minuten Fahrzeit, die wir teilweise auf einer sehr holprigen Piste zubrachten, gelangten wir endlich zum Fluss und meine Angst wuchs. Ich liebte die Natur, keine Frage. Das bedeutete aber nicht, dass ich für sie auch geschaffen war. Ich hatte gehörigen Respekt davor.

Wir stiegen aus, und ich sah mich um. Der Fluss machte vor uns eine leichte Biegung. Einige Felsen ragten aus dem Wasser, das munter darüber hinwegplätscherte. Auf der gegenüberliegenden Seite schloss sich gleich ein Waldstück an, das bis hinauf in die Berge reichte. Gleich vor uns, in der Krümmung des Flusses, gab es ein sehr flaches Stück Land, das einige Meter in den Fluss hineinreichte. Kleine Kiesel und Sand hatten sich abgelagert und das Wasser war klar wie Glas.

Wir stiegen aus und John nahm zwei Angeln und diverse andere Sachen von der Ladefläche. Einen kleinen Koffer drückte er mir in die Hand.

»Kannst du den nehmen?«

»Klar. Was ist da drin? Frühstück? Kaffee?« Oh, wie ich hoffte, dass da Kaffee drin war!

»Köder für die Fische.«

Köder? Scheiße, an so was hatte ich überhaupt nicht gedacht! Ich würde es nicht nur mit glitschigen Fischen zu tun bekommen, sondern auch noch mit schleimigen Würmern! Mein Ekel nahm gerade überdimensionale Ausmaße an, und ich war versucht, zu würgen.

»Kann ich auch die Angeln nehmen?«, fragte ich vorsichtig.

»Sicher«, lächelte John. »Wenn dir das lieber ist.« Er drückte mir die beiden Ruten in die Hand. »Ich hole noch mein Gewehr. Warte kurz!«

»Willst du die Fische erschießen?«, lachte ich.

»Nein, natürlich nicht. Ist nur zu unserer Sicherheit.«

Sicherheit? Unsicher blickte ich mich um und hinein in das Dunkel des kleinen Wäldchens, das hinter uns lag.

»John?«

»Ja?«

»Du passt doch auf mich auf, oder?«, schluckte ich. »Du versprichst es mir, nicht wahr?«

Langsam kam er auf mich zu, schulterte sein Gewehr und als er vor mir stand, streichelte seine Hand kurz über meine Wange.

»Keine Angst, Aspen. Ich würde niemals zulassen, dass dir etwas geschieht.«

Gerade versank ich in seinen warmen Augen, als ein dumpfer Schrei aus dem Wald ertönte, und ich erschrak mich so sehr, dass ich in Johns Arme sprang. Nun ja, eigentlich war es anders. Ich stürzte mich samt Angeln auf ihn und schlang einen Arm um seine Taille, um mein Gesicht in seiner Brust zu vergraben. Vor lauter Angst wollte ich gar nicht sehen, was mich gleich fressen würde. Sehnsüchtig wartete ich darauf, dass er mich ebenfalls umarmen würde, aber das passierte nicht. Stattdessen hob er mit einer Hand mein Kinn an, damit ich ihn ansehen musste.

»Das war nur ein Kauz, Aspen. Er wird schlafen gehen und hat einen Warnruf an mögliche Feinde gesendet. Es ist alles in Ordnung.«

Das war mir jetzt peinlich. »Nur 'ne doofe Eule?«, fragte ich.

»Ein Kauz«, lächelte er und langsam entließ ich ihn aus meinem Klammergriff.

»Okay. Dann entschuldige. Bitte. Wie ich gerade bemerke, steckt doch noch mehr Stadtmensch in mir, als ich dachte.«

»Schon gut. Aber du musst wirklich keine Angst haben.«

John drehte sich von mir weg und trabte gemütlich Richtung Fluss. Mit einem leisen Schnaufen folgte ich ihm.

Er stellte zwei kleine Klappstühle auf, den Koffer und das Gewehr daneben und nahm mir die Angeln ab. Eine davon lehnte er an die Stühle, die andere zeigte er mir.

»Das ist deine«, lächelte er. »Sie ist etwas kleiner und besser für dich zu handhaben. Außerdem ist es eine Zweihandrute. Damit hast du etwas mehr Kontrolle.«

»Aha!«

»Warte, ich mach dir schnell das Vorfach dran mit der Sinkschnur.«

»Sinkschnur?«

»Ja, die ist durchsichtig. Sie reicht so ein bis zwei Meter unter die Oberfläche und die Fische können sie nicht ganz so leicht wahrnehmen wie die farbige Schwimmschnur.«

»So so!«

John knotete ein Stück Schnur an die andere, was schon kompliziert genug aussah, doch das war wohl noch lange nicht alles.

»Ich werde dir einen Streamer anbinden. Er ist beschwert und sinkt somit ein Stück hinab.«

»Einen Streamer?«

»Ja, damit kannst du nach Fischen angeln, die etwas unterhalb der Wasseroberfläche schwimmen. Ich selbst benutze Trockennymphen als Köder. Die schwimmen oben. Aber man muss sie übers Wasser fliegen lassen, um echte Insekten zu imitieren. Ich denke, das wird für dich als Anfänger noch zu schwierig sein.«

»John, ich verstehe gerade kein einziges Wort! Aber zeig mir einfach, was ich machen soll. Und es ist mir egal, welchen Namen du deinem Wurm gegeben hast, ich werde ihn nicht in die Hand nehmen und aufspießen, klar?«

Die Schnute, die ich zog, sollte Selbstsicherheit demonstrieren und John gleich klarmachen, dass ich von meiner Meinung nicht abweichen würde. Doch er lächelte nur.

»Das sind keine Würmer«, grinste er. »Alles künstliche Köder. Komm, ich zeige sie dir.«

Er öffnete den kleinen Koffer für mich, und ich sah eine Unzahl an seltsamen Gebilden. Sie wirkten struppig, beinahe wie Haare. In allen Farben schienen sie vertreten zu sein und fürs Erste war ich froh, dass sich kein einziges Stück bewegte. Fasziniert blickte ich auf die Sammlung. Einige sahen wirklich aus wie etwas mit Flügeln, andere wirkten mehr wie Raupen.

»Na? Was sagst du nun?«

»Dass du die armen Fische verarschst«, grinste ich und John lachte.

»Ja, mag sein. Gib mir das Ende deiner Schnur, ich mache dir einen Köder fest.«

»Kann ich den Rosafarbenen da haben?«, fragte ich.

»Rosa? Das Wasser ist vollkommen klar. Du solltest einen dunkleren nehmen.«

»Mir gefällt der andere aber besser.«

John blickte mich kopfschüttelnd an und seufzte. »Du willst Rosa? Dann sollst du Rosa haben. Sorge ich halt alleine für unser Essen.«

»Das werden wir ja noch sehen!«, ärgerte ich ihn.

Er machte für uns beide die Angeln fertig und ich stand unsicher, aber bereit, einen Meter vom Wasser weg, als er wieder zu mir kam.

»Nimm die Angel in deine Führungshand. Gut. Und nun öffne die Bremse an der Rolle.«

»Bremse?«

»Der kleine Knopf an der Seite.«

Ich drückte drauf und es gab ein kleines Klickgeräusch.

»Gut. Jetzt ziehe ein kleines Stück der Schnur mit deiner linken Hand heraus.«

Ich zog daran und John hielt mich auf.

»Gut! Das reicht. Die Rolle ist offen. Jetzt schau dich um, wo du hinwerfen willst. Forellen halten sich gerne bei Steinen auf, um die Fliegenlarven zu fressen, die daran haften. Du solltest dort hinüberwerfen.« Sein Finger zeigte mir die Richtung, und ich nickte.

»Und wie mache ich das?«

»Warte!«

Er stellte sich ganz dicht hinter mich, und ich spürte seinen warmen Atem in meinem Nacken. Ich fühlte, wie ein Prickeln in mir emporstieg, aber das war nicht der Aufregung bezüglich des Angelns geschuldet.

»Du musst jetzt weit nach hinten ausholen. Dreh dich etwas seitlich und stell dir eine Uhr vor. Du schwingst deine Angel auf zwei Uhr nach hinten, dann nach vorne auf zehn Uhr. Kannst du dir das vorstellen?«

Das konnte ich tatsächlich! Ein Wunder!

»Ja«, hauchte ich leise.

»Ich helfe dir. Hab keine Angst.«

Seine Hand legte sich auf meine und er führte meinen Arm in die Richtung, die ich brauchte, nur, um ihn gleich wieder nach vorne zu drücken. Der Köder plumpste ins Wasser, aber nicht dort, wo er sollte, sondern gerade mal zwei Meter vor mir.

»Fast. Das war schon gar nicht schlecht. Noch mal. Etwas mehr Schwung jetzt.«

Wieder versuchte ich es, und wieder fühlte ich seine Hand auf meiner. Dieses Mal schaffte ich einen etwas weiteren Wurf.

»Gut! Du bist ja ein Naturtalent«, raunte er mir ins Ohr, und der sonore Klang seiner Stimme stellte die Härchen in meinem Nacken auf.

»Nein. Nein, das war noch nicht gut«, protestierte ich. »Ich wollte doch bis zu den Steinen da kommen.«

»Okay, dann zieh die Schnur wieder raus, wenn du nicht zufrieden bist. Wir versuchen es noch mal.«

Zufrieden? Ich wusste nicht mal, was ich da tat! Aber seine Nähe zu fühlen, *seine* Haut auf *meiner* Haut zu wissen, verursachte ein wohliges Brennen in mir, das ich noch gerne etwas länger gespürt hätte.

Sei schlau, bleib doof, hatte meine Oma immer gesagt und zum ersten Mal verstand ich, was sie damit gemeint hatte.

»Ich glaube, ich kann das nicht«, brummelte ich meinen gespielten Ärger hinaus.

»Doch, du kannst das. Du musst nur den richtigen Rhythmus finden. Na los.«

Ich wusste, ich konnte dieses Spiel leider nicht ewig fortsetzen, und schließlich gelang es mir tatsächlich, den Köder dorthin zu setzen, wo er hin sollte.

»Hey! Treffer!«, lachte er und strahlte glücklich.

»Hmh«, piepte ich und verzog meine Lippen zu einem peinlich berührten Lächeln. »Und jetzt?«

»Warten, bis einer anbeißt«, zwinkerte er mir zu. »Aber erst die Rollenbremse wieder feststellen.«

»Okay«, seufzte ich, und drückte wieder auf den Knopf.

»Setz dich, das kann dauern.«

Ich nahm auf dem kleinen Hocker Platz und umklammerte die Angelrute mit beiden Händen. Wenn das alles war, was ich jetzt noch zu tun hatte, würde es ein ziemlich langweiliger Morgen werden.

Ein Blick nach rechts zeigte mir, wie John ruhig an seiner Angel herumhantierte, und ohne mich anzusehen, fing er an zu reden und grinste dabei breit.

»Übrigens, mein Wurm hat wirklich keinen Namen. Und du musst ihn auch nicht in die Hand nehmen. Und auf gar keinen Fall wirst du ihn aufspießen, verstanden?«

Im ersten Moment wusste ich gar nicht, was er da brabbelte, doch dann wurde es mir bewusst. Natürlich wurde ich rot wie eine Tomate und natürlich schämte ich mich wieder zu Tode, aber diesmal wollte ich über den Dingen stehen!

»Du weißt genau, wie ich das gemeint habe.«

»Weiß ich das?«, lachte er.

»Oh, du … du ...«

Shit! Kläglich versagt!

»Was ist? Fehlen dir die Worte, Frau Autorin?«

»Du bist ein Schwein!«, grinste ich zurück. »Eins mit Bart!«

»Na, wenigstens hast du nicht Ringelschwänzchen gesagt.«

»Das traue ich dir auch noch zu!«

Jetzt mussten wir beide lachen und dann bemerkte ich, wie John mich lange ansah. Sein herzliches Lachen verwandelte sich in ein sanftes Lächeln. Seine Augen blickten fest in meine, und ich hielt für eine Sekunde den Atem an, denn dies erschien mir wie einer dieser magischen Momente, über die ich so gerne in meinen Büchern schrieb, die ich aber selbst noch nie erlebt hatte. So fühlte es sich also an …

Ein Zwinkern von ihm und die Magie, die mich für kurze Zeit in ihrem Bann hielt, löste ihre Fesseln und verschwand in den Wellen.

Wie gerne hätte ich dieses Gefühl festgehalten! Dieses leichte Herzklopfen, welches das Blut in meinen Adern beschleunigte und mir eine Röte auf die Wangen zauberte, die ich zwar nicht sehen, aber fühlen konnte. Das Bedürfnis, meine Hände unter meinen Schenkeln einzuklemmen, aus Angst, sie könnten etwas Unkontrolliertes tun und dadurch meine Gedanken verraten.

Diese …

Ich horchte in mich hinein, denn ich war mir unsicher, was ich gerade in meinem Kopf formulieren wollte. Ich schüttelte mich kurz, leerte mein Denken. Und dann wusste ich es!

Sehnsucht!

Mit geöffnetem Mund, durch den ich einen tiefen Atemzug nahm, schaute ich hinüber zu ihm. Da stand er. Groß. Männlich. Wunderschön!

Ganz vertieft darin, seine Angel auszuwerfen, bemerkte er gar nicht, dass ich ihn anstarrte. Mit Schwung bewegte er die Rute vor und zurück, und die Schnur peitschte durch die kühle Morgenluft. Der Köder flog über die Wasseroberfläche, und in Johns Gesicht stand etwas Friedvolles geschrieben. Es war wundervoll anzusehen. Beinahe wie Poesie.

Immer wieder ließ er den Köder auf dem Wasser schwimmen. Dann zog er wieder an und ließ ihn erneut fliegen, bis er sich wieder an anderer Stelle aufs Wasser legte. Ich musste zugeben, ich war fasziniert.

»John?«

»Aspen?«

»Verrätst du mir, wieso wir hier angeln dürfen? Ich weiß, wie schwer es ist, eine Genehmigung zu bekommen. Und die ist teuer! Normalerweise dürfen das nur die Ranger. Wie bist du da drangekommen?«

John ließ wieder seinen Köder fliegen, als versuchte er, meiner Frage zu entgehen.

»John?«

Mit einem Zucken in seinem Mundwinkel blickte er kurz zu mir rüber und wieder zurück.

»Ich war mal einer von ihnen!«

Oh!

»Du warst mal Parkranger?«, fragte ich verwundert, doch John nickte nur beiläufig, als würde ihn meine Frage nicht wirklich interessieren.

Doch dem war nicht so! Ich spürte sofort, wie unangenehm es ihm war. Seine ganze Haltung veränderte sich. Er zog seine Schultern so hoch, als ob er seinen Kopf zwischen ihnen verstecken wollte, und ich ahnte, dass ich etwas angesprochen hatte, über das er nicht reden wollte. Dabei war ich schon froh, dass er wenigstens nicht davonlief, wie er es schon mal gemacht hatte. Somit sollte Parkranger und Käsekuchen auf meinen Merkzettel der nicht auszusprechenden Dinge wandern. Aber noch nicht gleich.

»Entspann dich«, sagte ich leise. »Du musst nicht darüber reden, wenn du nicht willst.«

»Will ich nicht!«

»Ein anderes Mal vielleicht?«

»Mal sehen.«

Weder blickte er mich an, noch sagte er ein weiteres Wort, also beließ ich es dabei. Doch es nagte an mir. Mein aus unzähligen schlechten Erfahrungen gewachsenes Misstrauen gegenüber Männern wollte sich gewaltig an die Oberfläche drängen, doch mit Johns Profil vor Augen schaffte ich es gerade noch so, meine Ängste zurückzudrängen. Ich kämpfte mit ihnen einen inneren Kampf, der mir beinahe körperliche Schmerzen bereitete, und ich stand kurz davor, einfach aufzustehen und zu gehen. John versteckte etwas vor mir. Oder vor sich selbst?

Vielleicht quälten ihn auch Ängste, genau wie mich. Doch ich wollte diese nicht gewinnen lassen. Nicht dieses Mal!

9. Kapitel

Still wurde es um uns herum, denn keiner sagte mehr ein Wort. Gedankenverloren starrte ich hinaus über den Fluss, und ich fragte mich, was ich hier überhaupt machte.

»Aspen?«, vernahm ich plötzlich leise meinen Namen, doch ich blickte nicht auf. »Aspen! Sieh mal!«

Mit geschlossenen Augen ließ ich meinen Kopf zwischen meinen Schultern kreisen, bevor ich zu John blickte.

»Was ist? Hast du einen Fisch?«

»Nein. Schau mal dort hinüber. Und sei leise!«

Er deutete mit einem Arm den Fluss hinab und als ich erkannte, was er mir zeigen wollte, ließ ich fast meine Angel fallen.

»Oh scheiße, das ist ein Bär!«, zischte ich durch meine Zähne, und mein Herz fing heftig an zu schlagen.

»Ein Grizzly, ja. Ist er nicht wunderschön?«

Ja, schön war er, aber er machte mir Angst! Hastig zog ich die Angelschnur ein, legte die Rute auf den Boden und stand langsam auf, um näher zu John zu gelangen.

»Sollten wir nicht besser verschwinden?«, flüsterte ich, während John ebenfalls seine Schnur einholte und die Angel ablegte.

»Keine Angst. Er ist zu weit weg. Er wird uns nicht angreifen.«

»Bist du sicher?«

»Ja. Zu dieser Zeit kommen sie nur selten an unser Ufer. Er wird Durst haben. Oder er hat Hunger und will nach einem Frühstück Ausschau halten.«

»Und du bist dir sicher, dass nicht wir sein Morgenhäppchen sein werden?«

»Ja, bin ich.«

Zweifelnd blickte ich auf das Gewehr, das immer noch an Johns Stuhl anlehnte.

»Mir ist nicht wohl in meiner Haut, John. Kannst du ihn nicht verscheuchen? Mit einem Warnschuss vielleicht?«

Er sah, dass ich das Gewehr beäugte und lächelte. Dann nahm er es in die Hand und zielte in Richtung des Bären.

»Nicht auf ihn schießen!«, krächzte ich, denn es sollte panisch klingen, aber nicht laut. Ich wollte doch nicht, dass er dem Bären etwas tut.

»Ich werde ihm nichts tun. Ich will dir nur etwas zeigen.«

Ich sah zu dem Grizzly hinüber, der gerade dicke Steine im Uferwasser umwälzte, wohl auf der Suche nach kleinen Krebsen. Da ertönte ein Schuss und ich zuckte zusammen. Knapp neben dem Bären spritze Wasser auf, dort, wo Johns Kugel einschlug. Der Bär hob nicht mal seinen Kopf.

»Na, der hat ja die Ruhe weg!«, wunderte ich mich.

»Grizzly«, lächelte John. »So leicht lassen die sich nicht verjagen.«

»Beeindruckend.«

»Ja, das ist es.«

»Ich wünschte, ich wäre auch so furchtlos«, seufzte ich und John stellte das Gewehr wieder ab und legte einen Arm um meine Schulter, was sich mehr als gut anfühlte.

»Vertrau mir. Er wird fressen und dann wieder verschwinden.«

»Ich hoffe es. Trotzdem. Ein unglaubliches Tier. Es ist das erste Mal, dass ich einen sehe.«

John drückte meine Schulter und instinktiv legte ich einen Arm um seine Taille. Bei ihm fühlte ich mich sicher und meine Angst verblasste.

»Kennst du den Unterschied zwischen einem Braunbären, einem Schwarzbären und einem Grizzly?«, fragte er.

»Die Farbe?«

John lachte leise. »Das auch. Aber … falls du ihnen mal begegnest. Der Braunbär jagt dich auf den Baum. Der Schwarzbär klettert dir hinterher.«

»Und der Grizzly?«

»Der schüttelt dich runter.«

»Du verarschst mich doch!«

»Würde ich nie tun«, zwinkerte er. »Sieh ihn dir an. Er besitzt eine unbändige Kraft. Der einsame König der Berge. Nur der Kodiakbär ist noch mächtiger als er.«

In Johns Augen erkannte ich die Liebe zu diesen Geschöpfen und in mir die Gefühle für diesen Mann, die immer stärker wurden, trotz meiner Bedenken.

Der Bär hob seinen Kopf und hielt die Nase in den Wind. Ob er uns sah? Oder witterte? Er bäumte sich kurz auf und patschte mit seinen dicken Vordertatzen ins Wasser. Ein Brummen war zu hören. Noch einmal neigte er den Kopf in unsere Richtung. Dann drehte er sich um und verschwand in den Wäldern.

»Hey, du hast ja Tränen in den Augen«, murmelte John und wischte mir eine von ihnen, die sich gerade auf den Weg über meine Wange machte, mit seinem Daumen weg.

»Ich weiß. Diese Begegnung hat mich wirklich sehr berührt. Man vergisst oft, welche Wunder die Natur zu bieten hat. Und es ist traurig, dass der Mensch immer mehr von ihrem Lebensraum nimmt.«

»Leider.« John nahm seinen Arm von meiner Schulter und ergriff wieder seine Angel. »Na los, fangen wir unser Abendessen.«

Das Spiel ging also von vorne los, aber irgendwie war mir die Lust, wenn ich je welche gehabt hatte, vergangen.

Ein kurzer Blick auf die Uhr zeigte mir, dass es bereits nach zehn war. Erfolge hatten wir noch nicht vorzuweisen, und trotz meiner dicken Kleidung wurde mir jetzt doch kalt. Und stinklangweilig war mir auch.

»Hmh«, seufzte ich und stand auf, um meine Angel einzuholen und erneut auszuwerfen. Das würde mir Bewegung verschaffen. Somit hätte ich was zu tun und warm würde mir auch werden. Lustlos holte ich aus, nahm besonders viel Schwung und führte die Angel wieder nach vorne. Erstaunt blickte ich aufs Wasser und suchte den Köder, der eigentlich mit einem Platsch in den Fluten hätte versinken müssen, doch das tat er nicht. Ich bemerkte, dass sich die Schnur nicht nach vorne bewegt hatte, und wollte sehen, wo sie abgeblieben war, doch dann hörte ich schon John schreien.

»Beweg dich ja nicht!«, rief er mir zu und als ich zu ihm hinübersah, erkannte ich die Bescherung.

»Oh mein Gott, John, das tut mir so leid!«, rief ich, als ich sah, wie er sich schmerzverzerrt ans Ohr griff.

Vor Schreck ließ ich die Angel fallen und rannte zu ihm hin.

»Scheiße, was habe ich getan?«, heulte ich fast, als ich den Köder mit dem Haken sah, der sich in Johns Ohrläppchen gebohrt hatte. »Es tut mir so leid! Das wollte ich nicht! Lass mich mal ...«

»Nicht anfassen!«, knurrte er, und meine Hand zuckte zurück.

»John, das habe ich doch nicht absichtlich gemacht! Bitte! Ich hab dir gesagt, ich kann das nicht!«

»Nun, jedenfalls hast du mehr gefangen als ich«, brummte er, und seine Mundwinkel zuckten leicht nach oben.

Das war der Ansatz eines Lächelns! Oder?

»Tut es sehr weh?«, fragte ich und war untröstlich.

»Es geht schon. Zieh bloß nicht mehr an der Schnur!«

»Werd ich nicht. Ich fasse nichts an, hörst du? Gar nichts!«

»Gib mir mal bitte mein Messer aus dem Kasten.«

»Ja, natürlich. Warte!« Eilig rannte ich zu dem Kasten und brachte es ihm. »Hier.«

»Danke.« John schnitt die Schnur durch. »Ich geh mal kurz zum Wagen und sehe mir die Bescherung im Spiegel an. Bin gleich wieder da. Halte du solange meine Angel, okay? Lass den Köder einfach im Wasser, wo er ist! Ja nicht rausziehen!«

»Mach ich nicht!«

John lief, mit einer Hand am Ohr, zurück zu seinem Truck und ich hielt seine Angel starr aufs Wasser gerichtet. Was hatte ich nur schon wieder angestellt? Er musste mich doch für völlig talentfrei halten! Kaum hatte ich es gedacht, spürte ich einen Ruck im Handgelenk und erschrak fast zu Tode.

Beinahe hätte es mir die Angel entrissen, und ich konnte sie gerade noch so halten.

»John«, wimmerte ich, als ich spürte, dass der Zug nicht nachließ. »John?«

Aber John war immer noch mit dem Haken beschäftigt und blickte in den Seitenspiegel seines Autos.

»Was mach ich denn jetzt nur?«, flüsterte ich panisch, denn mittlerweile hatte ich realisiert, dass ich wohl einen Fisch an der Angel hatte.

»Der muss irgendwie zu mir«, stellte ich fest, und begann damit, an der Rolle zu drehen, um die Schnur einzuholen. Doch das war gar nicht so leicht, denn der Fisch wehrte sich, und er hatte Kraft.

»John, wo bleibst du denn nur?«, murmelte ich und drehte immer weiter.

Schließlich schaffte ich es, die Schnur so weit einzuholen, dass ich den Fisch schon erkennen konnte.

»Du kannst das, Aspen. Gleich ist er da. Zieh einfach mit Schwung die Angel hoch und schaffe ihn an Land!«

Mit Energie setzte ich mein Vorhaben in die Tat um, riss die Angel nach hinten, und tatsächlich erhob sich der Fisch aus dem Wasser. Er baumelte in der Luft und durch den Schwung bewegte er sich auf mich zu. Genau auf mich zu!

»Aaaahhh!«, schrie ich und duckte mich.

Was auch immer da am Haken hing, fegte über mich hinweg und ich drehte mich um, damit ich sehen konnte, wo er landete.

»Nein!«

Mit einem lauten Klatscher prallte das zappelnde Etwas genau auf die Brust von John, der sich gerade auf dem Rückweg zu mir befand und nun entgeistert auf das glitzernde Ding starrte, das jetzt vor ihm lag.

Sofort ließ ich die Angel los und blickte schüchtern zu John hin, der kopfschüttelnd den Fisch an der Schnur hochhielt.

»Ich glaube es nicht!«, stöhnte er und kam mit dem Ding auf mich zu.

»Es … es tut mir leid. Du warst nicht da, und ich wusste nicht, was ich machen sollte.«

»Dass wir hier fliegende Fische haben, war mir auch neu«, grinste er und hielt mir das Teil vor die Nase. »Ein Prachtstück, Aspen. Eine wunderschöne Forelle. Ich bin stolz auf dich. Auch wenn die Art und Weise, wie du ihn gefangen hast, mal wieder sehr unkonventionell war.«

John blickte mich an, und ich wusste nicht, was ich sagen sollte.

»Hab ich jetzt gewonnen?«, fragte ich vorsichtig, und John brach in ein lautes Lachen aus.

»Ja, das hast du«, schüttelte er sich, und ob der Absurdität der Situation konnte ich nicht anders, als mit einzustimmen.

Es dauerte eine Weile, bis wir uns beide beruhigt hatten, und schließlich wurde er wieder ernster.

»Dann werde ich das gute Stück mal erlösen.«

»Was hast du vor? Du willst den armen Fisch doch nicht etwa töten?«

»Ich kann ihn ja nicht lebend mit nach Hause nehmen, wenn du ihn essen willst.«

Mitleidig betrachtete ich das arme Tier, das nach Luft schnappte, als John mit ihm zu seinem Koffer ging.

»John?«

»Ja?«

»Können wir ihn nicht einfach wieder freilassen?«

»Freilassen?«

»Ja. Sieh dir den armen Kerl doch an. Er hat bestimmt wahnsinnige Angst. Bitte. Ich könnte vor schlechtem Gewissen nicht mehr schlafen, wenn ich ihn essen würde.«

»Aspen, Steaks wachsen auch nicht am Baum. Hast du da auch ein schlechtes Gewissen? Und Vegetarier bist du nicht, das habe ich an deinem Müll gesehen.«

»Ja, ich weiß«, sagte ich schuldbewusst. »Vielleicht sollte ich einer werden.«

Traurig blickte ich zu Boden, als ich John stöhnen hörte. »Na schön. Lassen wir ihn wieder frei und hungern stattdessen.«

Ein Lächeln schlich sich in mein Gesicht. »Du lässt ihn frei?«

»Ja. Wie könnte ich schon deinen traurigen Augen einen Wunsch abschlagen?«

»Könntest du nicht!«

»Niemals!«

John löste den Haken aus dem Maul der Forelle und hielt sie vor mich. »Hier. Sieh dir deine Retterin noch einmal genau an. Du hast verdammtes Schwein gehabt, mein Freund.«

Behutsam setzte er den Fisch ins Wasser, hielt ihn noch kurz und ließ ihn dann los. Mit nur wenigen Flossenschlägen war er gleich darauf verschwunden.

»Danke!«, hauchte ich John zu, der mir kopfschüttelnd ein Lächeln schenkte.

»Nichts zu danken. Es war dein Fisch.«

»Trotzdem.«

»Schon gut. Ich denke, wir sollten zusammenpacken. Viel Sinn macht es ja nicht, wenn wir nichts mitnehmen. Nur, was stellen wir jetzt mit dem angebrochenen Morgen an?«

Ich war froh, dass er dieses Unterfangen beenden wollte, aber noch froher war ich, dass er mich nicht einfach nach Hause abschieben wollte. Und damit er gar nicht erst auf die Idee kommen konnte, es sich anders zu überlegen, machte ich ihm einen Vorschlag.

»Ich lade dich auf einen besonderen Kaffee ein, wäre das was?«

»Einen besonderen Kaffee?«

»Ja. Kennst du den Tumbleweed Bookstore?«

»Nur dem Namen nach. Was ist damit?«

»Lass dich überraschen.«

~

Kurze Zeit später standen wir vor dem süßen Laden, in dem ich so gerne mal einen Kaffee oder ein Frühstück zu mir nahm. Von außen wirkte er ziemlich unscheinbar mit seiner Holzfassade und der kleinen Terrasse davor. Doch als wir hineingingen, sah sich selbst John mit großen Augen um.

»Wow. Das ist die seltsamste Erscheinung eines Ladens, die ich je gesehen habe. Was ist das hier alles?«

»Ein liebevolles Chaos, findest du nicht?«, lächelte ich. »Du kannst Bücher kaufen, Schmuck, Mützen … Es gibt Frühstück, welches übrigens sehr lecker ist, Kaffee, Eis und kleinere Lunch und Dinner Gerichte. Was immer das Herz begehrt. Oder du setzt dich einfach gemütlich in einen Sessel und liest.«

»Und das funktioniert?«, wunderte sich John.

»Ja. Man fühlt sich hier einfach wohl. Fast wie daheim. Nur etwas bunter. Sie machen auch viele Veranstaltungen für die Dorfbewohner. Es gibt Jazz-Sessions, Mal-Abende und so weiter. Da bin ich allerdings nicht vor Ort. Wo sich zu viele Menschen auf einem Haufen versammeln, fühle ich mich nicht sonderlich wohl. Aber am Morgen ist es nie zu voll, da bin ich gerne hier, genieße einen Kaffee und lese ein gutes Buch. Natürlich nur, wenn ich es mal schaffe, so früh aufzustehen.«

John lächelte. »Sieht fast aus wie bei meiner Großmutter früher. Ich kann verstehen, dass du dich hier wohlfühlst.«

Wir setzten uns in eine gemütliche Ecke und bestellten uns erst mal heißen Kaffee.

»Wollt ihr noch etwas frühstücken?«, fragte die Bedienung freundlich.

John sah mich an, dann die Bedienung. »Haben sie Käsekuchen?«

»Mehr, als du essen kannst, Honey«, flirtete sie mit ihm und ich schmunzelte.

»Wie wäre es?«, wandte er sich an mich. »Ein Wiedergutmachungsstück?«

Mein Herz hüpfte in meiner Brust auf und ab. Er hatte die Sache von damals nicht einfach so beiseitegeschoben und ich hatte das Gefühl, dies sollte eine ehrliche Entschuldigung werden.

»Sehr gerne, John«, lächelte ich ihm zu.

»Zweimal Käsekuchen. Kommt sofort.«

Die Bedienung trollte sich, und John ergriff meine Hand.

»Die ist ja eiskalt!«

»Ja, gegen Ende war ich doch froh, dass wir abgebrochen haben. Ich freue mich jetzt wirklich auf den Kaffee.«

»Kaffee-Junkie!«, grinste er.

»Angel-Loser«, ärgerte ich ihn zurück, und sein Lächeln setzte wieder das Kribbeln in mir in Gang.

Noch mehr kribbelte es, als er sanft meine Hand streichelte. Leider war ich mir nicht sicher, was dieses Streicheln bedeuten sollte. Bei John wirkte alles einfach nur nett und herzlich, und ich befürchtete, ich interpretierte in seine liebevollen Gesten viel mehr hinein, als sie darstellten. Doch als man uns den Kuchen brachte, ließ er nicht los, und ich schluckte.

»Ich muss dir etwas sagen, Aspen«, räusperte er sich schließlich und mir wurde sofort ganz heiß.

»Ja?«

»Ich mag dich. Sehr sogar.«

Oh! Jetzt kam mit Sicherheit das große *Aber* und ich spürte, wie sich mein Magen ganz langsam zusammenzog. Das habe ich schon einmal zu oft erlebt, und so fasste ich mir ein Herz, um ihm zuvorzukommen.

»Schon gut, John. Ich weiß, was du sagen willst. Du sagst mir jetzt, was für eine tolle Frau ich bin und dass ich einen Besseren als dich verdient hätte. Dass du mich zwar gut leiden kannst, aber mehr als Freundschaft nicht drin ist. Danach wirst du gehen und dich nie wieder blicken lassen. Vorher lässt du dir aber noch meine Telefonnummer geben, bei der du aber nie anrufen wirst, nur, um mir ein gutes Gefühl zu vermitteln. Hab ich recht? Schon gut, du musst nicht antworten. Ich gehe zu Fuß nach Hause. Bemühe dich nicht.«

Ich entzog ihm meine Hand, stand auf und wollte gehen, doch ich kam nicht weit, denn er stellte sich mir in den Weg und ergriff meine Schultern.

»Sind so die Männer, mit denen du üblicherweise zu tun hast?«, fragte er, und mit ernstem Blick sah er mir in die Augen.

»Für gewöhnlich, ja«, schluckte ich. »Jedenfalls früher. Heute verkehre ich mit niemandem mehr.«

An Johns Grinsen erkannte ich, dass ich schon wieder etwas gesagt hatte, das er absichtlich falsch auffasste, und die Bestätigung für meine Annahme folgte umgehend.

»Ich würde auch nicht mit dir ausgehen wollen, hättest du noch mit anderen Verkehr.«

»Du kannst es einfach nicht lassen, mich zu ärgern, oder?«, funkelte ich ihn an, denn ich war so sauer darüber, abgeschoben zu werden, dass ich nicht mal bemerkte, welche Worte er da gerade gesagt hatte.

»Ich will dich gar nicht ärgern. Im Gegenteil. Ich bin nur mehr als schlecht darin, zu flirten, und ich versuche jeden Brocken aufzugreifen, den du mir vor die Füße wirfst.«

Ich hörte, was er sagte, aber verstehen konnte ich es nicht. Flirten? Warum sollte er, wenn er mich doch abschob?

»Ach, scheiß drauf!«, knurrte er plötzlich, und das Nächste, was ich spürte, waren seine Lippen auf meinen und seine Hand, die mich nicht zurückweichen ließ, in meinem Nacken!

»John, ich ...«, nuschelte ich an seinem Mund.

»Schsch!«

Und dann schloss ich meine Augen!

10. Kapitel

Warm und weich pressten sich seine Lippen auf meine. All meine Nervenenden sendeten ein Signal in meinen Bauch, und im Bruchteil einer Sekunde flatterten Millionen Schmetterlinge durch mich hindurch.

Dieser Kuss! So sanft, so zart.

Die Finger in meinem Nacken! So kräftig und fordernd!

Dazu die Hand auf meinem Rücken, die mich bestimmend zu ihm hinzog …

Ohne nachzudenken, legte ich meine Hände auf seine Taille, und als seine Zunge zart über meine Unterlippe strich, krallte ich meine Finger in sein Fleisch! So sehr hatte ich mich nach Zärtlichkeit gesehnt, und John schenkte mir gerade davon im Überfluss. Ich hätte weinen können!

Ich versank in seinen Armen, meine Zunge versank in seinem Mund, und ich vergaß, wo ich war. All der Kummer, den mir andere Typen beschert hatten, geriet in Vergessenheit, und ich erinnerte mich daran, wie sich verliebt zu sein anfühlte!

Ja, ich hatte mich in John verliebt, das musste ich mir jetzt eingestehen, und noch nie zuvor fühlte sich etwas so gut an! Als ob ich in seinen Armen versinken würde, als seine Wärme mich umschloss!

»John«, murmelte ich erneut, als sich seine Lippen von meinen lösten.

Mit großen Augen sah er mich an. Liebevoll, aber dennoch flackerten seine Lider. Etwas stimmte nicht, und ich spürte, wie sich Panik in mir ausbreitete.

»Was hast du?«, fragte ich und John strich sich mit einer Hand durch seine Haare.

»Nichts, ich …«

»John?«

Seine rechte Hand streichelte kurz über meine Wange. »Ich muss mich entschuldigen, Aspen. Ich habe keine Ahnung, was da gerade über mich gekommen war. Das ist normal nicht meine Art.«

Na, super!

Seufzend setzte ich mich erst mal wieder an den Tisch und John sich mir gegenüber.

»Ist schon gut. Es war nur ein Kuss«, heuchelte ich Gelassenheit, doch John ergriff meine Hand.

»Nein. Es war so viel mehr als das, Aspen. Ich mag dich wirklich sehr. Und ich wünsche mir nichts mehr auf der Welt, als diesen Kuss zu wiederholen. Ich sehnte mich danach, seit ich dir am Flughafen zum ersten Mal begegnet bin.«

»Und?«, fragte ich, und beobachtete ihn argwöhnisch.

»Es gibt da etwas, das du nicht weißt, und es fällt mir sehr schwer, darüber zu reden.«

»Sag es mir einfach. Ich beiße schon nicht.«

»So einfach ist das nicht, Aspen.«

»John, sag es einfach!«, forderte ich, doch er schüttelte den Kopf und mir war, als stünde ihm tiefe Traurigkeit in den Augen. In dem Moment wusste ich nicht, wen ich gerade mehr bedauerte. Ihn oder mich.

»Ich kann nicht. Nicht hier«, raunte er und schüttelte leicht seinen Kopf. »Aber ich habe dich nicht angelogen. Ich empfinde wirklich etwas für dich. Das Problem, mit dem ich zu kämpfen habe, betrifft nur mich selbst. Mit dir hat das nichts zu tun.«

Nervös knüllten seine Hände jetzt eine Serviette zusammen, und natürlich spürte ich, wie unsicher er sich gerade fühlte. Beinahe tat er mir leid, doch ich musste zuerst mit meinen eigenen Gefühlen klarkommen. Ob der Käsekuchen dabei helfen würde? Ich nahm meine Gabel und begann davon zu essen, aber ich musste ordentlich Kaffee nachspülen, sonst wäre mir das Stück im Hals steckengeblieben.

»Aspen? Bitte, sag doch was.«

»Ich weiß nicht, was ich sagen soll«, antwortete ich, als ich den Klumpen endlich runtergewürgt hatte. »Ich mag dich auch. Sehr sogar. Aber ich bin selbst kompliziert genug. Keine Ahnung, ob ich damit zurechtkomme, was sich hier gerade zwischen uns abspielt. Ich habe einfach Angst vor dem nächsten Schritt, und auch davor, dass dein Problem sich als größer herausstellen könnte, als es bisher den Anschein hat. Es liegt nicht unbedingt in meiner Absicht, meine Gefühle für jemanden auszubauen, der sich über seine für mich noch nicht im Klaren ist.«

John blickte mich erst mit großen Augen an, dann senkte er schnaufend seinen Kopf. Zweifellos überlegte er sich eine Antwort, und als er sie fand, ergriff er wieder meine Hand.

»Natürlich kann ich mir denken, dass dies gerade eine scheiß Situation für dich ist. Aber kannst du mir wenigstens glauben, dass ich dich mag? Ich meine, so wie für dich, habe ich schon sehr lange nicht mehr für jemanden empfunden. Du bedeutest mir wirklich viel. Aber ich kämpfe da noch mit etwas in mir, das ich zuerst besiegen muss. Ich würde dir wehtun, sollte ich diesen Kampf nicht gewinnen, und das will ich nicht.«

Verzweiflung stand nun in seinem Gesicht, und nichts interessierte mich gerade mehr, als die Ursache für seinen Konflikt. Doch erzwingen konnte ich es nicht.

»Hör zu, John. Wir lernen uns gerade erst kennen. Ich würde lügen, würde ich sagen, dass ich dich nicht überaus anziehend finde. Und ich bin ein verständnisvoller Mensch. Wenn du noch etwas Zeit brauchst, dir über deine Gefühle klar zu werden, dann verstehe ich das. Wir können es langsam angehen. Aber ich werde nicht ewig warten. Und bevor wir einander gegenseitig wehtun würden, sollten wir es vielleicht jetzt und hier beenden. Ist dein Problem so groß, dass du keine Chance für uns siehst? Dann sage es mir lieber gleich.«

Fuck! Noch nie zuvor in meinem Leben fühlte ich mich gleichzeitig so mutig und entschlossen, und andererseits so schwach und ängstlich. Ich wollte wirklich, dass sich die zarten Bande, die wir bisher geknüpft hatten, weiter festigten. Doch unter keinen Umständen wollte ich mich in etwas verrennen, das in eine Katastrophe schlitterte.

»Ich weiß, dass ich ein Problem habe. Doch ich kämpfe wirklich dagegen an. Seit du in mein Leben getreten bist, bemühe ich mich wirklich. Doch es ist nicht leicht.«

»Und du kannst nicht mit mir darüber reden?«, startete ich einen letzten Versuch.

John blieb stumm.

»Na gut. Weißt du was? Bring mich einfach nach Hause. Ich denke, wir brauchen beide erst mal Ruhe.«

»Okay«, seufzte er, und winkte die nette Kellnerin an unseren Tisch, um unsere Rechnung zu bezahlen.

Kurze Zeit danach saßen wir in seinem Truck und schwiegen vor uns hin. Wieder hätte ich heulen können, doch dieses Mal aus anderen Gründen. All meine Felle schwammen gerade den Yellowstone River hinab und nichts konnte sie aufhalten. Meine Augen füllten sich mit Tränen, und weil ich versuchte, ein Schluchzen zu unterdrücken, kribbelte meine Nase und ich musste niesen.

»Gesundheit!«, sagte John. »Du wirst dir doch hoffentlich nichts eingefangen haben?«

»Nein, ich glaube nicht. War nur ein Niesreiz.«

»Wenn du ein Taschentuch brauchst, im Handschuhfach liegen welche.«

»Ja, danke.«

Ich öffnete das Fach und kramte nach den Kleenex, als mir ein Foto in die Hände fiel. Verwundert betrachtete ich das Bild und mein Herz setzte aus! Ich sah John und eine hübsche junge Frau. Er hatte den Arm um ihre Schultern gelegt und sie selbst hielt auf ihrem Arm ein Baby. Im Bruchteil einer Sekunde realisierte ich, was ich da sah, nämlich eine glückliche Familie. John war verheiratet!

»Halt an!«, krächzte ich leise, und John blickte verwundert zu mir herüber.

»Was?«

»Halt sofort an!«, wiederholte ich, nur dieses Mal deutlich lauter.

John trat auf die Bremse. »Was ist denn los?«

Ich zog das Bild hervor und hielt es ihm unter die Nase. »Ist es das, was dich so quält? Fällt es dir schwer, dich zu entscheiden? Keine Sorge, John. Die Entscheidung nehme ich dir ab. Ich würde mich niemals in eine Beziehung drängen. Erst recht nicht, wenn aus ihr ein Kind hervorgegangen ist.«

Wütend warf ich das Bild in seinen Schoß und er ergriff es.

»Aspen, das kann ich ...«

»Was? Mir erklären? Spar dir das. Es ist vorbei mit uns. Geh nach Hause zu deiner Frau!«

Ich sprang aus dem Wagen und wollte den Rest des Weges zu meinem Haus laufen. Tränen verschleierten meinen Blick und ich atmete schwer, sodass ich nicht so schnell vorankam, wie ich es gerne gewollt hätte.

Dieser Lügner! Dieser Betrüger!

Und ich war auf seinen braunen Dackelblick hereingefallen! Ich wusste nicht, wen ich gerade mehr hasste. Ihn oder mich selbst wegen meiner Dummheit.

»Aspen!«, rief er mir plötzlich hinterher. »Aspen, bitte!«

Seine Stimme kam näher und ich versuchte, zu beschleunigen, aber John war schneller. Er holte mich ein, riss mich an einer Schulter zu sich herum und bei mir brachen alle Dämme. Ich weinte hemmungslos!

»Bitte, Aspen. Lass es mich erklären!«

»Was gibt es da zu erklären? Deine Schwester ist es jedenfalls nicht, sonst würdest du sie nicht so ansehen. Und jetzt lass mich los!«

Wieder stürmte ich davon, und erst, als ich meine Haustür erreichte, hatte John mich wieder eingefangen. Erneut legte er mir seine kräftigen Hände auf die Schulter, und ich wehrte mich gegen seinen Griff.

»Aspen, hör auf!«, schrie er, als ich mich umdrehte und mit meinen Fäusten gegen seine Brust trommelte. »Es ist nicht so, wie du denkst!«

»So? Ich weiß, was ich gesehen habe. Du kannst aufhören zu lügen. Hast du gedacht, ich finde das nicht raus? Glaubtest du wirklich, ich würde mich auf eine heimliche Liaison mit dir einlassen? Vergiss es! Du bist verheiratet, verdammt noch mal!«

Mit letzter Kraft schrie ich ihm meine Worte entgegen und atemlos wollte ich mich hinsetzen, denn meine Beine wollten mich nicht mehr tragen. Ich schwankte, doch John fing mich auf und hielt mich fest.

»Lass mich einfach los, hörst du?«, flehte ich.

»Das kann ich nicht.«

»Warum nicht?«

»Weil ich mich in dich verliebt habe. Und ich will dich nicht verlieren.«

»Das hast du in dem Moment, als ich erkannt hatte, dass du verheiratet bist.«

»Ich bin nicht verheiratet.«

Was sagte er da? Wollte er diese Lüge wirklich aufrechterhalten?

»Ich weiß, was ich gesehen habe«, murmelte ich kraftlos und von bitterer Enttäuschung gezeichnet.

John hob mit einer Hand mein Kinn an und zwang mich dadurch, ihn anzusehen.

»Sie sind tot, Aspen. Beide.«

Entsetzt über das Gehörte, sah ich ihm tief in die Augen und konnte es nicht glauben. Ich *wollte* es nicht glauben.

»John …?«, wimmerte ich.

»Es nicht nicht immer alles so, wie es scheint. Ja, ich war verheiratet. Aber es ist lange her. Zehn Jahre, um genau zu sein. Und ja, ich habe meine Frau und meine Tochter geliebt. Mehr als alles andere auf der Welt. Als sie starben, brach genau diese Welt zusammen. Niemals wieder konnte ich seit dem unsäglichen Tag Gefühle für jemanden empfinden. Bis du in mein Leben getreten bist.«

»John, ich …«

»Nein! Schon gut. Du hast recht. Ich hätte es dir sagen müssen. Aber ich konnte nicht. Es fällt mir schwer, darüber zu reden, und noch immer habe ich Probleme damit, meine Gefühle in den Griff zu bekommen. Ich bin verkorkst seit dem Tag, das weiß ich. Und genau diese Erfahrung mit mir zu machen, wollte ich dir ersparen.«

Kaum hatte er es ausgesprochen, plagten mich Schuldgefühle. Vor mir stand ein Mann, der nun gar nicht mehr stark auf mich wirkte, sondern müde und gebrochen. Es war schon schlimm genug, seinen Partner zu verlieren. Aber ein Kind zu verlieren, das musste der blanke Horror sein. Niemand sollte diese Erfahrung machen müssen. Niemand!

»Es tut mir leid«, hauchte ich nur noch und ich schämte mich für mein Benehmen. Ich schämte mich, weil ich ihm unterstellt hatte, er wäre nur auf eine billige Affäre aus. »Willst du darüber reden?«

»Nein«, schüttelte er den Kopf. »Wenn ich darüber reden würde, müsste ich darüber nachdenken, und das kann ich nicht. Es stellt Dinge mit mir an, die ich nicht kontrollieren kann.«

Ich dachte an die Käsekuchen-Situation und fragte mich, ob sie etwas damit zu tun haben könnte. Hatte er wegen seiner Frau und dem Kind seinen Job als Parkranger aufgegeben? Tausend Fragen marterten meinen Kopf, doch weder ich noch er konnte sie mir beantworten. Das Denken fiel mir schwer und eigentlich spürte ich nur noch Bedauern in mir.

»Ich kann nur wiederholen, wie leid es mir tut, John«, flüsterte ich fast.

»Mir tut es leid. Ich habe mir so sehr gewünscht, dass es zwischen uns vielleicht funktionieren würde. Aber vermutlich habe ich mich getäuscht. Ich bin noch nicht so weit. Und du hast wahrlich Besseres verdient. Leb wohl, Aspen.«

John drehte sich um und wollte gehen, doch dieses Mal lief ich ihm hinterher.

»John, warte!«

Er blieb stehen, und als ich ihn erreichte und er sich zu mir umdrehte, standen Tränen in seinen Augen.

»Was ist denn noch?«

Ja, was eigentlich? Um das zu erfahren, musste ich tief in mich hineinhören. Wollte ich diesen Mann einfach so gehen lassen? Wollte ich wirklich, dass das Beste, was mir je in meinem Leben passiert war, einfach für immer verschwand? Oder hatte er recht, und es war besser, dass wir beide getrennte Wege gingen? Mein Herz brauchte nicht lange, um sich über eine Antwort klar zu werden.

»Geh nicht!«

»Doch, genau das sollte ich. Ich bin nun mal ich, und ich habe dich schon einmal verletzt. Das darf nie wieder passieren. Dafür achte ich dich viel zu sehr.«

Grübelnd überdachte ich, was er gemeint haben könnte und wieder kam mir der Käsekuchen in den Sinn.

»Du sagst mir aber jetzt nicht, dass du das, was sich gerade zwischen uns zu ereignen scheint, wegen einem Stück Käsekuchen, das du nicht mochtest, wegwerfen willst, oder? Es war seltsam, ja, aber ich hatte es fast schon vergessen.«

John zog hörbar seine Nase hoch. »Es ist doch nicht nur der Käsekuchen, Aspen.«

»Dann erkläre es mir!«, flehte ich beinahe, doch John schüttelte seinen Kopf.

»Ich kann es mir ja selbst nicht erklären. Und solange ich das nicht kann, sollte ich mich von dir fernhalten. Mach's gut.«

Er sprach die Worte aus, hauchte mir noch einmal einen Kuss auf meine Lippen und verschwand.

Für immer?

11. Kapitel

Atemlos rannte ich zurück ins Haus. John war wirklich gegangen, und er ließ mich nicht nur mit Fragen zurück. Das Paket, das er auf meine Schultern geladen hatte, war zu schwer, und ich hatte das Gefühl, unter ihm zusammenbrechen zu müssen.

So sehr ich auch die ganze Zeit an meinen eigenen Gefühlen für ihn gezweifelt hatte, jetzt, da er fort war, überfluteten sie mein Inneres und ich glaubte, ertrinken zu müssen. Ich japste nach Luft!

Keuchend schälte ich mich aus meiner Jacke und der Weste, trat mir die Stiefel von den Füßen und schleuderte sie in eine Ecke. Danach rannte ich in die Küche, ließ mir Leitungswasser in ein Glas laufen und trank es auf Ex aus. Doch der Kloß in meinem Hals blieb.

So konnte es doch nicht enden! So durfte es einfach nicht enden!

Meine Hände begannen zu zittern und ich wusste, es war nicht nur die Kälte, die das verursachte. Meine Nerven lagen am Boden und mein Kreislauf schien auch noch auf ihnen herumzutrampeln. Einen Moment lang war ich versucht, laut zu schreien, meinen ganzen Frust hinauszuposaunen, doch stattdessen fanden meine Augen die Bar im Wohnzimmer. Es war noch nicht mal zwölf Uhr mittags, doch das war mir egal!

Mich selbst umarmend, als könnte ich mir dadurch die Wärme geben, die mir gerade so sehr fehlte, schlich ich zur Bar hinüber und goss mir einen Whisky ein. In einem Rutsch schluckte ich das flüssige Gold und es brannte sich heiß durch meine Kehle. Das leere Glas stellte ich auf dem Tisch vor dem Kamin ab. Danach zündete ich ein Feuer an und als es an Kraft gewann, setzte ich mich auf den Boden davor und blickte verloren in die Flammen.

Was sollte ich jetzt nur tun?

Ich hätte aufgeben können. Vielleicht wäre es ja das Beste. Bisher war ja auch kaum was passiert zwischen uns. Natürlich gab es dieses Kribbeln. Und mit Sicherheit drehten sich fast alle meine Gedanken um ihn in den letzten Wochen. Kurze, zarte Berührungen. Ein sanftes Annähern, beinahe wie zu Teenager Zeiten. Und es gab dieses Sehnen in mir. Dazu kam sein Kuss, der mir noch lange Träume voller Verlangen nach Mehr schenken würde. Doch all das war nur Oberflächen-Gekratze. Ein kurzer Rausch, der schnell vergehen würde. Schon oft war ich verliebt, aber nach vier Wochen fragte ich mich mehr als einmal: Wie konntest du nur!

Würde ich mich das Gleiche bei John auch fragen?

John war einfach anders, als alle Männer, die ich vorher kannte. Und eins wusste ich ganz genau: Er fehlte mir jetzt schon!

Man hat immer eine Wahl …

Aufgeben? Kämpfen? Aufgeben …?

»Oh Scheiße!«, fluchte ich, als ich hinter meinem Rücken ein leises Knurren vernahm. »Devil! Du hast mich zu Tode erschreckt! Bist du verrückt geworden, dich so an mich anzuschleichen? Himmel!« Mein Herz schlug bis zum Hals.

Devil kam langsam auf mich zu, doch er wirkte anders als sonst. Geduckt näherte er sich, und das tiefe Grollen in seiner Kehle war zwar leise, aber dennoch zu hören. Seine Augen fixierten mich und seine Ohren waren nach vorne gerichtet. Als er ganz dicht vor mir stand, bleckte er seine Zähne, und plötzlich wurde mir bewusst, was sich da eigentlich vor mir befand. Doch trotz seiner Drohgebärde, verspürte ich keine Angst und irgendwie ahnte ich, wie ich reagieren musste. Ich drückte meinen Rücken durch, nahm die Schultern zurück und blickte ihm fest in die Augen.

»Du meinst, ich bin schwach, stimmt's? Du denkst, ich benehme mich wie das Omega-Weibchen, das nichts zu melden hat, sich vor allem und jedem duckt und das niemals zu einem ...« Ich stockte, sah mein Gesicht im Blau seiner Augen und verstand. »Das niemals zu einem Alpha-Wolf gehören wird!«

Devil neigte den Kopf und verharrte.

»Du meinst, ich soll kämpfen?«

Wieder bleckte er die Zähne, aber nur ganz kurz. Dann machte er einen *Diener* vor mir, nur, um gleich wieder aufgeregt aufzuspringen, und sich einmal um die eigene Achse zu drehen.

»Und du glaubst, ich könnte es schaffen, Johns Herz zu erobern?«

Devil setzte sich auf seinen Hintern und wartete ab. Das war doch verrückt! Er konnte unmöglich etwas über meine Gefühle zu John wissen. Und erst recht würde er nicht verstehen können, wie zerrissen wir beide gerade waren.

Andererseits, ein Wolf ist ein soziales Wesen mit klaren Strukturen im Rudel. Vielleicht hatte er einfach nur gespürt, wie scheiße es mir gerade ging und wie schwach ich mich fühlte. Ein bösartiges Tier hätte diese Schwäche möglicherweise ausgenutzt und mich eventuell sogar angegriffen. Aber so war Devil nicht. Er wollte mich wissen lassen, wie bemitleidenswert ich wohl gerade daherkam. Und er verpasste mir einen scheinbar gutgemeinten Rüffel.

Vorsichtig streckte ich ihm meine Hand entgegen und zuerst schnüffelte er daran, bevor er sie ableckte. Danach streichelte ich ihm kurz über den Kopf.

»Wie es aussieht, muss ich einen weiteren einsamen Wolf retten, oder?«, flüsterte ich ihm liebevoll zu und Devil schmiegte seine Wange in meine Hand. Eine Träne lief über mein Gesicht und ich wischte sie weg. »Und wenn ich ihn retten kann, rette ich vielleicht auch mich selbst!«

~

Nach einer mehr als unruhigen Nacht, mit Fragen über Fragen, zu denen ich keine Antwort hatte, stand ich gegen elf Uhr auf und wunderte mich, dass ich sage und schreibe fünfzehn Stunden im Bett verbracht hatte. Das frühe Aufstehen am Samstag hatte dafür gesorgt, dass ich schon um acht todmüde ins Bett gefallen war, und obwohl ich bereits relativ früh erwachte, weigerte ich mich, aufzustehen. Noch war es mir zu früh, mich mit dem neuen Tag auseinanderzusetzen, also rollte ich von einer Seite zur anderen, bis ich wieder einschlief. Doch nun tat mir jeder Knochen weh, und es gab keine Entschuldigung mehr, nicht aufzustehen.

Mich fröstelte, denn das Feuer im Kamin war heruntergebrannt, also drehte ich die Heizung auf und gönnte mir gleich einen heißen Kaffee.

Devil schlief noch, und beim Anblick seines blankgeputzten Napfes überkam mich ein schlechtes Gewissen. Ich hatte seinen Sechs-Uhr-Snack vergessen! Das war mir noch nie passiert, und ich hoffte, er würde mir die kurze Fastenzeit nicht übelnehmen.

Ein Blick nach draußen zeigte mir, dass es schneite. Anders, als noch vor einer Woche, blieben die Flöckchen nun aber liegen, wie es aussah, denn ein zartes, weißes Tuch bedeckte bereits den Boden.

Die erste Tasse Kaffee war schnell geleert, und ich besorgte mir umgehend Nachschub. Heute konnte ich nicht mehr auf meinem Balkon sitzen, dafür war es zu kalt, also musste der Küchentisch herhalten.

Müde rieb ich mir den Schlaf aus den Augen und dachte darüber nach, was ich nun machen sollte. Sollte ich Gerry noch mal anrufen? Eher nicht! Wie immer würde sie sehr diplomatisch bleiben, aber helfen würden mir ihre lieb gemeinten Worte nicht, also ließ ich es.

»Was würden deine Protagonisten jetzt tun?«, murmelte ich vor mich hin und grinste. »Tja, sie würden ihre Contenance verlieren, in eine vornehme Ohnmacht fallen und sich vom Held der Geschichte retten lassen!«

Ich war am Arsch! Aber so was von!

»Komm schon, Aspen!«, puschte ich mich selbst. »Du bist doch nicht dumm, verdammt. Du hast studiert, zur Hölle noch mal!«

Ja, aber nur Anglistik und amerikanische Literatur!

»Und du bist eine Frau! Gott hat uns die Kraft gegeben, uns einzufühlen. Unsere natürliche Neugier lässt uns Dinge herausfinden, die sich Männer nicht mal vorstellen können! Wir können stur sein. Und manipulativ. Männer sind simpel, verflucht!«

Ich trat mir verbal gerade selbst so dermaßen in den Hintern, dass es fast wehtat.

»Du bist eine starke, unabhängige Frau! Und du hast einen Mann kennengelernt, den du magst. Einen, den du begehrst. Du willst ihn? Dann schnappe ihn dir! Zeig ihm, was ihm entgeht! Oder, um es mit Gerrys Worten zu sagen: Zeig seinem Grottenolm, wo eine gemütliche, feuchte Heimat auf ihn wartet!«

Ich riss die Balkontür auf und trat hinaus. Tief atmete ich ein und dann schrie ich über alle Berge und Täler hinaus.

»Ich! Bin! Ein! Verdammtes! Alpha! Weibchen! Und ich werde mir das nehmen, was ich will!«

Kaum verhallte das Echo meines Schreis, zuckte ich zusammen. Eine Schneeflocke landete genau auf meinem Augenlid und zerschmolz zu einer kalten, nassen Spur auf meiner Nase. Ein Schauer lief mir über den Rücken.

»A … aber zuerst noch einen Kaffee!«

Zähneklappernd ging ich wieder hinein, verschloss die Tür und eilte zitternd zur Kaffeemaschine, um mir eine weitere Tasse zu gönnen. Nachdenklich schüttelte ich über meine kurzzeitige, übertrieben selbstbewusste Anwandlung den Kopf.

»Es wird wohl nicht ganz so leicht werden, wie ich es mir vorstelle. Aller Wahrscheinlichkeit nach wird es sogar das Schwerste werden, was ich je tun musste. Aber ich gebe dich nicht auf, John Gatlin, hörst du? Ich gebe dich nicht auf!«

~

Wieder einmal verzichtete ich auf eine lange Schreibnacht, damit ich zeitig auf den Beinen sein konnte. Zum ersten Mal in meinem Leben, rüstete ich mich für ein Abenteuer, das ich alleine bewältigen musste.

Ich wollte hinüberfahren nach Wyoming!

Nicht gerade ein heldenhaftes Unterfangen, wollte ich doch lediglich das sechs Meilen entfernte Albright Visitor Center and Museum besuchen, ein historisches Gebäude, das eine Parkranger-Station beheimatete, welche Gardiner am nächsten lag. Vielleicht konnte ich dort einiges über John herausfinden. Und falls nicht, wäre es ein kurzer Ausflug in eine wunderschöne Landschaft gewesen, also auf in den Kampf!

Argwöhnisch betrachtete ich die dünne Schneedecke und danach die Sommerreifen meines Silverado und hoffte, dass die Straßen frei sein würden. Ich musste mir wirklich Winterreifen besorgen, wollte ich keine weiteren Risiken eingehen. Doch für heute mussten die Alten reichen.

Ehrfürchtig durchquerte ich den Roosevelt-Arch, das nördliche Eingangstor zum Park, und etwa nach einer halben Stunde kam ich bei dem Center an. Normalerweise brauchte man nicht so lange, aber an einer Mautstelle gab es einen kleinen Aufenthalt, und wegen der nassen Straße fuhr ich vorsichtig.

Als ich ausstieg, betrachtete ich mir ausgiebig das altehrwürdige Sandsteingebäude. Obwohl es restauriert war und sogar so weit nachgerüstet wurde, seismischen Aktivitäten standzuhalten, hatte es nichts von seinem altertümlichen Charme verloren. Fenster und Türen und auch die Kamine bewahrten ihren historischen Charakter und die modernen Bauteile, die angepasst wurden, fielen kaum auf.

Ich ging eine der beiden Treppen hinauf, die zur überdachten Terrasse führten, und betrat das kleine Besucherbüro.

»Guten Morgen«, wurde ich freundlich begrüßt und ich erwiderte den Gruß. »Mein Name ist Anthony, was kann ich für Sie tun?«, fragte der nette junge Mann, den ich nicht als Ranger einschätzte, sondern eher als Studenten, der sich hier wohl ein paar Dollar verdiente.

»Hi«, antwortete ich schüchtern, denn ich war eine schlechte Lügnerin, und alles, was jetzt kommen sollte, war eine Lüge! »Ich weiß nicht, ob Sie mir helfen können. Ich heiße Aspen. Aspen White. Ich bin auf der Durchreise und wollte einen alten Freund besuchen. John Gatlin. Er müsste im Park als Ranger arbeiten, und ich dachte, er freut sich vielleicht über einen Besuch.«

»John Gatlin? Nicht, dass ich wüsste. Jedenfalls nicht hier. Aber ich bin erst seit zwei Monaten hier.«

»Oh«, seufzte ich bedauernd und setzte den traurigsten Blick aller Zeiten auf. Er zeigte Wirkung.

»Keine Sorge, Ma'am, wenn er hier arbeitet, finden wir das raus. Einen Moment, bitte.«

Anthony griff nach dem Telefon und führte ein kurzes Gespräch. Als er auflegte, lächelte er mir zu.

»Es kommt gleich jemand, der schon länger hier ist. Wenn Sie warten möchten, nehmen Sie doch bitte einen Augenblick Platz.« Er deutete auf ein paar Stühle vor dem Fenster und ich lächelte.

»Gerne. Und vielen Dank, Anthony. Ich würde mich wirklich freuen, John zu sehen. Ist schon Jahre her.«

»Nennen sie mich Tony, wie alle meine Freunde. Und keine Ursache. Ich freue mich, wenn ich helfen kann.«

Innerlich ballte ich in Gedanken eine Faust, denn die erste Hürde hatte ich überwunden.

Ich nahm auf einem der Stühle Platz und betrachtete die alten Fotos an den Wänden, die aus einer Zeit stammten, als der Park noch vom Militär beschützt wurde, bevor man 1916 den Nationalpark ausrief. Die rotgedeckten Häuser mit ihren unzähligen Schornsteinen auf der gegenüberliegenden Straßenseite zeugten noch vom Kasernen-Status, den dieses Fort einst innehatte, als es noch die Kavallerie beheimatete.

Plötzlich betrat eine ältere Frau durch eine Hintertür das Büro, erkundigte sich kurz bei Tony, der auf mich zeigte, und ich erhob mich, als sie freundlich lächelnd auf mich zukam.

»Hallo. Ich bin Ginger. Wie kann ich Ihnen helfen?«

»Hallo. Ich bin Aspen.«

Erneut trug ich mein Anliegen vor und als ich geendet hatte, schlich sich etwas Trauriges in Gingers Gesicht.

»Ja, es stimmt. John hat früher hier gearbeitet. Woher kannten Sie ihn?«

»Wir besuchten die gleiche Highschool. Ist eine Ewigkeit her, und nach dem Abschluss trennten sich unsere Wege. Jetzt habe ich beruflich in der Nähe zu tun, und ich hoffte, ihm einen Besuch abstatten zu können.«

Bedauern trat in ihr Gesicht. »Das tut mir sehr leid. John ist schon lange nicht mehr hier. Kommen Sie, gehen wir ein Stück.«

Ich folgte ihr durch eine weitere Tür und stand inmitten einer Art Museum. Verschiedene Hörner hingen an der Wand, mit Erklärungen darunter, zu welchem Tier sie wohl gehörten. Mitten im Raum stand ein mächtiger Bisonbulle, und ich erschrak im ersten Moment über seine Größe. So nahe war ich noch nie einem gekommen, und ich befand, dass das auch nicht nötig war.

»Es ist schon ein paar Jahre her, dass er uns verlassen hat. Wir alle waren sehr traurig, als er uns verließ. Er war einer unserer Besten«, lächelte sie.

»Wieso ist er gegangen? Wurde er versetzt?«

»Nein«, schüttelte sie den Kopf. »Ich weiß nicht, ob Sie es wissen, und eigentlich sollte ich nicht darüber reden. Aber Sie machen einen sehr netten Eindruck auf mich, also will ich mal nicht so sein.«

Sie drückte kurz meinen Arm, und die Lachfältchen um ihre grauen Augen herum verliehen ihr etwas Gütiges. Wir gingen ein paar Schritte und blieben vor einem großen Foto stehen, auf dem eine Menge Leute in Parkuniform abgebildet waren.

»Die wilden Sieben«, blickte sie melancholisch auf das Bild, und als ich genauer hinsah, erkannte ich in der Mitte der Männer und Frauen John. Sehr jung noch, aber er war es eindeutig. Sofort schlug mein Herz um einiges schneller.

»Das ist er!«, rief ich freudig aus und Ginger nickte.

»Der Anführer der Bande. Ja.«

»So jung?«, fragte ich verwundert.

»Hmh. John war ein Naturtalent. Niemand konnte so gut mit Tieren umgehen wie er. Oder mit Menschen.«

Das glaube ich aufs Wort, dachte ich.

»Er brauchte nicht lange, um sich an die Spitze seines Trupps zu setzen. Ein Alphatier, durch und durch!«

Da war es wieder! Alpha! Doch jetzt bekam es eine etwas andere Bedeutung.

»Er arbeitete am Auswilderungsprogramm für die Wölfe mit. Und niemand verstand ihr Wesen so gut wie John. Manche hatten Angst vor ihnen. John nicht. Als ob er ihr Rudelführer wäre. Selbst der Leitwolf kuschte, wenn John zu ihnen kam.«

»Das ist mehr als faszinierend«, gestand ich mir ein, und Ginger nickte.

»War es auch.«

»Was ist passiert?«

Ginger zupfte verlegen an ihrer beigen Strickweste. »Ich weiß nicht, wie viel Sie von ihm wissen. Er war verheiratet.«

Ich schluckte, denn ich ahnte, was nun kommen sollte. »Ja, das weiß ich.«

»Und er hatte eine kleine Tochter. Emily.«

»Von einer Tochter weiß ich nichts«, log ich.

»Jedenfalls«, seufzte Ginger und atmete tief ein, bevor sie fortfuhr. »Cynthia, seine Frau, und Emily fuhren eines Tages im Wagen durch den Ort, wo sie wohnten. Es lag schon Schnee, und unter der Schneedecke war es gefroren und glatt. Ein großer Truck mit Anhänger konnte an einer Kreuzung nicht mehr bremsen, geriet ins Schlittern und krachte voll in die Seite von Cynthias Wagen. Der Anhänger des Trucks kippte und begrub beide unter sich. Sie waren wohl sofort tot.«

»Oh mein Gott«, keuchte ich. »Das ist ja furchtbar.«

»Ja, es war schlimm. John rastete vollkommen aus. Und er hat sich nie von diesem Schlag erholt. Als es zur Gerichtsverhandlung gegen den Truckfahrer kam, hielt es ihn nicht mehr auf seiner Bank. Er wollte dem Fahrer an die Gurgel, und sie brauchten drei Gerichtsdiener, um ihn zu bändigen. Als man dem Fahrer nur ein Bußgeld auferlegte, weil er wohl nicht der Witterung angepasst fuhr, aber sonst keine Schuld trug, wegen dem Glatteis, da zerbrach etwas in John. Er war nicht mehr derselbe, als er zurückkam, und er merkte es selbst. Er hatte seinen Lebenswillen verloren. Er wirkte schwach, auch auf die Wölfe.«

»Auf die Wölfe?«, unterbrach ich sie und Ginger stöhnte.

»Ja. Dusty, der Leitwolf, griff ihn an, als er ihr Gehege betrat. Wir wissen nicht, ob es einfach nur mangelnde Aufmerksamkeit von John war oder ob Dusty gespürt hatte, dass da nicht mehr der starke Alpha vor ihm stand und er sich herausgefordert fühlte. Er muss sich angeschlichen haben und versuchte, John an die Kehle zu springen. Nur einem Reflex verdankte er es, dass nicht Schlimmeres passierte. Er verpasste Dusty einen Faustschlag auf die Nase, der daraufhin wimmernd zurückwich. Doch der Respekt hielt nicht lange an, und John musste das Gehege verlassen, um ihm keinen zweiten Versuch eines Angriffs zu gestatten.«

»Und dann?«

»Nun, damit hatte John den letzten Halt verloren, den er noch hatte. Als er realisierte, dass seine Zeit bei den Wölfen vorbei war, da kündigte er. Ich weiß nicht, was er seitdem macht, aber ich glaube nicht, dass er weit weggezogen ist. John liebt dieses Land. Er würde es niemals aufgeben. Ich wünschte mir so sehr, dass er zurück ins Leben finden würde. Oder dass ihn jemand ins Leben zurückholt.«

Ich spürte das Anschwellen meiner Nasenschleimhäute, die gerade übermäßig Sekret produzierten, genau wie meine Tränendrüsen, die auf Hochtouren arbeiteten. Mein Blick verwässerte, und eine Kralle umschloss mein Herz.

»Und er kam niemals zurück?«, schluckte ich.

»Nein.« Ginger bemerkte die Tränen, die über mein Gesicht liefen, und legte einen Arm um meine Schulter. »Es tut mir sehr leid, Aspen. Sie haben ihn wohl sehr gemocht.«

»Ja, das habe ich. Ich danke Ihnen wirklich sehr, dass Sie mir das alles erzählt haben.«

»Keine Ursache«, lächelte sie. »Leider kann ich Ihnen nicht viel mehr erzählen. Ich hoffe, Sie finden ihn vielleicht irgendwann. Ich würde es mal in der Nähe versuchen. In Gardiner vielleicht.«

»Ja, das hoffe ich auch. Danke. Ich werde dann mal weiterfahren.« Ich hielt ihr meine Hand hin und sie schlug ein. »Auf Wiedersehen, Ginger.«

»Auf Wiedersehen. Kommen Sie gut nach Hause oder nach wo auch immer Sie hinfahren.«

»Ich versuche es.« Langsam verließ ich das Gebäude und setzte mich in mein Auto. Shit! Das soeben Gehörte musste ich erst einmal verdauen.

Wie kann man noch weiterleben, wenn das Wichtigste in deinem Leben tot ist? Die unfassbaren Schmerzen, die John erlitten hatte, konnte ich bestenfalls erahnen, doch wirklich nachfühlen würde ich sie niemals können. Ich fragte mich, wie er das aushalten konnte.

Doch noch eine weitere Frage stellte ich mir. Würde er je wieder lieben können? Würde er dazu fähig sein, *mich* zu lieben? In Anbetracht seines harten Schicksals, erschien mir das mehr als unwahrscheinlich, und ich wusste, das, was in ihm zerbrochen war, würde ich nie wieder heilen können.

In mir schwand alle Hoffnung auf ein glückliches Leben an seiner Seite. Als ich diese Erkenntnis erlangte, weinte ich hemmungslos hinter meinem Steuer. So sehr hatte ich mir gewünscht, ihn lieben zu dürfen. So sehr hatte ich mir erhofft, endlich einen Partner fürs Leben zu finden. Doch daraus wurde wohl nichts.

Wollte ich diesen Kampf fortsetzen? Ich wusste es nicht, also startete ich erst einmal den Motor und machte mich auf den Weg nach Hause. Es sollte eine sehr lange Fahrt werden!

12. Kapitel

Noch ganz in meinen Gedanken versunken, durchquerte ich Gardiner, als sich plötzlich ein Truck direkt vor mich setzte und mich ausbremste. Was, zur Hölle?

Ich brauchte nicht lange, um zu erkennen, zu wem das Fahrzeug gehörte. John!

»Bist du von allen guten Geistern verlassen?«, motzte ich, als ich ausstieg und ihm entgegenlief, denn auch er hatte seinen Wagen verlassen. »Ich wäre dir fast hinten reingefahren.«

»Das Gleiche könnte ich dich fragen! Hast du nicht bemerkt, dass Schnee liegt? Du bist mit Sommerreifen unterwegs! Hast du denn gar kein Verantwortungsgefühl?«

Er schrie mich an? ER SCHRIE MICH AN?

»Hör auf, hier herumzuschreien, wie ein ungehobelter Waldschrat«, schrie ich zurück.

»Wie nennst du mich?«

»Waldschrat!«

»Neurotische Stadt-Tussie!«

»Oh! Das nimmst du zurück! Du … du … Hinterwäldler!«

»Xanthippe!«

»Als wüsstest du, wer das ist! Du bist so ein widerlicher Affenarsch!«

»Man sollte dir den Mund mit Seife ausspülen, du Oberzicke!«

Jetzt reichte es! Mit Wut griff ich in die Brusttasche seines Hemdes und riss sie kaputt. Entsetzt blickte er auf den kleinen Stofflappen, der nun an seiner Brust herunterbaumelte.

»Das hast du nicht wirklich getan!«

Noch grinste ich triumphierend, doch das änderte sich umgehend, als er langsam ganz dicht vor mich trat. Seine Augen funkelten wütend, und plötzlich wirkte seine Körpergröße mehr als bedrohlich auf mich. Ich schluckte und wich zurück, bis mein Auto mir den Weg versperrte. John folgte mir, ohne den Abstand zwischen uns zu verringern.

»Dafür entschuldigst du dich!«

»Nein, werde ich nicht!«

»Doch, das wirst du!«, drohte er mir mit dem Zeigefinger.

»Verklag mich doch!«

»Aspen!«

»John!«

Das Nächste, was ich spürte, waren seine Lippen auf meinen! Der Kuss war wild, hart und mit Nachdruck forderte sich seine Zunge Einlass, den ich nicht zuließ.

»Ich hasse dich«, grummelte ich an seinem Mund.

»Ich weiß!«

John drückte mich gegen die Seite meines Autos. Seine linke Hand vergrub sich in meinen Haaren, während sich seine rechte auf meine Taille legte und mich festhielt. Ich konnte ihm nicht entkommen. Und ich wollte es auch gar nicht!

»Küss mich endlich«, keuchte ich, und als seine Zunge erneut meine Lippen fand, erwiderte ich den Kuss.

Endlich durfte ich ihn erfühlen, mit all meinen Sinnen! Sein zunächst forscher Kuss wandelte sich in einen zärtlichen, langsamen, gefühlvollen Akt, der mir den Atem raubte und mein Herz vor Glück weinen ließ.

Der Duft seines Rasierwassers, herb und männlich, das sich vermischte mit dem frischen Bukett seines Shampoos, trieb mich dazu, tiefer einzuatmen. Sein Kuss schmeckte süß und nach …

»Hast du Zimtmuffins gegessen?«, fragte ich in unser Zungenspiel hinein.

»Das fragst du jetzt nicht wirklich«, knurrte er kurz und setzte seinen Kuss fort.

Meine Hände suchten ihren Weg unter seine Jacke und wanderten auf seinen Rücken. Warm war es darunter. Ich spürte seine Rückenmuskeln, die sich bei jeder noch so kleinen Bewegung von ihm anspannten, und nur zu gerne hätte ich ihm noch mehr Stoff vom Leib gerissen, als nur die Brusttasche.

In mir stellte sich ein Sehnen nach Dingen ein, die ich schon lange nicht mehr genießen durfte. Sehr lange nicht mehr!

Das anfängliche Krampfen in mir ließ nach. Entspannt ließ ich mich gegen mein Auto fallen und John rückte mir nach, als ich den Druck meiner Hände auf seinem Rücken verstärkte. Er folgte mir.

In meine Richtung.

In mein Sehnen.

In meinen Traum.

Doch viel lieber wäre ich ihm in seine Welt gefolgt. Ich wollte das Dunkel in seiner Seele herausreißen. In ihn eintauchen und von der Last befreien, die sich so tief in ihm verankert hatte. Ihm Erlösung schenken und ihn vergessen lassen.

»Lass mich in dich hinein«, seufzte ich zwischen zwei Atemzügen.

John unterbrach unseren Kuss und blickte mich fragend und verwirrt an.

»Ich denke, das sollte *ich* sagen. Dann ergibt es mehr Sinn, oder?«, grinste er frech, doch dieses Mal lachte ich nicht mit.

»Ich meine es ernst, John. Was gerade zwischen uns geschieht, das kann nur funktionieren, wenn du mich nicht ausschließt. Ich habe Angst, dass du mich einmal zu weit von dir wegstößt, aus welchen Gründen auch immer. Ich bin kein Spielball.«

Lange blickte er mich an, und ich konnte den Kampf spüren, den er mit sich führte. Doch anstatt etwas zu sagen, küsste er mich wieder. Wilder diesmal. Fordernd. Ich konnte seine Erregung an meinem Bauch spüren, und seine Leidenschaft ließ mich mein Gesagtes vergessen. Ich war gefangen in dem Moment und bereitwillig gab ich mich ihm hin.

»Es tut mir so leid, Aspen«, stöhnte er. »Ich wollte dich nicht wegstoßen. Ich will dir einfach nur nicht wehtun.«

»Dann tu es nicht.«

John küsste mich nicht länger. Stattdessen streichelte er über meine Wange.

»Ich kämpfe dagegen an, glaub mir. Manchmal gewinne ich. Manchmal verliere ich. Aber das hat nicht im Geringsten etwas mit dir zu tun.«

»Ich weiß«, seufzte ich und spielte mit dem Stück Stoff, das traurig auf seiner Brust baumelte. »Ich will mich auch entschuldigen.«

»Wofür? Du hast doch nichts getan. Das mit dem Hemd habe ich verdient.«

»Nein, hast du nicht. Ich kann dir die Brusttasche wieder annähen.«

Sofort wich John einen Schritt vor mir zurück und schüttelte den Kopf. Seine ganze Haltung veränderte sich. Sein Gesichtsausdruck wurde finster und seine Augenbrauen berührten sich beinahe, so sehr zog er sie zusammen. Gespitzte Lippen wechselten sich ab mit weit auseinandergezogenen, dünnen Linien und ich ahnte, dass ich ihn mit meinen Worten schon wieder in eine Ecke befördert hatte, in der ich ihn nicht sehen wollte. Und er sich selbst wohl auch nicht.

John atmete schwer. Er hob seinen Arm hoch, als wollte er etwas sagen, doch dann ließ er ihn wieder fallen und ebenso die Worte, die ihm auf der Zunge lagen. Stattdessen legte er seinen Kopf in den Nacken, stemmte seine Hände in die Hüften und starrte in den Himmel.

»Gott, hilf mir!«, stieß er auf einmal klagend aus und ich wusste mir keinen Rat mehr.

»John, was hast du denn?«, fragte ich vorsichtig, doch er hob seine Hand und schüttelte erneut seinen Kopf, als wollte er mir damit jedes weitere Wort untersagen.

Ein paar Minuten standen wir einfach nur so da, und während John mit seiner Fassung kämpfte, kämpfte ich gegen meine Tränen. Schließlich hob sich seine Brust, und laut atmete er durch die Nase ein und durch seinen Mund wieder aus.

»Komm bitte mit zur Tankstelle. Ich will schauen, ob ich schnell Winterreifen für dich besorgen kann. Oder hast du welche eingelagert?«

»Äh äh«, war das Einzige, was ich noch artikulieren konnte, denn ich hatte Angst, schon wieder einen Fehler zu machen.

»Dann folge mir langsam. Ich fahre vor. Ist ja nicht sehr weit.«

»Okay.«

John öffnete die Tür meines Wagens und ließ mich einsteigen. Dann warf er sie zu, doch bevor er zu seinem Truck ging, klopfte er noch einmal an meine Scheibe, die ich daraufhin ein Stück weit öffnete.

»Langsam, hörst du?«

Ich konnte nur noch nicken.

Im Schneckentempo folgte ich ihm bis zu seinem Arbeitsplatz, parkte meinen Wagen neben seinem und folgte ihm hinein.

»Warte hier. Ich rede mit Henry, ob er irgendwo schnellstmöglich einen Satz besorgen kann.«

John begrüßte kurz die junge Frau hinterm Tresen und verschwand in einem hinteren Raum. Kurz darauf kam er lächelnd zurück.

»Gute Nachrichten. Die Reifen werden schon morgen geliefert. Du kannst dein Auto hierlassen, damit ich sie gleich morgen früh aufziehen kann. Ich fahre dich mit meinem nach Hause.«

Von einer Minute zur anderen wirkte er wieder völlig entspannt. Doch nun war ich diejenige, die sich verkrampfte.

»Ich habe wohl nichts mehr dazu zu sagen, oder?«

John zupfte nur nervös an seiner Jacke herum, also drehte ich mich um und verließ kopfschüttelnd den Verkaufsraum.

Schwere Schritte kamen mir hinterher und ich hatte noch nicht mal seinen Truck erreicht, als mich seine starken Hände an der Schulter aufhielten.

»Hey, warte«, hauchte er mir ins Ohr. »Es tut mir leid, ich war voreilig.«

»So? Warst du das? Womit denn genau?«, reizte ich ihn.

»Hey, sieh mich an«, bat er sanft und ich drehte mich zu ihm um. »Ich hab einfach nur Angst um dich. Ich will nicht, dass du bei diesem Wetter mit Sommerreifen durch die Gegend fährst. Es ist ein Wunder, dass Henry überhaupt noch welche besorgen konnte auf die Schnelle. Ich musste sofort zusagen, sonst hättest du vielleicht noch ewig warten müssen.«

Das konnte natürlich stimmen und ein wenig tat es mir leid, dass ich gerade so hart reagiert hatte.

»Ich verstehe es ja. Ich habe es nur nicht so gerne, wenn jemand einfach über meinen Kopf hinweg Entscheidungen für mich trifft.«

»Ja, das war ein Fehler. Tut mir wirklich leid. Verzeihst du mir?«

Mist, wie ich diesen Dackelblick hasste! Dieser geneigte Kopf, die einzelne Augenbraue, die sich nach oben schob …

»Was soll ich da noch sagen?«, seufzte ich.

»Dann sag nichts!«

Sein Kopf neigte sich zu mir und ich empfing seinen zarten Kuss. So gerne hätte ich ihn genossen, aber in meinem Hinterkopf spukte immer noch die Szene von eben herum. Ich versuchte irgendwie, die letzte halbe Stunde in einen logischen Zusammenhang zu bringen, doch ich schaffte es nicht. Alles, was bei meinen Gehirnwindungen ankam, war der heiße Kuss und sein seltsames Benehmen. Ich verstand ihn einfach nicht, und ich mich selbst so langsam auch nicht mehr. Ich wollte gleichzeitig wegrennen und mich trotzdem in seine Arme werfen. Es schien, je mehr ich über ihn erfuhr, umso größer wurden die Rätsel.

»Komm, ich fahre dich nach Hause. Ich habe noch etwas Zeit, bis ich zum Flughafen muss. Du wirst bald mehr Holz brauchen, also mache ich dir noch ein paar Klötze klein. Und falls du Müll hast, kann ich den auch gleich mitnehmen.« John zögerte einen Moment, dann fuhr er fort. »Natürlich nur, wenn es dir recht ist. Ich komme gerne auch ein anderes Mal wieder.«

»Nein, ist schon gut. Lass uns einfach fahren.«

»Okay.«

Wir stiegen beide ins Auto ein und ich war mehr als zwiegespalten. Ich wollte ihn nicht quälen, aber etwas brannte in mir, und das musste einfach hinaus. Ich brauchte Gewissheit.

»Wirst du bei mir essen? Ich kann uns was Leckeres kochen.«

Mit Spannung warf ich ihm einen Seitenblick zu und ich spürte, wie er verkrampfte.

»John?«

Eine gefühlte Ewigkeit schien zu vergehen, doch schließlich atmete er tief ein.

»Du musst nicht extra kochen. Wir können uns etwas von unterwegs mitnehmen. Oder wir bestellen eine Pizza.«

»Nein!«, gab ich nicht nach. »Ich will was Anständiges essen. Ich habe seit Tagen nichts Ordentliches mehr gegessen, und ich würde mich wirklich freuen, wenn du bleiben würdest.«

John betrachtete mich kurz, bevor er seinen Blick wieder auf die Straße wandte.

»Nur, wenn ich dir helfen darf.«

Überrascht drehte ich meinen Kopf zu ihm. War das ein kleiner Sieg? Einer mit einem Kompromiss zwar, aber es fühlte sich danach an.

»Ich würde mich freuen«, lächelte ich ruhig, doch in mir drin sah es ganz anders aus. Vielleicht hatte ich einen Durchbruch erreicht und den wollte ich auf keinen Fall kaputtmachen.

»Was willst du denn machen?«

»Ich habe keine Ahnung«, lachte ich laut. »Mein Kühlschrank ist so leer, ich könnte dir nicht mal ein Ei in die Pfanne hauen. Hättest du Lust, mit mir Einkaufen zu fahren?«

»Weißt du was, Aspen?«

»Hmh?«

»Du bist mit Abstand die unorganisierteste Frau, die ich kenne.«

»Na wenigstens bin ich darin gut«, lächelte ich.

»Ich bin mir sicher, auch in vielem anderen. Na schön, lass uns einkaufen.«

John wendete und steuerte unseren örtlichen Supermarkt an.

»Das wird bestimmt lustig«, kicherte ich freudig, und schnappte mir einen Einkaufswagen. »Na los. Tätigen wir einen Großeinkauf für die Chaotin.«

Wir flüchteten aus der Kälte in den warmen Markt.

»Was brauchst du denn?«

»Alles. Was würdest du gerne essen?«

»Keine Ahnung.«

»Hast du kein Lieblingsgericht?«

»Ich weiß nicht. Ich war mal in Louisiana, dort gab es ein ausgezeichnetes Hühnchen-Gumbo. Seit ich vor Jahren dort war, habe ich nie wieder eins gegessen, jedenfalls kein gutes. Kriegst du das hin?«

Grinste er mich gerade an? Ich fühlte, dass er mich herausfordern wollte, doch ich hatte eine Überraschung für ihn.

»Natürlich. Meine Oma lebte in Baton Rouge. Sie machte das beste Gumbo der Welt. Nichts leichter als das.«

Erstaunt gefror ihm sein Grinsen ein, und ich triumphierte innerlich.

»Na los, Waldschrat. Lass uns shoppen!«

~

Eine Dreiviertelstunde später erreichten wir mein Haus und trugen lachend die ganzen Einkaufsschätze hinein. John wirkte wieder ganz entspannt, und ich freute mich darüber, ihn so herzhaft lachen zu sehen. Als wohnten zwei Seelen in seiner Brust …

»Wo ist Devil?«, sagte er und schaute sich fragend um.

»Der wird noch schlafen. Vermutlich in meinem Bett.«

»Ist nicht dein Ernst?«

»Doch. Ab und zu genießt er die weiche Matratze.«

»Du verziehst ihn zu einem Weichei«, zwinkerte er.

»Jeder liebt doch ein wenig Luxus ab und zu, oder?«

»Kann sein.«

Ich verstaute die Einkäufe, und ließ nur das draußen, was wir brauchen würden.

»Womit fangen wir an?«, wollte er wissen.

»Willst du Zwiebeln schneiden?«

»Ist das 'ne Fangfrage?«

»Nein. Wieso?«

»Du bringst wohl gerne Männer zum Heulen, was?«

»Bist du ein Mann oder eine Memme?«

»Beides zu seiner Zeit«, lächelte er und trat hinter mich, um seine Arme um mich zu schließen.

Umgehend wurde mir warm. John hielt mich ganz fest, und ich versank in seiner Zärtlichkeit. Seine bärtige Wange kitzelte mich, als er mir sein Kinn auf die Schulter legte und ich mich an ihn schmiegte.

»Weißt du eigentlich, dass du Wunder vollbringen kannst, Miss White?«, brummte seine tiefe Stimme an meinem Ohr.

»Wunder?«

»Ja. Du weckst Gefühle in mir, von denen ich glaubte, dass sie lange verschwunden wären.«

»So? Welche denn?«

»Ich weiß es nicht genau. Da ist dieses Sehnen in mir, wenn du nicht in meiner Nähe bist. Und wenn du es bist, verstärkt sich diese Sehnsucht sogar noch.«

Ich drehte mich zu ihm um und blickte ihn an. Warm blickten seine Augen in meine und ein friedliches Lächeln umspielte seinen Mund.

»Geht mir ganz ähnlich so«, schluckte ich.

»Ich habe nicht gelogen, Aspen. Ich habe mich wirklich in dich verliebt. Und ich versuche alles, damit wir einander näherkommen.«

»Das ist gut«, flüsterte ich.

»Ja, das ist es. Auch wenn es nur kleine Schritte sind, ich werde sie gehen. Mit deiner Hilfe.«

»Ich gebe mein Bestes«, hauchte ich nur noch.

John schenkte mir erneut einen Kuss voller Zärtlichkeit, und mir wurde bewusst, wie sehr ich diesen Mann wollte, denn bis auf seine seltsame Macke war alles an ihm begehrenswert. Ich ahnte, wir würden Zeit brauchen, und genau diese wollte ich mir nehmen. Solange er sich bemühte. Dass er sich auf mein Essen eingelassen hatte, war wohl mehr als ein großer Schritt von ihm. Für mich ein Grund zum Jubeln.

»Denkst du, wir werden auch vom Küssen satt?«, fragte ich lächelnd.

»Keine Ahnung. Willst du es versuchen?«

»Ja, warum nicht? Aber zur Sicherheit sollten wir das Essen so weit zubereiten. Ich will nicht, dass du hungrig zur Arbeit fahren musst.«

»Sie sorgen sich um mich, Miss White?«

»Ja. Natürlich sorge ich mich, Mister Gatlin.«

»Hmh. Erst Essen machen, dann küssen?«

Ich nickte.

»Damit kann ich leben!«

13. Kapitel

Lächelnd genoss ich die entspannte Atmosphäre, die sich zwischen John und mir eingestellt hatte. Wir schnippelten alle Zutaten und nachdem ich alles kurz angebraten und den Sud dazugegeben hatte, durfte das Gumbo langsam vor sich hinköcheln. Wieder trat John hinter mich und schloss seine Arme um meine Taille. Seine Hände ruhten verschränkt ineinander auf meinem Bauch.

»Das sieht nicht nur köstlich aus, es riecht auch verdammt gut.«

»Das liegt an den ganzen Gewürzen.«

»Und an der Köchin, denke ich mir.«

Mmm, der Kuss in meinen Nacken ließ mich zittern.

»Wie lange wird es brauchen?«

»Eine Stunde in etwa.«

»Okay, dann gehe ich schnell noch ein wenig Holz hacken.«

»Ja, mach das«, sagte ich ruhig, dabei wäre es mir viel lieber gewesen, ihn hier bei mir zu haben.

Er drückte mir einen Kuss auf die Wange und lief hinters Haus. Da stand ich nun mit meinem Huhn!

Ich beschloss, nach Devil zu sehen. Als ich ins Schlafzimmer kam, lag er auf dem Bett, alle Viere in die Höhe gestreckt. Ich kicherte und ging wieder nach unten.

Da mir nichts Besseres einfiel, stellte ich den Fernseher an und zappte durch. Nachrichten, Shoppingkanal, Sport … Nichts, was mich wirklich interessierte. Ich versuchte mich bei einem Musiksender, aber ich hatte nicht viel Hoffnung, dass etwas lief, was mir gefallen würde. Um so erstaunter war ich jedoch, dass sie klassischen Rock spielten. Ich stellte etwas lauter, lauschte einer Ballade von Aerosmith und war sofort wieder verliebt. Zu der Zeit damals erzählten die Videos noch wunderschöne Geschichten, und ich genoss sie so sehr. Sie inspirierten mich, und was mir zugutekam, das half mir bei meinen Romanen.

Eins nach dem anderen spielten sie ab, und ich bemerkte gar nicht, wie schnell die Zeit verging. Zum Glück hatte ich mir die Uhr gestellt, die jetzt schrill klingelte. Sofort lief ich hin und begutachtete mein Werk.

»John?«, rief ich durch die Terrassentür, doch erst bei meinem zweiten Rufen meldete er sich. Mit rotem Gesicht schaute er um die Ecke.

»Ja?«

»Essen ist fertig.«

»Bin sofort da!«

Ich ging wieder hinein, deckte den Tisch und wartete auf ihn. Lächelnd trat er ein und sog die Luft theatralisch durch die Nase ein.

»Oh, riecht das gut. Ich gehe mir nur schnell die Hände waschen.«

»Hinter der Treppe, erste Tür links«, deutete ich ihm den Weg.

Solange er beschäftigt war, nahm ich das geröstete Weißbrot aus dem Ofen und brachte es in einem Körbchen zum Tisch. Danach den Topf mit dem Huhn.

»Hast du ohne mich angefangen?«, zwinkerte er mir zu.

»Nein«, lachte ich. »Was willst du trinken?«

»Ein Wasser wäre mir recht.«

»Ich habe auch Bier da. Oder Wein.«

»Nein, danke. Ich trinke selten Alkohol.«

»Wirklich nicht?«, wunderte ich mich.

»Nein. Erstens muss ich noch arbeiten gehen und zweitens fürchte ich mich vor dem Kontrollverlust.«

»Bei einem Bier? Verträgst du so wenig?«, neckte ich ihn.

»Das nicht. Ich vertrage zu viel und bei einem bleibt es selten.«

»Oh«, rutschte es mir von den Lippen, und ich lief schnell in die Küche, um das Wasser zu holen. Ich schloss mich seiner Wahl an.

Gemeinsam setzten wir uns an den Esstisch und es fühlte sich gut an. Solange schon lebte ich allein. Solange schon fehlte mir diese Form der Zweisamkeit.

»Darf ich?«, lächelte er und zeigte auf den Topf.

»Natürlich, schlag zu.«

»Reich mir deinen Teller«, bat er und ich hielt besagten nahe an den Topf. »Sag, wann es genug ist.«

Er füllte mir den Teller und dann seinen. Gespannt wartete ich darauf, dass er den ersten Bissen aß. Kaum hatte er den ersten Löffel voll im Mund, blickte er mich mit großen Augen an. Nervös rutschte ich auf meinem Stuhl hin und her und konnte es kaum erwarten, dass er endlich etwas sagte. Er schluckte, nahm sich noch einen zweiten Löffel voll und lächelte.

»Und?«, fragte ich ungeduldig.

»Das, Ma'am, ist das beste Gumbo, das ich je gegessen habe«, freute er sich.

»Wirklich?«, hakte ich unsicher nach, doch John nickte vehement mit dem Kopf.

»Ganz ehrlich. Ich fühlte mich beim ersten Bissen gleich an meinen Urlaub erinnert. Scheiße, das ist schon ewig her.«

Stolz probierte ich meinen ersten Löffel und wollte ihn gleich wieder ausspucken. Was war das denn? Hastig sprang ich auf und lief in die Küche.

»Oh nein!«, fluchte ich, als ich sah, dass ich statt Salz den Zucker erwischt hatte.

Sofort traten mir Tränen in die Augen. Konnte ich denn wirklich gar nichts richtig machen? Mit beiden Ellbogen stützte ich mich auf die Arbeitsplatte und vergrub mein Gesicht in den Händen. Die Tränen liefen über meine Wangen, denn ich schämte mich nicht nur gegenüber John, ich hasste mich so sehr wegen meiner Schusseligkeit.

»Hey«, mischte sich eine sanfte Stimme in mein Schluchzen, und ich spürte eine Hand auf meinem Rücken.

»Lass mich!«

»Wieso weinst du?«

»Warum hast du mich eben belogen? Das Gumbo schmeckt furchtbar.«

»Nein, tut es nicht. Etwas seltsam und gewöhnungsbedürftig vielleicht, aber nicht schlecht.«

»Mach es bitte nicht noch schlimmer, John.«

»Hey! Sieh mich an!«

»Ich will nicht! Geh weg!«

»Aspen! Machen wir jetzt einen auf quengelnden Teenager? So was passiert. Du bist eine erwachsene Frau, steh drüber. Und jetzt komm! Gehst du freiwillig mit?«

»Nein! Ich gehe nirgendwo hin. Ich bleibe hier und denke darüber nach, womit ich das verdient habe.«

»Das kannst du auch auf der Couch!«

»Aaah!«

John warf mich über seine Schulter und schleppte mich ins Wohnzimmer. Dort setzte er mich auf die Couch.

»Sitzen bleiben!«

Ich wollte aufspringen, doch er war schneller. Zuerst ließ er sich neben mich fallen. Dann legte er sich langgestreckt hin und zog mich zu sich runter.

»John!«

»Alles ist okay, Aspen. Entspannst du dich jetzt bitte mal?«

»Wie könnte ich?«

»Lass dich überraschen!«

Seine Arme schlangen sich um mich, und er zog mich ganz fest zu sich heran. Ich konnte gar nicht anders, als mich vor ihn zu legen. Ein zarter Kuss traf meinen Hals knapp unter meinem Ohr und löste eine Gänsehaut bei mir aus. Sanfte und leise Worte drangen in mein Ohr.

»Alles ist gut, Aspen. Ich weiß, dass du kochen kannst. Das mit dem Salz war nur ein dummer Zufall. Nimm die Süße weg und das Gumbo schmeckt fantastisch. Du ziehst diese Sachen einfach magisch an, weil du ständig viel zu überdreht bist. Manchmal wüsste ich gerne, was dir alles so im Kopf herumspukt.«

Das hätte ich auch gerne gewusst! Doch was ich wusste, war, dass vieles mit ihm zusammenhing.

»Und ich wüsste gerne, an was du ständig denkst«, gab ich offen zu. »Du bist gut darin, Ratschläge zu erteilen, aber wenn es um dich selbst geht, hast du auch Probleme. Und die belasten mich.«

John wurde zunächst ganz still, doch dann streichelte er mir durch meine Haare und seufzte.

»Ich weiß, und das tut mir leid.«

»Wieso weigerst du dich ständig, irgendetwas von mir anzunehmen? Bin ich dir nicht gut genug?«

»Das ist es nicht, Aspen.«

»Dann erkläre es mir, bitte. Ich kann es akzeptieren, aber ich würde es so gerne verstehen.«

Hinter mir erklang zunächst ein Räuspern. Dann herrschte wieder Stille, die ein wenig später von diversen, kehligen Lauten durchbrochen wurde.

»Ich habe Angst davor, es dir zu erklären«, gestand er schließlich.

»Wieso?«

Es folgte wieder Stille, dann ein Drücken meines Armes und schließlich spürte ich, wie er sein Gesicht in meinen Haaren vergrub.

»Ich habe Angst, dich zu verlieren, weil du es falsch verstehen könntest.«

»Du wirst mich nicht verlieren.« Und dann sagte ich etwas, das ich selbst nicht glauben konnte. »Ich liebe dich, John. Hast du das noch nicht bemerkt? Egal, was es auch ist. Sag es mir einfach.«

Ich drehte mich in seinen Armen und lag jetzt so, dass ich ihn ansehen konnte. Traurigkeit stand in seinen Augen. Meine Hand wanderte zu seinem Gesicht und ich berührte ihn sanft an seiner Wange.

»Ich müsste weiter ausholen«, versuchte er, sich herauszuwinden.

»Ich habe Zeit.«

Seine Hand wanderte zu seiner Nasenwurzel. Mit zwei Fingern drückte er sie, er schloss seine Augen und seufzte.

»Ich weiß nicht, wo ich anfangen soll, Aspen«, raunte er schließlich.

»Wie wäre es mit dem Anfang?«

»Ich habe Angst, dass du mich hassen könntest.«

»So schlimm?«

Er nickte stumm.

»Ich könnte dich niemals hassen, John. Ich weiß, ich habe es zu dir gesagt, aber das war gelogen. Du bedeutest mir wirklich viel, und ich will einfach, dass das mit uns funktioniert.«

Ich hauchte einen kurzen Kuss auf seine Lippen und erneut seufzte er. Seine Umarmung wurde fester, als ob er in mir Halt suchen würde.

»Meine Frau und meine Tochter ...«, begann er zögerlich und stockte.

»Sie sind verstorben, ich weiß. Das muss schrecklich für dich gewesen sein.«

»Ist es noch.«

Natürlich gab mir das einen kleinen Stich, aber nicht, weil ich eifersüchtig war. Ich hatte einfach nur Angst, dass es seine Liebe zu ihnen war, die nicht mehr zwischen uns zuließ als Freundschaft.

»Was hat das mit mir zu tun?«, fragte ich leise, denn ich hatte das Gefühl, wir kamen einen Schritt voran.

John rieb sich die Augen, und ich hatte das Gefühl, als versuche er, seine Tränen zurückzuhalten.

»Sie hatten einen Verkehrsunfall.«

Er blickte mich an und ich nickte stumm. Er musste ja nicht wissen, dass ich davon wusste.

»An dem Abend davor saß ich mit ein paar Freunden in der Kneipe. Ich war mehr als betrunken, als ich nach Hause kam. Am nächsten Tag hatte ich Spätdienst, also machte ich mir keine Gedanken.«

Wieder hielt er inne, und ich spürte, wir kamen der Sache langsam näher, also unterbrach ich ihn nicht. Seine Atmung beschleunigte sich, und ich fühlte den inneren Kampf, den er gerade mit sich ausfocht.

»Meine Uniform musste aus der Reinigung abgeholt werden, doch ich konnte nicht fahren, weil ich noch Restalkohol im Blut hatte. Außerdem war ich noch so zu, ich hätte nicht aufstehen können, selbst wenn ich es gewollt hätte.«

So langsam begriff ich …

»Ich bat Cynthia, meine Frau, das zu tun, und sie war ziemlich sauer. Wir stritten uns deswegen, doch letzten Endes ist sie gefahren. Weil ich weggetreten war, konnte sie unsere Tochter nicht bei mir lassen und so nahm sie sie im Auto mit.«

Jetzt liefen bei mir die Tränen, die John bei sich noch zurückhalten konnte.

»Ein großer Truck mit Anhänger kam ins Schleudern, weil die Straße vereist war, und ...«

Das war's! John konnte jetzt nicht mehr reden und schluckte nur noch.

»Sie hatten einen Unfall«, ergänzte ich mit brüchiger Stimme.

»Ja. Ich will dir keine Einzelheiten erzählen, aber sie waren sofort tot. Und es war meine Schuld.«

»Das ist doch nicht wahr, John.«

»Doch, ist es. Ich hätte an ihrer Stelle sein müssen. Ich sollte tot sein. Nicht meine Frau und erst recht nicht meine süße kleine Emily.«

Jetzt liefen auch bei ihm die Tränen und mir brach fast das Herz.

»Meine Schwiegereltern hassen mich deswegen. Auch sie machen mir Vorwürfe, und sie haben recht.«

»Nein, haben sie nicht«, schüttelte ich energisch den Kopf und ergriff seine Hand, die ich fest drückte.

»Doch, haben sie. Hätte ich Cynthia nicht gebeten, zu fahren, würde sie noch leben. Und Emily auch.«

Ich dachte eine Weile über seine Aussage nach, als ein tiefes Schluchzen von ihm an mein Ohr drang. Mit sanfter Gewalt zog ich seinen Kopf an meine Schulter und streichelte über sein Haar.

»Du trägst keine Schuld, John. Es war ein Unfall. Nenne es Schicksal, wenn du willst. Ein wirklich grausames zwar, aber dennoch Schicksal. Du musst aufhören damit, dir dein Leben lang deswegen Vorwürfe zu machen.«

»Ich werde mein Leben lang mit dieser Schuld leben müssen, Aspen.«

»Nein, musst du nicht.«

Ich drückte einen Kuss auf seine Stirn, und ich spürte an der Art, wie er sich an mir festklammerte, dass er Halt suchte. Jetzt verstand ich so einiges, was mir vorher nicht klar war, und ich war dankbar, dass er sich mir gegenüber geöffnet hatte.

»Darf ich deswegen nie etwas für dich tun?«, fragte ich leise, und er nickte.

»Ich will nicht, dass jemals wieder irgendjemand etwas für mich tut, Aspen. Vor allem niemand, der mir etwas bedeutet.«

Mein Herz machte einen Sprung. Ich bedeutete ihm etwas? Ein kurzes Lächeln huschte über meinen Mund.

»Du bedeutest mir auch sehr viel, John. Und wenn man jemanden gern hat, dann will man auch etwas für ihn tun. Du kannst mir nicht mein Leben lang alles abnehmen. Du musst dich von diesen Schuldgefühlen befreien.«

»Das kann ich nicht«, knurrte er jetzt düster und ich seufzte.

»Du hast sie geliebt, John. Dass du trauerst, ist mehr als verständlich. Und niemals würde ich dir diese Liebe nehmen wollen. Aber du musst loslassen, wenn es mit uns funktionieren soll. Du kannst mich nicht bei jeder Kleinigkeit wegstoßen.«

»Ich weiß nicht, wie ich das bewerkstelligen soll.«

»Hast du schon mal versucht, dir professionelle Hilfe zu suchen?«, fragte ich vorsichtig.

»Nein. Und eigentlich ist es auch sinnlos. Wie kann ich dir eine Beziehung zumuten, in der immer noch meine Frau und meine Tochter herumgeistern? Ich sollte gehen, und du solltest mich ganz schnell vergessen, Aspen.«

John versuchte aufzustehen, doch ich ließ ihn nicht. Mit Gewalt und all meiner Kraft drückte ich ihn zurück auf die Couch und legte mich mit der Hälfte meines Körpers auf ihn.

»Du wirst jetzt nicht davonlaufen, John Gatlin, hörst du? Ich habe kein Problem damit, dass du für deine Frau und dein Kind noch Liebe empfindest. Was für ein Mensch wäre ich, wenn ich das nicht verstehen würde? Aber gib dir selbst und mir die Chance, einander ebenfalls lieben zu dürfen. Liebe ist doch nicht nur auf eine Person beschränkt. Sie ist unendlich und unerschöpflich. Und je mehr du zu geben hast, umso mehr bekommst du zurück. Ich liebe dich, John, und ich gebe dir so viel davon, wie du nur brauchst. Aber du musst mich auch lassen!«

Jetzt liefen bei mir wieder die Tränen. Ich wollte diesen Mann einfach nicht verlieren. Und ich wollte alles tun, um ihm zu helfen.

»Lass mich dich lieben, John. Mit allem, was dazugehört!«

»Ich kann nicht.«

»Doch, du kannst. Sieh mich an!«

Nur widerwillig hob er seinen Kopf und blickte mir in die Augen.

»Sag mir, dass du mich liebst! Bitte!«, flehte ich ihn an.

Seine Hand wanderte in meinen Nacken und kraulte in meinen Haaren. Dann zog er mich sanft zu sich und küsste meinen Mundwinkel.

»Ja, ich liebe dich, Aspen. Es ist das erste Mal seit langer Zeit, dass ich für jemanden überhaupt etwas empfinden kann. Aber verstehst du denn nicht, dass ich Angst habe, dich zu verletzen? Oder dass dir wegen mir etwas geschieht?«

»Doch«, antwortete ich ihm. »Aber du musst verstehen, dass auch ich die gleichen Ängste habe. Ich will dich auch nicht verletzen. So ist das nun mal, wenn man jemanden liebt. Aber manchmal passiert es halt. Es gibt kein Netz, das dich auffängt. Wenn du fällst, dann fällst du. Aber ich kann dir dabei helfen, dass deine Wunden heilen.«

John blickte mich eindringlich an. Sein Zeigefinger strich mir die Haare hinters Ohr und dann lächelte er.

»Ich weiß. Das hast du schon längst getan. Du heilst meine Wunden, seit du in mein Leben getreten bist. Sie vernarben langsam, aber sie sind noch sichtbar und ab und zu schmerzen sie.«

Lange blickte ich ihn an, und ich sah, dass die Verzweiflung in seinen Augen der Sanftheit gewichen ist, die ich so sehr an ihm liebte. Mein sanfter Riese. Mein Grizzly!

»Ich liebe dich, John«, sagte ich erneut und legte ihm meine Hand auf die bärtige Wange.

»Und ich liebe dich, Aspen. Aber ich brauche Zeit.«

»Ich weiß«, seufzte ich.

Das Nächste, was ich spürte, waren seine weichen Lippen auf meinen. John schenkte mir einen Kuss voller Zärtlichkeit, und ich hätte weinen können, so gut tat mir diese Zuneigung. Ein Arm von ihm legte sich um meine Schulter, der andere um meine Taille, und er hielt mich so fest, als ob er Angst gehabt hätte, dass ich davonlaufen könnte.

Dieser Moment war magisch. Nie zuvor in meinem Leben fühlte sich etwas so sanft, so vertraut, so gut an. Ich wollte nicht, dass dieser kleine Augenblick des Glücks jemals enden würde. Ich wollte einfach nur bei ihm liegen und ihn küssen …

14. Kapitel

Nachdem wir uns den halben Nachmittag auf der Couch herumgelümmelt und schließlich doch Pizza bestellt hatten, verließ mich John, um arbeiten zu gehen. Lange blickte ich ihm noch hinterher, und als ich seinen Truck nicht mehr sehen konnte, seufzte ich, denn ich vermisste ihn schon jetzt.

Am darauffolgenden Tag bekam ich mein Auto zurück – mit Winterreifen! John fühlte sich gleich besser und ich mich damit auch.

Als wir uns für den kommenden Samstag verabredeten, fühlte ich, dass er immer noch damit zu kämpfen hatte, was das Vertiefen unserer Beziehung betraf, aber lieber wollte ich es langsam angehen als gar nicht.

Am Donnerstag bekam ich dann einen Anruf von Gerry, mit dem ich nicht gerechnet hatte, und das, was sie mir zu erzählen hatte, brachte alles in mir in Aufruhr.

»Aspen, du hast es!«, sagte sie euphorisch, kaum, da ich mich gemeldet hatte.

»Ich habe was?«

»*Mit Herz und Taktgefühl*!«

»Ja, das ist mein Buch. Was ist damit?«

»Sie haben die Filmrechte gekauft! Sie wollen einen Zweiteiler drehen fürs Fernsehen!«

»Was?« Entsetzen, Panik, Freude und Herzklopfen brachen gleichermaßen über meinen Körper herein, und ich musste mich zuerst einmal setzen.

»Ja!«, jubelte Gerry am anderen Ende der Leitung. »Ist das nicht der Wahnsinn?«

»Ja, ist es«, schluckte ich.

»Oh mein Gott, Aspen, ich freue mich so für dich.«

Ich konnte zunächst gar nichts mehr dazu sagen. Erst einmal musste ich mich wieder fangen.

»Aspen?«

»Ja, Gerry, ich bin noch da. Ich kann es nur gerade nicht so richtig glauben.«

»Glaube es ruhig. Schatz, du hast es so verdient. Ich bin so wahnsinnig stolz auf dich!«

»Danke. Und nun? Was heißt das jetzt für mich? Muss ich wieder nach L.A. kommen?«

Gerry kicherte. »Du bist unmöglich, weißt du das? Freust du dich denn gar nicht?«

»Doch, doch! Natürlich freue ich mich. Es ist nur ...«

»Mach dir mal keine Gedanken. Vorerst wird deine Anwesenheit nicht von Nöten sein. Sie machen die Verträge fertig und wenn sie unterschriftsreif sind, werde ich sie dir zum Unterschreiben zukommen lassen.«

»Das hört sich gut an.«

»Unsere Anwälte werden sie prüfen.«

»Schön.«

Gerry schwieg daraufhin und ich ahnte, dass das noch nicht alles war.

»Sonst noch was?«, hakte ich nach.

Ein langgezogenes Seufzen erklang.

»Gerry?«

»Ja, es gibt noch etwas. Aber du musst mir versprechen, nicht gleich durchzudrehen.«

Oh je! Als hätte ich es nicht geahnt. Ein Schauer lief über meinen Rücken und alle Härchen im Nacken stellten sich auf.

»Na los, quäle mich. Was ist denn noch?«

»Jemand wird dich besuchen kommen«, knirschte sie zäh.

»Besuchen?«

»Ja. Jemand von der Filmfirma.«

»Wieso?«

»Sie wollen dich persönlich kennenlernen. Mit dir bezüglich der Drehbücher, Musik und so weiter reden.«

»Ich habe Mitspracherecht?«

»Ja, natürlich. Das haben wir zur Bedingung gemacht.«

»Danke, das ist nett. Aber wieso kommt jemand her?«

»Nun, ich habe ihnen gesagt, dass man dich nur schwer herauslocken kann. Darum schicken sie jemanden zu dir.«

»Ich bin zwar nicht wirklich begeistert, aber trotzdem danke. Ist mir auf jeden Fall lieber, als wieder in die Hölle zu fliegen.«

Gerry lachte laut in den Hörer. »Ja, das habe ich mir gedacht. Weston Brooks. Er wird am Samstag bei dir aufschlagen. Versprich mir, nett zu ihm zu sein.«

»Jetzt? Diesen Samstag? Wieso so schnell? Wie lange wird er bleiben? Wo wird er wohnen? Weshalb ...«

»Aspen! Stopp! Wir haben für ihn ein Hotelzimmer gebucht. Zunächst für drei Nächte. Es wäre aber nett, wenn du ihn am Flughafen abholen könntest.«

Scheiße, das passte mir nun so gar nicht in den Kram. Eigentlich wollte ich mit John am Samstagabend schön essen gehen und danach mit zu ihm.

»Und ich kann nichts dagegen tun? Kann man es nicht verschieben?«

»Ach, Aspen ...«

Betreten senkte ich meinen Kopf. Natürlich bot sich mir hier eine Chance, wie sie wohl nicht viele bekämen, und ich wusste, ich sollte kompromissbereit sein. Aber John absagen zu müssen, das stimmte mich mehr als traurig.

»Na schön«, sagte ich heiser. »Wann kommt er an?«

»Mittags um vier.«

»Okay, ich hole ihn ab. Sag ihm aber, er soll sich warm anziehen.«

»Wieso, was hast du vor?«

»Ich meinte es wörtlich, Gerry, nicht als Metapher. Hier liegt Schnee und es ist bereits saukalt.«

»Ach so«, kicherte sie. »Ich dachte schon.«

»Okay. Ich leg dann mal auf. Ich danke dir, Gerry. Für alles.«

»Gern geschehen! Wir sehen uns.«

»Ja, das tun wir. Bye.«

»Bye.«

Verdammt!

Ich wusste nicht, welches Gefühl mich gerade heftiger überkam. Meine Freude über meinen ersten Filmvertrag oder die Trauer darüber, John absagen zu müssen. Nach einiger Zeit der Überlegung entschied ich mich für Letzteres. So sehr ich mich über eine Verfilmung auch freute, so wenig hatte ich Lust, mich drei Tage lang mit einem dicken, alten Filmmogul abgeben zu müssen. Ständig würde mir Gerry im Kopf herumgeistern, dass ich mich benehmen soll. Dass ich kompromissbereit sein müsste und all die Dinge tun musste, die mir für gewöhnlich schwerfielen.

Meine Freundin hatte recht. Ich war zu einem Menschenfeind geworden. Außerdem schien das Schicksal mich zu hassen, sonst hätte es einen besseren Zeitpunkt wählen können, mir diese Möglichkeit zu bieten.

Ich blickte auf mein Handy und suchte die einzige Nummer heraus, die, neben der meiner Mutter, nicht zu den beruflichen Kontakten gehörte und wählte.

»John? Ich bin es!«

»Hey! Alles in Ordnung bei dir? Hast du ein Problem? Soll ich zu dir kommen?«

Ich lächelte und biss mir dabei leicht auf die Unterlippe. John war schlimmer als ein Wachhund. Trotzdem berührte es mich, dass er sich so um mich sorgte.

»Nein, alles ist gut. Ich bin nicht verletzt und das Haus steht noch.«

»Ähm, okay. Gut.« John ahnte wohl, dass er wieder etwas über das Ziel hinausgeschossen war. »Dann nehme ich an, du hast mich vermisst?«

Jetzt konnte ich sein Grinsen beinahe vor mir sehen und musste kichern.

»Ja, in der Tat. Ich habe dich vermisst. Aber ich muss dir was sagen.«

»So, was denn?« Sofort wurde seine Stimmlage zwei Töne tiefer.

»Ich muss für Samstag absagen. Es tut mir so leid.«

»Absagen? Wieso?«

Und dann erzählte ich ihm alles. John hörte mir schweigend zu, und ich konnte ihm in Ruhe alles erklären.

»Einen Filmvertrag?«, hakte er nach, als ich geendet hatte.

»Fürs Fernsehen, ja. Nicht die ganz große Leinwand, aber trotzdem ein toller Erfolg.«

»Dann gratuliere ich dir ganz herzlich. Ich freue mich sehr für dich.«

John sagte es, aber etwas an seinem Tonfall störte mich. Seine Glückwünsche hörten sich nicht ganz ehrlich an und ich seufzte.

»Du freust dich nicht wirklich, stimmt's?«

»Doch, doch! Es ist nur ...«

»Was denn?«

Eine kleine Pause trat ein. Dann hörte ich ihn tief einatmen.

»Ich schäme mich ein wenig, Aspen«, grummelte er.

»Schämen? Wieso?«

»Weil ich keine Ahnung davon hatte, wie erfolgreich du eigentlich bist. Ich kenne nicht mal deine Bücher. Es tut mir leid, dass ich mich bisher nicht so richtig dafür interessiert habe.«

Das war so süß von ihm! Mein Herz schlug schon wieder Purzelbäume und zu gerne hätte ich mich jetzt in seine Arme geflüchtet.

»Das macht doch nichts. Ich schreibe Liebesschnulzen. Ich denke, das ist wohl eher nicht die Art von Literatur, die ein Mann bevorzugt. Mach dir deshalb keine Gedanken.«

»Es geht nicht darum, was du schreibst. Und wenn es die Aufbauanleitung eines komplizierten Staubsaugers wäre, sollte ich mich damit befassen. Es tut mir wirklich sehr leid.«

»Hey, wir kennen uns doch erst ein paar Wochen. Du kannst alles nachholen, wenn du das willst. Außerdem, ich finde es ganz gut, dass du die Bücher nicht kennst.«

»Warum?«

»Nun, es gibt in ihnen Szenen, die nicht ganz jugendfrei sind. Ich würde wohl jedes Mal rot werden, wenn ich wüsste, dass du sie gelesen hast. Ich habe sogar meiner Mom verboten, die Bücher jemals anzufassen.« Auf der anderen Seite der Leitung vernahm ich ein leises Kichern.

»Echt? Jetzt hast du mich neugierig gemacht. Wie war das? Juliet Romero? Gleich morgen früh werde ich mir eine Ausgabe besorgen.«

»Nein, bitte nicht«, lachte ich. »Ich will nicht, dass du ein falsches Bild von mir bekommst.«

»Ein falsches Bild? Aspen, so wie ich das sehe, lässt du die halbe Welt an deinen schmutzigen Gedanken teilhaben. Wieso würde es dich ausgerechnet bei mir stören?«

»Das sind nicht meine schmutzigen Gedanken!«, entgegnete ich vehement. »Na ja, eigentlich schon. Ich schreibe sie ja schließlich auf. Aber ich schreibe diese Szenen für andere. Sie spiegeln nicht meine persönlichen Vorlieben wider, falls du verstehst.«

»Jetzt werde ich mir definitiv eine Ausgabe besorgen!«

Kopfschüttelnd lachte ich und John lachte mit. Es beruhigte mich, dass er nicht böse war über meine Absage, wenn auch vielleicht ein wenig enttäuscht. Es tat gut zu wissen, dass er nicht eifersüchtig war auf meine Arbeit. Das hatte ich schon anders erlebt.

»Er wird nur drei Tage hier sein, John. Sobald er weg ist, machen wir was Neues aus, okay?«

»Das hoffe ich.«

»Da bin ich mir ganz sicher.«

»Du wirst mir am Wochenende fehlen.«

»Ja, du mir auch. Ich vermisse dich jetzt schon.«

»Und ich dich. Versprich mir aber, dass du vorsichtig sein wirst.«

»Vorsichtig? Ich habe nicht vor, mit dem Herrn in die Wildnis zu fahren. Wir reden nur über Drehbücher.«

»Das meinte ich nicht.«

»Was denn sonst?«

»Filmmogule haben für gewöhnlich viel Geld, und oft denken sie, damit könnten sie alles kaufen. Oder jeden.«

»Ich bin nicht käuflich, John«, lächelte ich, als ich die kleine Spur von Eifersucht in seiner Stimme wahrnahm.

»Das wollte ich damit auch nicht sagen. Sei einfach nur vorsichtig, okay?«

»Ja, werde ich. Ich liebe dich!«

»Ich … liebe dich auch!«

»Ich rufe dich am Dienstag an, sobald er wieder weg ist.«

»Ja, mach das.«

»Gute Nacht, John.«

»Gute Nacht, Aspen.«

Seufzend legte ich auf. Dieses Gespräch ging mir ein wenig an die Nieren. Nicht wegen Weston Brooks. Nicht wegen meiner Absage an John. Unser Geplänkel wegen der heißen Szenen schon!

Außer uns zu küssen, zu halten und zu streicheln war noch nichts zwischen John und mir passiert. Dass es nicht mehr lange dauern würde, bis wir den nächsten Schritt taten, wurde mir mehr und mehr bewusst. Und eins wusste ich mit Sicherheit: Ich würde niemals den ersten Schritt in diese Richtung machen! Doch daran zu denken, dass er bald von ihm käme, ließ mein Kopfkino mehr anlaufen, als es mir guttat.

Zweifellos genoss ich seine Zärtlichkeiten. Doch ich wollte mehr. Ich wollte seine Hände auf meinem Körper spüren. Seine Küsse auf meiner Haut. Ich malte mir aus, wie es wohl sein würde, ihn in mir zu fühlen, und ich stellte mir den Moment vor, in dem er zum ersten Mal in mich eindringen würde. Dazu fragte ich mich, ob er mehr der sanfte oder eher der wilde Liebhaber sein könnte. Vielleicht auch beides, je nachdem. Im Endeffekt war es mir auch egal, solange er sich nur nicht mehr zu viel Zeit ließ.

Ich war eindeutig untervögelt!

Gerne gab ich es nicht zu, aber so war es nun mal. Ich wollte endlich wieder das Gefühl verspüren, begehrt zu werden. Außerdem sehnte ich mich danach, dass endlich mal wieder jemand anderes für meinen Orgasmus verantwortlich sein würde, als ich selbst!

»Hoffentlich sind wir kompatibel, John Gatlin«, seufzte ich.

So sehr ich mich auch nach ihm sehnte, ein kleines bisschen Angst hatte ich schon vor unserem ersten Mal. Würde ich ihm genügen? Seinen Ansprüchen gerecht werden? Konnte ich ihm geben, was er brauchte? Würde es peinlich werden? Was, wenn mir wieder etwas Dummes passieren würde? Nein, daran wollte ich gar nicht denken!

Es würde schon gut werden. Wir hatten uns ineinander verliebt, und mit Liebe wollte ich der *Sache* entgegengehen. Einfach diese Liebe zwischen uns wirken lassen. Alles andere ergäbe sich von alleine. Ich musste nur den Kopf abschalten! Schließlich war ich eine erwachsene Frau und kein Teenager mehr.

Mit diesem frisch getankten Selbstbewusstsein stellte sich wieder dieses Kribbeln bei mir ein, das ich jedes Mal spürte, wenn ich an John dachte. Meine Erinnerung an seinen kräftigen Oberkörper, den er mir beim Holzhacken präsentiert hatte, ließ mich leise stöhnen.

Nie zuvor war ich mit einem Mann zusammen gewesen, der so viel pures, animalisches Testosteron verströmte. Und nicht nur das. Er duftete stets nach Wald, frisch geschlagenem Holz, dem Aroma von frischem Moos und manchmal auch nach Benzin. Ich atmete bei ihm Regen und Schnee ein, den Herbst mit seinen fallenden Blättern. Wenn ich bei ihm war, hatte ich das Gefühl, den Geschmack von Wolken zu kennen oder zumindest zu erahnen.

John war ein Mann! Und zwar einer in der ursprünglichsten Bedeutung des Wortes. John war wilde Natur. So wild, wie der Yellowstone River im Frühling nach der Schneeschmelze und rau wie der Wind, der um die Berggipfel pfiff. Doch seine Seele war aufgewühlt. Sie war so stürmisch wie die See und die Wellen, die sie manchmal über meinem Kopf zusammenschlagen ließ, brachten mich an den Rand des Ertrinkens.

Doch ich wollte versuchen, ihm die Sonne in seinem Leben zurückzubringen. Ich wollte die dunklen Wolken vertreiben und die Wogen glätten. Ich war mir nur noch nicht sicher, wie!

15. Kapitel

Zitternd lief ich in die kleine Ankunftshalle des Provinzflughafens hinein. Was hatte ich mir nur dabei gedacht? Draußen lagen mindestens zehn Zentimeter Schnee, die Temperatur war deutlich unter Null gefallen und ich stöckelte mit High Heels und einem dünnen Kostümchen mit Spitzenbluse durch die Landschaft. Ich fror bis ins Mark, daran konnte auch der längere Mantel nichts ändern, den ich mir angezogen hatte.

In der Miniaturausgabe eines normalen Flughafens war es auch nicht viel wärmer. Zumindest erschien es mir so, als ich länger auf einem der kalten Plastikstühle warten musste, bis Mister Brooks eintraf. Sein Flug hatte zwanzig Minuten Verspätung, was meine Lage nicht gerade verbesserte. Grausame Gedanken an Grippe und eine beißende Blasenentzündung kamen mir bereits in den Sinn, als sein Flug endlich ausgerufen wurde.

»Na endlich«, grummelte ich und ging hinüber zur großen Panoramascheibe, um die Landung zu beobachten.

Schneeflocken wirbelten durch die Luft. Keine, wie man sie von schwerem, matschigem Schnee kannte. Spitze Eiskristalle knisterten gegen die Scheibe und ich wusste, dieser Schnee würde lange liegenbleiben.

Neugierig blickte ich in den Himmel hinauf und endlich konnte ich den kleinen Punkt in der Ferne ausmachen, der mir meinen Besuch vorbeibringen sollte.

Als die Maschine über die Landebahn rollte, schluckte ich. Das war kein regulärer Flug, denn ihm fehlte jede Kennung einer Fluggesellschaft. Das war ein Privatjet!

Sofort ging ich ein Stück in die Knie. Erfolgreiche Menschen machten mir Angst, auch wenn ich selbst nicht gerade eine Unbekannte war. Doch ich war unter einem Pseudonym erfolgreich. Das war etwas ganz anderes, als mit seinem richtigen Namen in der Öffentlichkeit zu stehen.

Mit der Hand fächelte ich mir etwas Luft zu und versuchte, mich zu beruhigen. Vielleicht hatte die Filmfirma ihrem Mitarbeiter nur einen Firmenjet zur Verfügung gestellt.

Behäbig langsam rollte der Flieger aus und kam unweit vor mir zum Stehen. Es dauerte noch etwa fünf Minuten, da wurde die Tür hinter dem Cockpit geöffnet und ein junger Mann ließ eine kleine Treppe hinab.

Gespannt wartete ich darauf, wer aus der Tür treten würde und ein Lächeln schlich sich in mein Gesicht, als ich einen sehr beleibten Mann im schwarzen Anzug heraustreten sah.

»Wusste ich es doch!«, zischte ich.

Der Mann blickte nach oben, schüttelte kurz den Kopf und spannte dann einen überdimensionalen Regenschirm auf.

»Aus Zucker sind wir also auch noch!«, stellte ich fest, und ich ärgerte mich, dass ich, weit weniger empfindlich, in dieses dünne Kostüm geschlüpft war, nur, um einen stilvollen Eindruck zu machen.

Der dicke Mann stand immer noch oben auf der Treppe und trat nun sogar noch mal einen Schritt in den Flieger zurück.

»Na komm schon, Dicker«, knurrte ich ziemlich unfein. »Ich will hier nicht festfrieren.«

Plötzlich trat er einen Schritt zur Seite und lächelte. Ähm ...

Erstaunt sah ich, wie eine weitere Person in der Tür auftauchte. Sie war mindestens einen Kopf größer als der kleine dicke Mann und war ebenfalls männlich.

Er trug eine schwarze Stoffhose, wenn ich mich nicht täuschte, glänzende schwarze Schuhe und eine dicke, etwas längere Lederjacke. Ein schwarzer Hut zierte seinen Kopf und ein dunkler Schal hing ihm lässig über die Schultern. Mit Schwung warf er eine Seite davon über seine linke Schulter zurück, sodass der Stoff nun seinen Hals schützte.

Mit erhobener Hand winkte er noch einmal zurück ins Flugzeug, bevor er den ersten Schritt auf die Treppe setzte. Der dicke Mann hielt den Schirm über ihn und folgte ihm.

»Ach du ...«, setzte ich an, doch ich vollendete den Satz nicht.

Was da mit einem mehr als selbstbewussten Hüftschwung, der einem Laufstegmodel alle Ehre gemacht hätte, auf mich zukam, konnte unmöglich Weston Brooks sein. Die hatten mir den Hauptdarsteller geschickt, aber keinesfalls einen Filmemacher! Und so, wie er von dem dicken Mann verfolgt wurde, der alles versuchte, jede Schneeflocke von dem Typen vor ihm fernzuhalten, war dieser auf alle Fälle auch noch eine Diva! Ich hasste ihn jetzt schon und verfluchte Gerry alle Knochen im Leib!

Ich sah, wie er durch die Glastür ins Gebäude schritt, und der dicke Mann sich wieder schnellstmöglich zurück in den Flieger begab, nachdem er Weston Brooks noch eine Ledertasche in die Hand gedrückt hatte. Ich schluckte, denn in fünf, vier, drei, zwei, eins Sekunden würde ich meinem Geschäftspartner gegenüberstehen.

Die Zeit war um und er trat durch die nächste gläserne Tür, die in den Innenbereich führte. Suchend blickte er sich um und am liebsten hätte ich mich ganz klein gemacht, in der Hoffnung, dass er mich übersehen würde. Doch dem war nicht so. Als er mich entdeckte, kam er lächelnd auf mich zu.

»Miss White?«, fragte er schon aus einiger Entfernung und ich nickte.

Nun wurde sein Lächeln noch breiter und in mir vertiefte sich immer mehr die Gewissheit, dass dies ein Schauspieler sein musste. So gut sah man nicht aus, wenn man in der Vorstandsetage einer Filmfirma saß. Dieser Mann stand mit Sicherheit vor der Kamera. Er kam nah zu mir heran, stellte die Tasche neben sich und hielt mir die Hand hin.

»Weston Brooks. Ich freue mich, Ihre Bekanntschaft zu machen.«

Zaghaft ergriff ich seine Hand. »Aspen White. Oder sollte ich sagen, Juliet Romero?« Ich mühte mir ein Lächeln ab.

»Ich würde mit Aspen vorliebnehmen«, lächelte er und hielt immer noch meine Hand. Als ich darauf hinabblickte, ließ er sie schnell los.

»Verzeihung, wie unhöflich von mir.«

Er nahm seinen schwarzen Hut ab und schüttelte kurz den Schnee von ihm runter, der trotz Schirm seinen Weg auf seinen Kopf gefunden hatte.

»Schon gut. Verständlich, bei dem Wetter«, antwortete ich.

Ein gebräuntes Gesicht strahlte mir entgegen. Hellbraune, akkurat geschnittene Haare zierten seinen Kopf, die von Surfersträhnchen aufgelockert wurden. Normal, bei der Sonne in Kalifornien. Glatte Haut spannte sich über hohe Wangenknochen und hinter unglaublich langen Wimpern strahlte mich ein Paar grüne Augen an.

»Verzeihen Sie die Verspätung. Das Wetter ...«, lächelte er entschuldigend und zeigte nach draußen.

Feingliedrige, manikürte Finger fielen mir auf, und der gestreckte Arm ließ die Jacke etwas an ihm hochwandern. Eine Sehne trat hervor, die sich auf seinem Handrücken verlief.

Verflucht, wer war das? Mister Universum? Ich ließ meinen Blick einmal über seine ganze Statur wandern. Nein, ein Muskelprotz war er nicht. Eher hochgeschossen und drahtig wirkte er auf mich. Und wahnsinnig elegant! Alles, was er trug, wirkte auf den ersten Blick normal, ja beinahe unscheinbar. Aber bei genauerem Hinsehen erkannte man die Qualität und das Hochpreisige seiner Sachen.

»War Ihr Flug angenehm, Mister Brooks?«, presste ich mir die Wörter durch die Zähne, denn ich fühlte mich irgendwie klein in seiner Gegenwart.

»Es ging. Etwas holprig. Aber nennen Sie mich Weston. Mister Brooks klingt so förmlich.«

Wieder lächelte er hinreißend und ich schluckte. Dieser Mann wusste ganz genau um seine Wirkung, und dass er mich in gewisser Weise beeindruckte, ärgerte mich. Hier stand jemand vor mir, für den Kultiviertheit mehr als nur ein Begriff war.

»Gehen wir zu meinem Auto?«, fragte ich schließlich etwas unbeholfen und er nickte.

»Ja, natürlich. Ist es weit bis zum Hotel?«

»Nein. Ein paar Minuten von hier.«

»Das hört sich gut an, Miss White. Ich wollte Ihnen bei dem Wetter nicht noch unnötig viele Umstände machen.«

»Aspen. Und kein Problem, ich bin diese Witterung gewohnt.«

Wieder lächelte er und da er den Blick nicht abwandte, wurde es mir peinlich.

»Dann kommen Sie, gleich da vorne durch die Tür.«

Weston folgte mir und zeigte sich beeindruckt, als er meinen Silverado sah.

»Wow, das ist ein großes Auto für so eine zarte Lady.«

»Für die Gegend ganz praktisch. In der Stadt würde ich ihn aber nicht fahren.«

Wir stiegen ein, nachdem er seine Tasche auf den Rücksitz gepackt hatte.

»Dann mal los«, sagte er und schnallte sich an. »Wissen Sie, wo wir hinmüssen?«

Jetzt musste ich lachen. »Da es nur ein Hotel im Ort gibt, denke ich schon, dass ich weiß, wo ich hin muss.«

»Nur eins?«

»Ja«, lächelte ich. *Und ich glaube kaum, dass es deinem Standard genügen wird*, fügte ich in Gedanken hinzu.

Erstaunt blickte er auf der Fahrt immer abwechselnd rechts und links aus dem Fenster und betrachtete sich die Landschaft.

»Wunderschön ist es hier«, merkte er an. »Aber bestimmt verdammt einsam, oder? Was hat Sie hier in die Wildnis verschlagen?«

»So einsam ist es gar nicht. Wie viele Menschen braucht man, um sich nicht einsam zu fühlen?«

»Im günstigsten Fall nur einen.« Wieder blitzte sein charmantes Lächeln auf.

»Ich mag die Stadt einfach nicht. Dort finde ich keine Ruhe. Weder um mich herum, noch in mir drin. Ich brauche diese Ruhe, damit ich mich besser fokussieren kann.«

Er nickte verständig, aber ich glaubte nicht, dass er wirklich verstand, was ich meinte. Aber weitere Gedanken brauchte ich mir darüber nicht zu machen, denn wir waren angekommen.

»Da sind wir. Ich hoffe, Sie sind nicht allzu sehr enttäuscht.«

Brooks betrachtete das Hotel und nickte. »Es sieht urig aus. Ich glaube, es wird mir gefallen. Hat es eine Bar?«

»Eine kleine, glaube ich. Ja.«

»Oh, das ist schön. Kommen Sie mit rein? Ich checke nur schnell ein und bringe meine Tasche aufs Zimmer. Danach würde ich Sie gerne auf ein Glas Wein einladen.«

»Jetzt?«, fragte ich hektisch.

Weston blickte auf seine mit Sicherheit teure Armbanduhr und schlug sich an den Kopf. »Oh. Es ist ja gerade mal fünf Uhr. Und Sie haben ihr Auto mit. Dennoch würde ich mich bereits heute schon gerne über einige Dinge mit Ihnen unterhalten. Wie wäre es, wenn ich Ihnen für acht Uhr ein Taxi zukommen lasse? Dann wäre Ihr Auto sicher zu Hause und wir könnten gemütlich einen Drink nehmen, während wir plaudern.«

Ich wollte auf gar keinen Fall mit ihm einen Drink nehmen! Aber was blieb mir übrig?

»Ja, sehr gerne. Falls Sie hungrig sind und Ihnen das Hotel nicht zusagt … etwa fünfzig Meter die Straße runter gibt es ein sehr gutes Grillrestaurant.«

»Danke für den Tipp«, lächelte er wieder. »Dann sehen wir uns um acht?«

Ich nickte nur stumm.

»Dann bis später, Aspen.«

»Ja.«

Als er endlich ausstieg und die Tür hinter sich schloss, atmete ich keuchend ein und aus. Mir war, als hätte ich die ganze Fahrt über die Luft angehalten. Dann wendete ich und fuhr zu mir nach Hause.

Devil empfing mich schwanzwedelnd und ich machte ihm gleich etwas zu fressen. Er wirkte unruhig auf mich und kaum hatte er seinen Napf Hundefutter vertilgt, schlich er durch die Klappe davon.

Ich selbst nahm mir einen Joghurt aus dem Kühlschrank, denn ich war nervös, und wenn ich nervös war, überfiel mich der Hunger.

Diese Begegnung mit Weston Brooks war mir auf den Magen geschlagen. Da ich ihn mir ganz anders vorgestellt hatte, verwirrte er mich. Vielleicht war ich aber auch nur die städtischen Männer nicht mehr gewöhnt.

Neidlos musste ich anerkennen, dass er mehr als gut aussah. Sehr gepflegt vor allem, und er hatte einen ausgezeichneten Geschmack, was seine Kleidung betraf. Fast hätte ich ihn in die Kategorie kalifornischer Sonnyboy eingeordnet, aber dafür war er zu sehr Mann und zu wenig Junge, auch wenn sein Lächeln einen jugendlichen Charme versprühte. Ein mehr als faszinierender Mann, zweifellos. Jetzt war ich gespannt darauf, was er mit mir bereden wollte, aber zunächst wollte ich mich jemand anderem widmen. John!

»Aspen? Wieso rufst du an? Ist dein Date nicht erschienen?«, fragte er, kaum dass er den Hörer abhob.

Date?

»Hey, John. Doch, Weston ist da. Ich habe ihn bereits ins Hotel gefahren. Und bitte, es ist kein Date, okay?«

»Na ja, irgendwie doch, oder?«, ließ er nicht locker, doch an seinem Tonfall hörte ich sein inneres Grinsen. »Und? Ist er so, wie du ihn dir vorgestellt hast?«

Wieso musste er das jetzt fragen?

»Nun, er scheint ganz nett zu sein«, antwortete ich beiläufig. »Wir treffen uns gegen acht heute Abend in der Hotelbar. Er möchte schon einige Dinge mit mir durchgehen.«

»In der Bar?«, brummelte John.

»Ja. Ist doch nichts dabei und wir sind in der Öffentlichkeit«, antwortete ich, ohne groß darüber nachzudenken, was ich da losließ. Es hörte sich nach einer vorbeugenden Entschuldigung an, und ich hatte das Gefühl, John fasste es auch genau so auf! Einen Moment lang herrschte Stille.

»Muss ich mir Sorgen machen, Aspen?«, fragte er schließlich.

»Nein, natürlich nicht. Es ist ein geschäftliches Treffen. Nichts weiter.«

»Okay«, sagte er mit unbewegter Stimme. »Wann fährst du los?«

»Er lässt mir ein Taxi kommen. Kurz vor acht, denke ich.«

»Ein Taxi?«, fragte er höhnisch, und ich verdrehte die Augen. »Du weißt, was das heißt, oder?«

»Nein, John, das weiß ich nicht«, gab ich genervt zurück. »Jedenfalls weiß ich nicht, was du dir dabei denkst.«

»Ich kann dir sagen, was ich mir denke. Ihr werdet euch treffen, er wird dir Alkohol einflößen, du wirst beschwingt und leichtsinnig sein und dann wird er versuchen ...«

»Was, John? Was wird er versuchen?«, zickte ich jetzt.

»Du weißt genau, was ich meine.«

»Weiß ich das?«

»Ach komm schon, Aspen, du bist doch nicht dumm!«

»Schön, dass du das denkst! Weniger schön finde ich, dass du zum einen sehr voreingenommen bist. Und zum anderen, dass du mir unterstellst, ich würde auf so etwas anspringen, falls er doch ...«

»Nicht falls. Er wird!«

»Wie kommst du nur auf so einen Blödsinn?«, ärgerte ich mich jetzt.

»Er ist ein Mann, Aspen. Und du bist eine wunderschöne Frau. Er wäre verrückt, wenn er es nicht versuchen würde. Oder schwul. Letzteres wäre mir ganz lieb.«

Jetzt musste ich kichern. »John, bist du eifersüchtig?«

»Eifersüchtig? Ich? Nein. Ich will nur nicht, dass dir etwas passiert.«

Oh und wie er eifersüchtig war!

»John, ich kann auf mich aufpassen. Hör auf, dir so viele Gedanken zu machen. Soll ich dich anrufen, wenn ich zurück bin?«

»Würdest du das tun?«, fragte er jetzt ganz ruhig und seine Stimme wirkte verunsichert.

»Ja, natürlich. Wenn du dich dann besser fühlst.«

»Ja, ich würde mich in der Tat besser fühlen. Ich traue ihm nicht.«

»Es reicht, wenn du *mir* vertraust. Kannst du das, John?« Wieder gab es eine kurze Pause.

»Ja. Ich vertraue dir.«

»Danke«, lächelte ich nun.

»Und du rufst wirklich an?«

»Versprochen.«

»Na gut. Dann pass auf dich auf, ja? Und viel Erfolg bei … was auch immer.«

»John?«

»Hmh?«

»Ich liebe dich.«

»Ich liebe dich auch, Aspen. Bis später.«

»Ja, bis später.«

Nachdenklich legte ich auf. Im ersten Moment war ich versucht, John eine völlig sinnfreie Eifersucht zu unterstellen. Männliches Markiergehabe. Aber war dem auch wirklich so?

John war ein Mensch, der schon viel durchmachen musste in seinem Leben, und sein Erlebnis, Frau und Kind zu verlieren, hatte ihn mehr als nur geprägt. Hinzu kam, dass seine Instinkte sehr ausgeprägt waren. Er erkannte Dinge, die ich nicht gesehen oder gefühlt hätte, wenn man sie mir auf einem Silbertablett serviert hätte. Sie waren tief in ihm verwurzelt, während die meisten Menschen diese im Laufe der Evolution und in der zivilisierten Welt, in der Konsum und schnelle Ablenkung an oberster Stelle standen, verloren hatten.

Johns Beschützerinstinkt war überirdisch. Und seine Verlustängste riesengroß. Vielleicht hatte er gefühlt, dass ich mir über das Aussehen von Weston Gedanken gemacht hatte. Und mein entschuldigendes Verhalten, wegen dem Treffen mit ihm, tat wohl sein Übriges dazu.

Als ich darüber nachdachte, erkannte ich, dass ich nicht ganz unschuldig an Johns Benehmen war. Und vermutlich hatte er sogar recht damit, was Weston betraf. Männer wie er bekamen mit Sicherheit immer alles, was sie wollten. Auch sie besaßen Instinkte, wenn auch in anderer Form. Oft wussten sie einfach nur die richtigen Knöpfe zu drücken.

Angespannt legte ich meinen Kopf in den Nacken und fuhr mit meiner Hand durch meine Haare. John hatte mir bewusst gemacht, dass ich vorsichtig sein musste. Und das würde ich auch sein. Dennoch begab ich mich auf einen sehr schmalen Grat, denn sollte mein Projekt erfolgreich werden, musste ich Kompromisse eingehen. Ich hoffte nur, Weston würde Freundlichkeit nicht mit Verlangen verwechseln.

16. Kapitel

Bevor ich mich auf den Weg zur Bar machte, zog ich mich um. Schnell tauschte ich das Kostüm mit dem kurzen Rock und die Bluse gegen eine schwarze Jeans und einen Pulli. Die Haare band ich mir locker zu einem Pferdeschwanz zurück und ich verzichtete, bis auf meine Armbanduhr, auf jeglichen Schmuck. Ich wollte Weston mit meiner Arbeit beeindrucken, nicht mit meinem Äußeren.

Als ich vor dem Hotel ankam, informierte mich der Fahrer, dass Weston die Kosten bereits übernommen hatte und so wünschte er mir nur noch einen schönen Abend. Aufgeregt ging ich hinein.

Zunächst einmal sah ich mich um. Das Hotel war wirklich sehr schlicht gehalten, doch es strahlte einen urigen Charme aus. Einer sehr kleinen Empfangshalle, in der gerade mal zwei kleine Tische mit je zwei Loungesesseln standen, fügte sich eine ebenso winzige Rezeption an. Eine Familie mit zwei Kindern, Jungs von vielleicht acht oder zehn Jahren, trat gerade aus dem Lift und lief hinüber ins Restaurant zu einem späten Abendessen. Vermutlich waren sie den ganzen Tag im Park unterwegs gewesen, und so eilig, wie sie es hatten, war der Hunger groß. Durch einen dicken, roten Vorhang links von mir konnte man die Bar erreichen.

»Guten Abend«, begrüßte ich den älteren Herrn an der Rezeption freundlich, denn ich wollte nicht einfach so durchhuschen.

»Guten Abend, Ma'am. Kann ich Ihnen behilflich sein?«

»Ich bin in der Bar mit Mister Weston Brooks verabredet. Ist er schon anwesend?«

Der ältere Herr lächelte freundlich. »Ich werde nachfragen. Meine Schicht hat gerade erst begonnen. Setzen Sie sich doch, solange Sie warten müssen.«

»Nein, ist schon gut. Ich warte lieber im Stehen.«

Er nahm den Telefonhörer zur Hand und drückte eine Nummer, vermutlich die Durchwahl zur Bar.

»George hier. Befindet sich ein Mister Weston Brooks in der Bar?« Er lauschte kurz und lächelte mir zu. »Gut. Richte ihm doch bitte aus, dass eine bezaubernde junge Dame hier auf ihn wartet.«

Ich errötete leicht, wegen dem bezaubernd, aber George lächelte so lieb, dass ich sein Kompliment gerne annahm.

»Chance sagt ihm Bescheid, er wird Sie gleich abholen.«

»Oh, das wäre nicht nötig gewesen, ich kann doch gleich hineingehen in die ...«

Kaum hatte ich es ausgesprochen, wurde der schwere Stoff des Vorhangs beiseitegeschoben. Was da hindurchtrat, ließ mich schlucken.

Weston stand im Rahmen des Rundbogens und blickte mich lächelnd an. Er trug einen Smoking, der wohl maßgeschneidert war, denn er saß perfekt. Eine Hand steckte lässig in der Hosentasche und die andere rieb über sein Kinn. Er lächelte mehr als charmant und kam langsam auf mich zu. Ich wollte flüchten!

»Hallo, Aspen. Ich freue mich, dass Sie hier sind«, sagte er mit gedämpfter Stimme und er kam mir so nah, dass mir unwillkürlich sein Duft in die Nase drang. Ein Aroma von Moschus lag schwer in der Luft, vermischte sich mit dem Duft von *frisch geduscht, Erfolg auf ganzer Linie* und vermutlich gleich mit dem Geruch von Schweiß, denn mir wurde heiß und ich schwitzte.

»Hallo, Weston«, antwortete ich schüchtern, denn genau so fühlte ich mich in dem Moment – eingeschüchtert! Nie zuvor war ich einem Mann mit so einer starken Aura begegnet, und das machte mir ein bisschen Angst. Weston registrierte es sofort.

»Alles in Ordnung? Sie wirken so gestresst.«

Mist!

»Ja!«, antwortete ich schnell. »Es ist nur, Sie hätten nicht extra rauskommen müssen, ich hätte den Weg auch so gefunden.«

Weston lächelte wieder, aber er musterte mich mit leicht zusammengekniffenen Augen, und ich ahnte, dass er meine Ausrede nicht nachvollziehen konnte.

»Hmh«, brummte er. »Ich muss mich entschuldigen. Eigentlich hätte ich Sie gleich hier draußen in Empfang nehmen sollen. Aber der Scotch, den sie in der Bar anbieten, war einfach zu verführerisch,«, lachte er jetzt und ich versuchte, mitzulachen, was mir schrecklich misslang. »Ich lasse mich einfach viel zu schnell verführen. Ich bin ein schlechter Mensch«, fügte er hinzu.

»Oscar Wilde sagte einmal, *Verführungen soll man nachgeben. Wer weiß, wann sie wiederkommen*«, reagierte ich mit dem Einzigen, was mir einfiel und das eigentlich unverfänglich und witzig klingen sollte. Sein Blick, den er mir daraufhin zuwarf, ließ mich aber daran zweifeln. Wieder schluckte ich.

Seine Augen funkelten plötzlich. Sie wirkten, als versuche er, hinter meine Stirn zu blicken, und das war mir unangenehm. Instinktiv versuchte ich, mein Denken zu verhüllen.

»Ja, da haben Sie vermutlich recht«, lächelte er, als er sich wieder im Griff hatte. »Kommen Sie. Gehen wir rein.«

Er legte mir eine Hand auf den Rücken und ließ sie dort, bis wir den Vorhang durchschritten hatten. In der Bar half er mir aus der Jacke und brachte sie zur Garderobe, bevor er auf einen Tisch in einer Ecke zeigte. Wieder ließ er mich vorgehen und ich spürte seine Augen in meinem Rücken.

»Hier?«, fragte ich und er nickte.

»Ja. Setzen Sie sich.«

Gentlemanlike zog er den Stuhl zurück, wartete, bis ich bereit war, und schob ihn dann wieder unter meinem Hintern ein Stück nach vorne. Er setzte sich gleich gegenüber von mir.

»Was möchten Sie trinken, Aspen?«, fragte er höflich.

»Was trinken Sie?«

»Ist das wichtig? Haben Sie keine eigenen Wünsche?«

Ups!

»Ich bin mir nicht sicher«, rutschte es mir heraus.

Weston unterzog mich wieder einer ausführlichen Musterung. »Okay«, sagte er schließlich und stieß ein leises Stöhnen aus. »Zuerst sollten wir auf dieses förmliche Sie verzichten, oder?«

Ich zuckte mit den Schultern und nickte stumm.

»Gut! Ich weiß nicht, wieso du so nervös bist. Ich beiße nicht. Es sei denn, du stehst drauf«, fügte er grinsend hinzu, und ich spürte, wie mir ein Schweißtropfen über die Schläfe rann. Schnell wischte ich ihn weg.

»Rotwein!«, platzte es daraufhin aus mir heraus. »Ein Glas Rotwein. Bitte.«

Gewinnend lächelte er und rief den Barmann an den Tisch. »Wir hätten gerne eine Flasche Ihres besten Rotweins. Gehaltvoll, aber nicht zu schwer. Und zwei Gläser. Und bitte, dekantieren Sie ihn.«

»Sehr gerne«, antwortete der Barkeeper und trollte sich wieder.

»Und eine Flasche stilles Wasser!«, rief ihm Weston hinterher. Eine ganze Flasche Wein? John hatte recht, ich musste vorsichtig sein!

Der Barmann kam zurück und stellte alles ab. Zunächst goss er Weston einen Schluck Wein ein, der daraufhin sein Glas zur Hand nahm, es in seiner Handfläche schwenkte und zuerst daran schnupperte. Dann nahm er einen kleinen Schluck, sog ihn schlürfend durch die Zähne, sodass ich grinsen musste. Ich fand es albern, auch wenn es scheinbar dazugehörte, wollte man den Weinkenner geben.

»Ja, der ist gut«, bestätigte er schließlich und der Barmann goss mir ein, bevor er Westons Glas ebenfalls füllte. Auch ich nahm einen Schluck.

»Ja, der ist wirklich lecker«, lächelte ich. Der Barkeeper trollte sich und Weston grinste mich an. »Was ist?«, fragte ich.

»Aspen, ein Wein ist nicht lecker. Dieser ist vollmundig, blumig, mit einem Hauch von Tannin.«

»Für dich vielleicht. Für mich ist er lecker.«

Weston lachte laut. »Okay, er ist lecker. Du hast ja recht.« Er erhob sein Glas und deutete an, mit mir anstoßen zu wollen, also erhob ich meines. »Auf eine gute Zusammenarbeit, Aspen«, lächelte er, und das so unwiderstehlich, dass mir wieder heiß wurde.

»Ja, auf eine gute Zusammenarbeit«, antwortete ich, und nahm schnell einen Schluck, nachdem wir klirrend angestoßen hatten.

»Unsere Anwälte bereiten erst die Verträge vor. Ich hoffe, alles wird zu unser aller Zufriedenheit laufen, denn ich freue mich wirklich auf das Projekt«, wurde er geschäftlich und nahm gleich eine andere Haltung an.

»Ja, ich mich auch. Ich bin immer noch ganz platt, dass jemand mein Buch verfilmen möchte.«

»Liebesfilme stehen hoch im Kurs. Deine Bücher entsprechen ganz unseren Vorstellungen, und dass sie Potential für einen Zweiteiler haben, verbessert die Sache noch.«

»Danke. Ich freue mich über den Zuspruch.«

»Du hast es verdient«, zwinkerte er mir zu. Dieser Wechsel zwischen geschäftlichem Benehmen und flirtender Vertrautheit brachte mich wieder zum Stammeln.

»Und … und weshalb genau bist du jetzt hier?«

Weston lehnte sich lässig in seinem Stuhl zurück. »Nun, ich wollte dich kennenlernen. Ich will immer wissen, mit wem wir es zu tun bekommen, bevor ich mit ihm oder ihr meine Zusammenarbeit … vertiefe.«

Das Zögern vor seinem letzten Wort und der intensive Blick, mit dem er mich bedachte, ließ mich beinahe zittern. Er beugte sich wieder nach vorne und umschloss meine Hand mit seinen Händen. Weich fühlte sich seine Haut an und sogleich schoss mir der Vergleich mit den eher rauen Händen von John in den Kopf. Ich versuchte, meinen Blick abzuwenden und schaute hinüber zur Theke. John?

»John?«, zischte ich entsetzt, als ich sah, wer da auf einem Hocker saß und mich düster betrachtete.

»Was sagst du?«, fragte Weston verwirrt. Er saß mit dem Rücken zur Bar und konnte natürlich nicht sehen, was ich gerade sah. Und ich konnte es nicht glauben!

»Weston, entschuldigst du mich bitte einen Augenblick?«

»Ja, natürlich.«

Ich sprang so schnell auf, dass beinahe mein Stuhl gekippt wäre. Angesäuert stapfte ich zur Theke.

»John! Verflucht, was machst du hier?«

»Beobachten«, knurrte er, und sein zorniger Blick ließ mich den Kopf schütteln.

»Komm mit!«, zischte ich leise und zog ihn mit nach draußen in die Lobby. Nur widerwillig ließ er sich mitziehen. »Bist du von allen guten Geistern verlassen?«

»Hmh, nein, ich glaube nicht.«

»Aber … Gott, John, das hier ist wichtig für mich!«

»Und du bist mir wichtig. Ich passe nur auf dich auf.«

»Du brauchst nicht auf mich aufzupassen!«

»Nachdem, was ich bisher gesehen habe, doch.«

»Du hast doch gar nichts gesehen! Wir reden doch nur!«

»Ach ja?«

»Ja!«

»Sah aber nicht so aus.«

»Aspen? Alles in Ordnung?«

Oh nein! Weston!

Ich drehte mich zu ihm um und lächelte gequält. »Ja, alles in Ordnung.«

Er kam lässig auf uns zu und betrachtete John. »Belästigt dich dieser Herr?«

John musste kichern. Ich hingegen fand das gar nicht lustig!

»Nein! Um Gottes willen, nein! Das ist … Weston, darf ich dir meinen Freund vorstellen? John Gatlin. John, das ist Weston Brooks, mein ...« Ja was eigentlich?

»Ihr Produzent. Freut mich, Sie kennenzulernen«, sagte Weston ganz höflich und hielt John die Hand hin.

John blickte ihn düster an und ich gab ihm einen leichten Stoß mit dem Ellbogen in die Rippen. Schließlich schlug er zögerlich ein, und das etwas zu fest, wie ich an dem verzogenen Mundwinkel von Weston erkennen konnte.

»Wow, das nenne ich mal einen kräftigen Händedruck«, stöhnte er leicht und John grinste, als er ihn wieder losließ.

»Die Freude ist ganz auf meiner Seite«, säuselte John zu allem Überfluss.

»Wollen Sie sich zu uns setzen, Mister Gatlin?«

Oh Gott, nein!

»Nein, ich glaube, John wollte gerade wieder gehen!«, lächelte ich schief.

»Nennen Sie mich John«, sagte er überfreundlich und ignorierte meinen Einwand vollkommen. »Gerne setze ich mich zu euch. Wer kann bei so einer netten Einladung schon nein sagen, oder *Schatz*?«

Wie er das Schatz betonte!

»Aber ich dachte, du müsstest ...« Mir fiel nichts ein!

»Nein, schon gut. Das kann warten.«

»Na dann. Kommen Sie.«

Weston drehte sich um und ging wieder Richtung Bar. Mit einem bösen Blick sah ich zu John, der nur breit grinste.

»Bitte, versprich mir, dass du dich benimmst?«

»Ich weiß, was sich gehört und was nicht, Aspen. Keine Angst.«

Sein sarkastischer Unterton war mir nicht entgangen und ich konnte nur hoffen, dass dieser Abend nicht in einer Katastrophe endete.

»Nach dir«, grinste er mich an und so folgten wir Weston zurück an unseren Tisch.

»Möchten Sie auch ein Glas Rotwein?«, fragte mein Produzent und John schüttelte den Kopf.

»Nein, danke. Ich nehme lieber ein Männergetränk. Scotch on the rocks, wenn möglich.«

Das hatte er jetzt nicht wirklich gesagt! Ich schluckte, denn diese Ansage war mir so peinlich, doch Weston reagierte mit einem Schmunzeln.

»Ein Kenner, hmh? Das gefällt mir. Ich nehme auch einen.«

Die zwei blitzten einander an. Was wurde das hier? Schwanzvergleich zwischen zwei Steinzeitmenschen, die sich gerade zum Affen machten? Ich wollte im Boden versinken!

Weston bestellte die zwei und wollte mit John anstoßen, doch der hatte das Glas bereits am Mund angesetzt, also zog Weston die Hand wieder zurück und trank grinsend auch einen Schluck.

»Sehr gut«, tat John seine Meinung kund, als er das Glas wieder absetzte.

»Ja, mit besonderen Dingen kenne ich mich aus. Und wenn ich etwas gefunden habe, was meinem Geschmack zu hundert Prozent entspricht, muss ich es einfach haben!« Weston blickte mich an, und ich wurde rot wie eine Tomate.

John war die Botschaft in Westons Provokation nicht entgangen. Er kniff seine Augen leicht zusammen, und seine Mundwinkel zeigten für den Bruchteil einer Sekunde nach unten.

»Ja, es soll Menschen geben, die definieren sich über das, was sie besitzen. Es muss schlimm sein, dass man nicht alles kaufen kann, oder Weston?«

In Gedanken kroch ich in eine große Kiste und schloss den Deckel über mir.

»Das stimmt. Man kann nicht alles kaufen. Manches gewinnt man auch!«, konterte Weston und ich war geistig schon viel zu aufgewühlt, um dem Gespräch noch wirklich folgen zu können.

»Sie sind ein Spieler?«, lächelte John, doch sein Gesichtsausdruck war düster.

»Ja, manchmal schon. Und ich kenne alle Tricks. Sie nicht?«

»Ich spiele nicht, Weston. Niemals. Erst recht nicht falsch. Ich würde mir niemals nehmen, was mir nicht zusteht.«

»Kann ich bitte einen Jack haben?«, schrie ich nun Richtung Bar, sodass ich alle Blicke auf mich zog, auch die der restlichen Gäste. Der Barkeeper nickte und brachte mir einen, den ich gleich auf Ex kippte. »Bringen Sie mir direkt noch einen«, murmelte ich.

Als ich auch den zweiten unten hatte, blickten mich John und Weston an. John wirkte eher besitzergreifend, während Weston amüsiert einen Mundwinkel nach oben zog und mich mit einem Blick bedachte, der mich zum ersten Mal verstehen ließ, was der Begriff Schlafzimmeraugen zu bedeuten hatte. Da saßen ein Wolf und ein Tiger, und ich fühlte mich wie die Beute, die gerissen werden sollte. Und teilen würden sie bestimmt nicht. Und ich würde mich nicht teilen lassen. Ganz bestimmt nicht!

Wenn ich den Abend retten wollte, musste ich zum Geschäftlichen zurückkehren, und zwar schnell!

»Was hat die Filmfirma überhaupt dazu bewogen, ausgerechnet meinen Roman auszuwählen?«, fragte ich belanglos, als ob ich ihr Gehabe übergehen würde.

»Die unterschwellige Erotik, die ihm innewohnt«, antwortete Weston wie aus der Pistole geschossen, und ich wünschte mir, ich hätte nicht gefragt.

»Oh ...«

»Finden Sie nicht auch, John?«, fragte er und konnte sich ein Grinsen nicht verkneifen.

»Dazu kann ich nichts sagen, ich kenne Aspens Bücher nicht.« Seine Antwort klang knurrig und ich sah, dass er unterm Tisch eine Hand zur Faust ballte.

»Nicht? Das sollten Sie nachholen. Keine versteht es wie sie, über Seiten hinweg dieses Kribbeln aufrechtzuerhalten, lange bevor es zum eigentlichen Akt kommt. Sehr klassisch. Sehr dezent. Und doch hochexplosiv. Ich gebe zu, es hat mich manches Mal mehr als nur stimuliert.«

»So? Nun ja, wenn man eine Anleitung braucht, ist so eine Lektüre bestimmt hilfreich.« Jetzt war es John, der grinste und ich wollte nur noch sterben! Ich hasste diesen Abend!

»Wie geht es jetzt weiter?«, unterbrach ich ihren verbalen Kampf.

»Ich würde morgen gerne mit dir durchgehen, welche Schauspieler du dir vorgestellt hast, die die Rollen übernehmen könnten. Gerry hat hart verhandelt, damit du Mitspracherecht bekommst. Ich hoffe, wir können uns einigen.«

»Hm hm«, piepte ich nur noch und trank ein weiteres Glas Wein.

»Über die Art der Musik sollten wir auch reden. Ich würde dich dazu morgen Mittag besuchen.«

»Bei mir zu Hause?«, schluckte ich. »Ich meine, ich könnte auch wieder herkommen.«

»Ja, könntest du. Ich würde aber gerne sehen, wie mein neuer Star so lebt. Die Menschen werden Fragen stellen und ein wenig über dich erfahren wollen.«

»Oh. Na dann.«

»Das würden Sie doch auch wollen, oder John?«, fragte Weston provozierend.

»Natürlich. Ich freue mich, Sie morgen Mittag in der Romero Lodge begrüßen zu dürfen. Sie werden staunen!«

Nein!

»Sagen wir, gegen fünfzehn Uhr?«

»Das wäre mir recht«, knurrte jetzt auch Weston, dem diese Entwicklung genauso wenig gefiel wie mir.

»Gut. Komm Aspen, ich bringe dich nach Hause.«

Eigentlich war ich versucht, ihm zu widersprechen und zu fragen, ob er noch alle am Schirm hatte, mir einfach diesen Abend so abzubrechen, aber ehrlich gesagt war ich froh, endlich dieser Peinlichkeit entfliehen zu können.

»Ja, besser wäre das. Ich hätte den Whiskey nicht trinken dürfen. Ich fühle mich irgendwie, als ob sich bei mir alles dreht.« John trat neben mich und hielt mir seine Hand hin, um mir beim Aufstehen zu helfen. »Danke für den schönen Abend und die Einladung, Weston.«

»Keine Ursache. Wir sehen uns morgen!«

Ein Handschlag, Küsschen rechts, Küsschen links. Und jetzt raus hier!

17. Kapitel

Die Fahrt nach Hause verlief schweigend. Kein Laut war zu hören, außer einem Brummen, das mal aus Johns, mal aus meinem Mund drang. Ich war sauer. Und er scheinbar auch.

»Gute Nacht, John«, sagte ich nur, als er vor meinem Haus hielt und ich ausstieg.

Er antwortete nicht, also schlug ich die Autotür zu und ging zum Haus. Kaum hatte ich den Schlüssel ins Schloss gesteckt, hörte ich ihn rufen.

»Aspen, das ist doch lächerlich!«

Ich beschloss, ihn gar nicht zu beachten, denn er hatte meinen Abend ruiniert und nun befiel mich die Angst, dass Weston einen Rückzieher machen würde.

»Aspen, bitte!«

Das hörte sich viel näher an, und ich wusste, er war mir hinterhergelaufen. Mit verkniffenen Augen drehte ich mich um.

»Ich bin wütend auf dich, John Gatlin. Fahr nach Hause!«

»Aber ...«

»Nein! Kein Aber! Du hast mich vor Weston blamiert, und zu sagen, ich koche, wäre noch untertrieben!« Herausfordernd blickte ich ihn an, denn wenn er Streit wollte, den konnte er haben!

Natürlich waren mir Westons Botschaften nicht entgangen, aber es war an mir, ihnen zu begegnen, nicht an John! Ich konnte mich sehr wohl selbst wehren, auch wenn mir seine Anspielungen zunächst peinlich waren. Auf Johns Dominanzverhalten hätte ich gut und gerne verzichten können.

»Aspen, er sieht Freiwild in dir. Hast du das nicht gemerkt?«, fragte John nun, und das so sanft und mit einem liebevollen Blick in den Augen, dass ich schon wieder kurz vorm Wegschmelzen war. Wie machte er das nur? Aber nein, ich wollte sauer sein! Und Mister Jack half mir dabei.

»Du hast dich gegenüber Weston wie ein Steinzeitmensch benommen, John!«, knurrte ich, und bohrte meinen Zeigefinger in seine Brust.

»Und er sich gegenüber dir! Ich musste ihm auf seinem eigenen Niveau begegnen.«

»Das war nichts weiter, als ein spätpubertärer Schwanzvergleich! Weißt du eigentlich, wie ich mich dabei gefühlt habe? Als wäre ich überhaupt nicht anwesend! Oder eine Sache, über die man sich streitet.«

»Du magst es nicht, wenn sich zwei Männer wegen dir streiten?«, grinste er nun. »Du solltest es genießen.«

»Tut mir leid, aber solche urzeitlichen Triebe sind mir völlig abhandengekommen. Du willst dich mit ihm streiten? Gut! Aber lass mich da raus! Ich suche mir meine Männer immer noch selbst aus, und das muss nicht unbedingt der sein, der so einen kindischen Wettstreit gewinnt!«

»Du lügst, Aspen.«

»Nein, ich lüge nicht!«

»Doch, das tust du. Er hat dich beeindruckt. Das konnte ich in deinen Augen sehen.«

»Und wenn es so wäre? Das heißt nicht, dass ich mit ihm was anfangen würde.«

»Du gibst es also zu!«

»Nein, ich gebe gar nichts zu.«

»Das musst du auch nicht, ich weiß es!«

»Du weißt gar nichts! Du ... du ...«

»Kommt jetzt wieder der Hinterwäldler? Wie langweilig. Fällt dir nichts Besseres ein?«

»Arsch!«

»Oh, wir werden ordinär! Ich liebe es, wenn du ordinäre Sachen zu mir sagst. Komm schon, lass mich was hören!«

John kam immer näher, sodass ich unweigerlich zurückwich, doch an der Tür war Endstation. Seine Augen funkelten, doch sein Lächeln auf den Lippen wirkte ... verführerisch!

»John?«

»Du bist doch gar nicht wütend auf mich, stimmt's?«

»Doch, das bin ich«, krächzte ich.

»Nein, bist du nicht.«

John kam mit seinem Gesicht ganz nahe zu mir heran. Ich spürte seinen heißen Atem an meinem Ohr und seine Lippen streiften kurz meinen Hals. Sofort beschleunigte sich meine Atmung.

»Ich liebe es, wenn du so selbstbewusst bist, Aspen. Aber weißt du, was ich noch mehr liebe?«

»Nein«, zitterte ich hervor.

»Wenn ich genau dieses Selbstbewusstsein erschüttern kann, indem ich dir zum Beispiel mit meiner Zunge über den Hals streiche. Ganz kurz nur ...«

Kaum hatte er es ausgesprochen, spürte ich, wie er mir sanft mit der Zunge am Hals entlangstrich. Ich hielt den Atem an!

»Oder dir zart am Ohrläppchen knabbere«, knurrte er weiter und ließ seinen Worten Taten folgen.

»John ...«, stöhnte ich.

Seine Hände packten meine Schultern. Sein Körper drückte mich gegen die Tür und ich spürte genau, wie erregt er war. Er keuchte an meinem Ohr. Seine rechte Hand wanderte zuerst an meinem Arm hinab, danach ruhte sie auf meiner Taille. Doch es dauerte nicht lange und sie wanderte wieder an meiner Seite nach oben. Würde er ...? Er strich nur ganz kurz an der Seite meiner Brust entlang, aber das genügte, um mich ebenfalls keuchen zu lassen. Nun suchten seine Lippen die meinen. Mit seiner Zunge glitt er sanft über meine Oberlippe hinweg und ich traute mich nicht mehr, mich zu rühren.

»Küss mich, Aspen!«, forderte er und bereitwillig ließ ich ihn zu mir herein. Heiß war sein Kuss und voller Leidenschaft. Wild und fordernd. »Ich brauche deine Bücher nicht zu lesen, denn ich weiß, wer du bist. Du liebst das Animalische, das Wilde und Ungezähmte. Weston ist ein verweichlichter Aufreißer, der sich über die Zahl seiner Eroberungen definiert. Und über das, was er besitzt. Er musste einfach mal in seine Schranken gewiesen werden. Ich habe nicht um dich gekämpft, denn das brauche ich gar nicht. Ich weiß, dass du mich willst. Und nur ich kann dir geben, was du brauchst.«

Fuck, er hatte ja so recht!

»Habe ich recht, Aspen? Dann sage es mir!«

Seine Lippen liebkosten meinen Hals unterhalb meines Kinns und automatisch legte ich stöhnend den Kopf in den Nacken. Seine Berührungen ließen mich erschauern und trotzdem spürte ich Hitze in mir.

All meine Wut war vergangen. »Ja, John«, presste ich seinen Namen zwischen zwei Atemzügen hervor. »Ich will dich. Und nur dich!«

Sofort ließ er mich los und stellte alle Zärtlichkeiten ein. Dann grinste er mich an.

»Genau *das* wollte ich hören. Gute Nacht, Aspen!« John machte auf dem Absatz kehrt, lief zu seinem Truck und fuhr davon.

Dieser Mistkerl! Er konnte mich doch jetzt nicht einfach so stehen lassen!

»Das ist jetzt nicht wahr!«

Ungläubig blickte ich den Rücklichtern hinterher, bis sie nicht mehr zu sehen waren. Es war mir kaum möglich zu begreifen, was da gerade passiert war.

»Komm zurück!«, wimmerte ich flehend, aber John blieb verschwunden.

Traurig und enttäuscht und nicht minder wütend ging ich hinein. Gedankenabwesend streifte ich meine Schuhe ab, zog die Jacke aus und ging hinüber ins Wohnzimmer, wo ich mich auf die Couch fallen ließ. Gesicht nach unten.

Wieso nur hatte er das getan?

Diese Frage stellte ich mir immer und immer wieder, aber ich konnte mir keine Antwort darauf geben, also ging ich in Gedanken den ganzen Abend wieder durch und versuchte, ihn mit Johns Verhalten in Einklang zu bringen. Es dauerte eine Weile, aber dann dämmerte es mir.

Nachdem ich mich in seine Lage versetzt hatte, fiel es mir plötzlich ganz leicht. Als ich mir vorstellte, ich hätte an der Bar gesessen und dabei zugeschaut, wie eine Frau Johns Hände streichelt und mit ihm flirtet, da wurde mir klar, dass ich ihm wehgetan hatte.

Gott, das muss ein scheiß Gefühl gewesen sein. Er war sich nicht unsicher wegen mir. Er wusste, dass Weston keine Gefahr für ihn war. Aber John war zu viel Mann, um ihm das durchgehen zu lassen. Und eben wollte er mir klarmachen, dass es so nicht geht, und ich zu ihm stehen müsste. Ich hätte Weston zurückweisen müssen!

John konnte so verletzlich und schwach sein, was ja auch kein Wunder war, bei seiner Lebensgeschichte. Doch heute - eben - hatte er mir deutlich demonstriert, dass er auch anders sein kann. Dabei wusste ich das doch schon längst.

Mist! Um Weston nicht zu verärgern, habe ich in Kauf genommen, John wehzutun, weil ich nicht eindeutig Stellung bezog. Wieso nur hatte ich das getan? War ich so geblendet von Westons Auftritt und der Aussicht auf eine Verfilmung? Das hätte ich nicht tun dürfen, und John hatte es mir eben verdeutlicht! Fuck, ich fühlte mich beschissen!

Ein paar Tränen liefen mir über die Wangen, weil ich mich wie das größte Miststück auf Erden fühlte. Ich wusste nicht, wie lange ich einfach nur so dalag, als ich plötzlich ein Wimmern hörte. Mein Kopf fühlte sich schwer an wie ein Amboss, als ich ihn hob und Devil vor mir erblickte, der sich hereingeschlichen hatte.

»Hey, Dicker. Was hast du?«

Ein weiteres Wimmern folgte und dann ein langgezogenes Heulen. Nervös drehte er sich um die eigene Achse und als ich ihm über den Kopf streicheln wollte, knurrte er nach mir, sodass ich die Hand schnell wieder zurückzog.

»Devil, was ist denn los? Geht es dir nicht gut?«, fragte ich und wusste mir keinen Rat.

Plötzlich hob er am Tisch das Bein und pinkelte mir auf den Teppich!

»Hey! Geht's noch?«, empörte ich mich, aber da rannte er schon zur Tür und fing wieder an zu heulen. Er machte mir Angst! So kannte ich ihn nicht.

Zitternd suchte ich mein Handy, denn ich kannte nur einen, der mir helfen konnte, und ich konnte nur hoffen, dass er nicht mehr sauer war. Ängstlich wählte ich Johns Nummer, ohne Devil aus den Augen zu lassen.

»Ja?«, hörte ich ein verschlafenes Grummeln am anderen Ende der Leitung.

»John, ich bin es. Aspen.«

»Was willst du? Es ist mitten in der Nacht!«

»Ich weiß. Tut mir leid. Aber ...«

»Was aber?«

Ich schluchzte und fing an zu heulen, ich war mir nur nicht ganz sicher, wieso. Devil strapazierte meine Nerven und ich hatte Angst, John verloren zu haben.

»Aspen? Was ist denn los? Ist es wegen heute Abend? Hast du … Was ist das für ein Lärm bei dir? Ist das Devil?«

»Ja. Er benimmt sich ganz seltsam. Er hat mich angeknurrt und mir an den Wohnzimmertisch gepinkelt. Er ist nur am heulen. Ich weiß nicht, was ich tun soll!«, antwortete ich ihm panisch.

John wurde ganz still.

»Bist du noch da?«, hakte ich nach.

»Ja. Ich komme sofort zu dir. Bleib von ihm weg und lass ihn tun, was er will. Hast du mich verstanden?«

Ich nickte.

»Aspen! Hast du mich verstanden?«

»Ja, ja, natürlich. Bitte, beeile dich. So hat sich Devil noch nie aufgeführt!«

»Ich bin in zehn Minuten da! Und bitte, tu einmal, was ich dir gesagt habe, verstanden?«

»Ich bleibe auf der Couch liegen, ist das okay?«

»Ja. Wenn du mir die Tür öffnest, gehe so, dass du ihn immer ansehen kannst, verstanden? Dreh ihm nicht den Rücken zu!«

»Okay!«

»Bleib dran, ich ziehe mir nur schnell was an.«

John legte das Handy weg und ich hörte gedämpft, dass sich eine Schranktür öffnete. Zwei Minuten später war er wieder dran.

»Ich fahre jetzt los. Leg nicht auf. Erzähl mir einfach weiter, was er macht.«

»Er heult und läuft nervös hin und her. Wieso geht er nicht raus?«

»Das werde ich bald wissen. Ich bin im Auto!«

John startete den Motor, der kreischend aufheulte. Beinahe so schlimm, wie das Geheule von meinem Wolf.

»Fahr vorsichtig, hörst du? Ich will nicht, dass dir noch was passiert!«

»Ich passe schon auf. Bist du noch auf der Couch?«

»Ja.«

»Wo ist Devil?«

»Im Esszimmer an der Terrassentür. Er steigt daran hoch und beißt in die Vorhänge.«

»Lass ihn. Nimm dir ein Couchkissen.«

»Soll ich damit nach ihm werfen?«

»Nein! Um Gottes willen! Keins von den kleinen Zierkissen. Ich meinte eins von den dicken Kissen, die als Rückenlehne dienen.«

Ich klemmte das Handy zwischen Ohr und Schulter und nahm eins der Kissen in die Hand.

»Ich habe eins von den großen. Und was soll ich jetzt damit machen?«, fragte ich.

»Halte es vor deinen Körper und beobachte ihn weiter.«

Das sollte wohl meinem Schutz dienen, aber eigentlich glaubte ich nicht, dass Devil mir etwas antun wollte. Irgendetwas machte ihn nervös und ich wollte wissen, was es war. Andererseits kannte sich John besser mit Wölfen aus. Was auch immer es war, mein Magen fühlte sich flau an.

»Ich bin schon am Berg«, meldete er sich nach einer Weile.

»Das ist gut«, flüsterte ich leise, denn Devil war von einem Heulen in ein dumpfes Knurren übergegangen.

»Noch dreihundert Meter.«

Es tat gut, immer wieder seine Stimme zu hören, und ich wusste, er wäre gleich da.

»Bin vor deinem Haus.«

»Ja, ich habe dein Auto gehört. Devil wohl auch.«

»Geht er raus?«

»Nein.«

»Was macht er? Bin an der Tür.«

»Spitzt die Ohren und hält den Kopf hoch.«

»Gut. Ich habe seine Aufmerksamkeit. Stehe langsam auf, halte das Kissen vor dich und komme ganz vorsichtig zur Tür. Lass ihn nicht aus den Augen.«

Ich tat, was mir John aufgetragen hatte. Meine Augen starr auf Devil gerichtet, ging ich rückwärts zur Tür. Mit neugierigen Augen musterte er mich, aber er folgte mir nicht. Als ich die Tür erreichte, atmete ich auf. Ich öffnete und John kam herein.

»Wo ist er?«, fragte er. John war bleich im Gesicht, was meine Angst noch verstärkte.

»Noch im Esszimmer, denke ich. Er ist mir nicht gefolgt.«

»Gut. Bleib hier.«

»Was willst du machen?«

»Ihn unterwerfen!«

»Was? Bist du verrückt? Was, wenn er dich angreift?«

»Keine Angst, ich bin geschützt.«

Erst jetzt bemerkte ich die steife, dicke Jacke, die John trug. Solche kannte ich als Trainingsjacken für Polizeihundetrainer und ich hoffte, sie würde einem Angriff standhalten.

John ging vor und ich blieb im Flur zurück. Langsam näherte er sich dem Durchgang ins Esszimmer und meine Neugier trieb mich einen Schritt nach vorne, damit ich besser sehen konnte.

»Devil, mein Junge, komm her«, rief er ruhig, als er den Bogen durchschritt. Ich hörte Devil heulen. »Ja, mein Großer. Ich bin es nur. Keine Angst. Alles ist gut. Du musst dich beruhigen.«

Johns Worten folgte jetzt ein Wimmern und danach ein Knurren. Meine Beine wurden weich wie Pudding, denn ich hatte wirklich Angst.

»Devil, lass das!«, wurde Johns Ton schärfer und das Knurren näherte sich. »Ich bin nicht dein Gegner! Devil!«

John schrie noch seinen Namen, da kam Devil auch schon angeflogen. John riss den Arm hoch und Devil verbiss sich in ihn.

»Nein!«, kreischte ich und wollte hinlaufen.

»Bleib, wo du bist!«, herrschte mich John an und ich erstarrte wieder. »Ich mach das hier.«

Mit Entsetzen sah ich, wie John mit der anderen Hand in Devils Nacken griff. Dann drückte er ihm den anderen Arm fest ins Maul und mit Schwung riss er ihn zu Boden und drückte dem Wolf ein Knie in den Nacken. Devil jaulte erbärmlich auf.

»Oh Gott, nein!«, heulte ich.

»Du bist hier nicht der Leitwolf«, redete John auf ihn ein und es hatte den Anschein, als drücke er immer fester zu.

»John, bitte«, schluchzte ich.

Devil scharrte mit den Hinterläufen.

»Lass los, Junge. Ich werde dir nicht wehtun, wenn du mir nicht wehtust. Lass los. Alles ist gut.«

Mit jetzt sanfter Stimme redete John auf Devil ein. Mir blutete das Herz, mein Tier so zu sehen, aber ich vertraute John.

»Hey, ich bin es. John. Du kennst mich doch. Wir sind Freunde, weißt du nicht mehr? Du hast Angst vor etwas, habe ich recht? Ich bin bei dir. Komm schon, lass los.«

Devil hörte auf, mit den Beinen zu scharren, je länger er Johns Worten lauschte. Und dann erschien es mir wie ein Wunder, dass er sein Maul öffnete und Johns Arm freigab. Ich schlug meine Hände vors Gesicht.

»So ist es gut, Großer. Ich bin dein Boss, vergiss das nicht. Ich werde dich jetzt freilassen. Alles ist gut.«

John legte eine Hand auf Devils Schnauze und eine auf seinen Rücken. Er hob langsam sein Knie an, drückte ihn aber weiterhin mit den Händen zu Boden.

»Siehst du, ich tu dir nichts.« Sanft streichelte er ihm über den Rücken. Dann ließ er seine Schnauze los. Kaum war Devil frei, sprang er mit eingezogenem Schwanz auf und leckte John wimmernd über den Arm. Er buckelte vor John und leider pieselte er auch wieder auf den Boden.

»Hey, ist ja gut. Armer Kerl. Was hat dich nur so erschreckt?«, redete John sanft auf ihn ein. »Aspen, komm langsam her. Aber ganz langsam.«

Schritt für Schritt näherte ich mich den beiden. Ich weinte immer noch, aber dieses Mal vor Erleichterung.

»Das ist nur dein Frauchen. Du brauchst keine Angst zu haben. Aspen tut dir nichts. Du weißt doch, dass sie dich liebt. Du hast sie nur erschreckt.«

Ich zwang mir ein Lächeln ins Gesicht. »Hey, Devil. Ich bin es nur«, flüsterte ich und hielt mein Kissen immer noch wie eine Rüstung vor mich.

»Komm her und knie dich neben mich«, bat mich John und ich folgte seinen Worten. »Siehst du. Sie gehört zu unserem kleinen Rudel hier. Sie wird dir nichts tun. Strecke ganz langsam deine Hand aus, aber berühre ihn nicht.«

»Okay.« Zitternd streckte ich meinen Arm nach Devil und er schnüffelte an meiner Hand.

»Gut so.«

Devil fing an, mit dem Schwanz zu wedeln und ein kurzes, erleichtertes Gemisch aus Schluchzen und Lachen sprang aus meinem Mund.

»Alles ist wieder gut.«

Von einer Sekunde zur anderen benahm sich Devil wieder ganz normal. John stand auf und zog mich mit sich hoch. Mein Wolf stand wedelnd vor uns und beäugte uns neugierig.

»John?«

»Ja?«

»Kannst du mich in den Arm nehmen? Ich glaube, meine Beine tragen mich nicht mehr.«

Kaum hatte ich es ausgesprochen, schon knickte ich ein. Zum Glück fing John mich auf.

»Herrje«, knurrte nun er und hob mich in den Arm. »Ich bring dich zur Couch.«

»Ja, bitte«, seufzte ich.

»Würdest du mal das Kissen loslassen?«

Ich schüttelte den Kopf, denn ich brauchte es einfach, um mich daran festzuhalten.

»Na gut. Hoffentlich lasse ich dich nicht fallen«, lächelte er mir zu, doch mir war nach Lächeln nicht zumute. Sanft legte er mich auf der Couch ab. Devil stand noch dort, wo wir ihn gelassen hatten. »Geht's wieder?«

Ich nickte stumm und John nahm mir das Kissen aus den Händen, das ich immer noch fest umklammert hielt.

»Lass los, Aspen, oder muss ich dir auch das Knie in den Hals drücken?«, grinste er mich an.

Ich überließ ihm das Teil, und als er es dort platziert hatte, wo es hingehörte, streichelte er mir über die Wange.

»Das war ein Schock, hmh?«

»Ja«, nickte ich.

»Willst du was trinken?«

»Nein, danke.« Als ich mich ein wenig gefestigt hatte, setzte ich mich auf. »Was war denn nur los mit ihm?«

»Ich bin mir nicht sicher, aber ich habe eine Vermutung. Bleib sitzen, ich gehe mal kurz raus.«

»Unter keinen Umständen bleibe ich hier. Ich gehe mit.«

»Hast du denn keine Angst mehr? Kannst du dich überhaupt auf den Beinen halten?«

»Ja, es geht schon wieder. Das war nur der Schock.«

»Na gut«, seufzte er. »Komm mit.« Er nahm mich bei der Hand, zog mich mit zur Terrassentür und öffnete sie. Dann warf er einen Blick zurück zu Devil.

»Draußen ist was. Er wird wieder nervös. Stell dich mal hier neben die Tür, dicht an die Wand.«

Ich tat, um was er mich bat und zitterte, denn draußen war es grässlich kalt. Dann wandte er sich an Devil.

»Komm her, Devil. Wir sind bei dir.«

Nur zögernd kam mein Wolf auf uns zu, doch schließlich trat er vor die Tür. Sofort setzte er sich neben John und lehnte sich bei ihm an. John streichelte ihm über seinen Kopf, da jaulte Devil kurz.

»Schsch! Ist ja gut. Ja, ich höre sie.«

»Wen hörst du?«, fragte ich neugierig.

»Hörst du sie nicht? Wölfe.«

»Wölfe?«

»Ja. Hör genau hin.«

Mühsam versuchte ich, mein Zähneklappern in den Griff zu bekommen, und dann lauschte ich. Schließlich machte ich große Augen. Aus weiter Ferne vernahm ich ein leises Heulen.

»Hörst du sie?«

»Ja. Aber ganz weit weg. Jetzt sind sie verstummt.«

Kaum hatte ich es gesagt, stimmte John ein schreckliches Geheul an, und nach ein paar Sekunden fiel Devil mit ein. Als sie aufhörten, dauerte es nicht lange, und die Antwort kam über den Berg. Fasziniert betrachtete ich meine beiden Liebsten. Johns Augen schienen vor Glück zu leuchten und Devil hechelte wie verrückt.

»Na los, Kumpel, noch einmal.«

Wieder heulten sie und wieder bekamen sie Antwort. Mir wurde ganz warm ums Herz.

»Du musst keine Angst haben, Devil. Das sind deine Leute«, lächelte John, bevor er zu mir herüberblickte und sich sein Blick verdunkelte. »Sie werden kommen, Aspen. Und Devil wird gehen.«

»Was?«, fragte ich entsetzt und sofort schossen mir Tränen in die Augen, als ich begriff, was er da sagte.

»Ich habe dir gesagt, dass dieser Tag kommen würde. Und wenn er da ist, musst du ihn gehen lassen.«

»Aber ...«

»Wieso gibt es bei dir ständig so viele *Aber*, Aspen? Es ist seine Natur. Du musst ihm die Freiheit schenken, wenn sie kommen. Oder willst du so was wie eben noch mal erleben?«

»Nein«, schluchzte ich.

»Na siehst du.«

John kam zu mir und zog mich in seine Arme. Und da gab es kein Halten mehr. Ich heulte, wie ich noch nie in meinem Leben geheult hatte.

»Hey, ist ja gut. Ich weiß, wie schwer das ist. Aber noch ist es ja nicht so weit. Genieße die restliche Zeit mit ihm.«

Das Streicheln seiner kräftigen Hände auf meinem Rücken und meinem Kopf tat mir gut, aber es tröstete mich nicht. Ich wusste, ich würde den einzigen Freund verlieren, den ich besaß, und es brach mir fast das Herz.

»Lass uns reingehen, es ist kalt.«

Ich nickte an seiner Brust und John brachte mich ins Haus, ohne mich loszulassen. Dann rief er Devil zu:

»Na los. Lauf schon. Zeige ihnen, wo dein Revier ist.«

Es brauchte keine weiteren Worte, denn Devil spurtete los und John schloss die Tür. Wir blickten noch hinaus, aber schon nach ein paar Metern war Devil im Wald verschwunden und nicht mehr zu sehen.

»Werden sie ihn akzeptieren?«, fragte ich ängstlich und John nickte.

»Ja. Er wird vielleicht ein paar Kämpfe austragen müssen, aber letzten Endes ...«

»Okay«, schluckte ich und fand mich ganz langsam damit ab, dass unsere gemeinsamen Tage gezählt waren.

»Das eben hätte übel ausgehen können, Aspen. Du solltest wirklich froh sein, wenn er wieder dort ist, wo sein Herz hingehört.«

»Ja, ich weiß. Aber ich habe doch sonst niemanden«, seufzte ich vor Selbstmitleid.

»Das ist nicht wahr. Du hast mich«, zwinkerte er mir zu.

»Ist das so?«, fragte ich müde und Johns Blick wurde schon wieder düsterer.

»Du zweifelst daran?«

»Nach der Aktion heute Abend? Ja.«

Traurig ließ ich meinen Kopf hängen, doch John hob mit seinem Zeigefinger mein Kinn an, damit ich ihn ansehen musste.

»Weißt du denn nicht, wie sehr ich dich liebe?«

»Nein, nicht wirklich.«

»Nun«, lächelte er. »Dann ist es vielleicht an der Zeit, das zu ändern.«

18. Kapitel

»Hey«, beschwerte ich mich, als John mich in seine Arme hob. Und das so mühelos, als ob ich federleicht wäre!

»Ich liebe dich, Aspen. Wo ist dein Schlafzimmer?«

Was?

Mit geweiteten Augen blickte ich ihn an. »Was hast du vor? Ich will jetzt nicht mit dir schlafen!« So sehr ich mich in den letzten Tagen danach gesehnt hatte, so wenig war mir gerade jetzt danach.

»Ich mit dir auch nicht!«

»Aber ...«

»Schon wieder eins! Gut, wenn du es mir nicht sagst, suche ich es eben!«

John setzte sich in Bewegung und riss als erstes die Tür zu meinem Büro auf, ohne mich loszulassen. Ich konnte es nicht fassen, was er da tat!

»John!«

»Hmh, nach oben!«

Er ignorierte mich völlig, und trug mich die Treppe hinauf. Natürlich fand er, was er suchte, und das gleich hinter der ersten Tür.

»Oh, wow!«, grinste er, als er sich umsah.

»Du bist unmöglich, weißt du das?«, kreischte ich, als ich mich umblickte und mich zu Tode schämte.

Überall lag Wäsche von mir herum. Auf dem Bett, auf dem Stuhl vor meinem Schminktisch, auf dem der Deko dienenden Schaukelstuhl in der Ecke.

»Ist dein Schrank explodiert?«, kicherte er albern und ich wurde rot. Vor Scham. Oder auch vor Wut.

»Du bist gerade ohne Erlaubnis in meine intimste Privatsphäre eingedrungen, John!«, empörte ich mich.

»Ja, ich weiß. Und sie ist genauso herrlich chaotisch wie du«, lächelte er jetzt, doch er lachte mich nicht aus. Tief blickte er in meine Augen. »Das ist übrigens mit ein Grund, weshalb ich mich in dich verliebt habe.«

John sprach es so liebevoll aus, dass ich ihm jedes einzelne Wort abkaufte und mein Herz wurde weit.

»Wirklich?«

»Ja, Aspen. Eine Frau wie du ist mir noch nie zuvor begegnet. Ich habe mich gleich bei unserer ersten Begegnung in dich verliebt und meine Gefühle für dich wuchsen mit jedem Tag. Ich kann es mir ja selbst nicht erklären. Ich weiß so wenig über dich. Und am liebsten würde ich alles an einem Tag herausfinden. Aber das ist unmöglich, das weiß ich. Aber jeden Tag ein wenig mehr, das will ich versuchen. Und ich will jetzt damit anfangen.«

»John«, seufzte ich seinen Namen und er brachte mich zu meinem Bett, auf dem er mich sanft absetzte.

»Darf ich hierbleiben heute Nacht?«, fragte er mit zittriger Stimme, und ich sah, wie er sich nervös die Hände rieb. Ich ahnte, dass ihm dieser Schritt nicht leichtfallen würde.

»Wenn du das willst, dann bleibe hier, John«, lächelte ich ihm zu und sein Mundwinkel zuckte verlegen.

»Ich will dich nur im Arm halten, Aspen. Und vielleicht ein wenig reden. Wäre das okay für dich?«

»Mehr als okay«, flüsterte ich fast, darum nickte ich zusätzlich, falls er mich nicht verstanden hatte.

John räusperte sich und wirkte total verunsichert. So kannte ich ihn gar nicht. Sonst war er der Starke von uns. Normalerweise zeigte er mir, wo es lang ging. Doch nicht jetzt. Seine ganze Selbstsicherheit schien er vor der Schlafzimmertür gelassen zu haben. Zu gerne hätte ich gewusst, was gerade in seinem Kopf vorging.

»Hör zu, John, das muss dir nicht peinlich sein. Ich geh mir nur schnell die Zähne putzen und mich umziehen. Ich lege dir im Bad eine frische Zahnbürste raus, falls du ...«

»Ja, danke«, nickte er hektisch.

»Okay, ich geh dann mal.«

Auf dem Weg ins Bad nahm ich die Sachen vom Bett und warf sie in eine Ecke. Danach suchte ich mir in meinem Schrank frische Kleidung raus. Eine frische Unterhose und ein knielanges Schlafshirt. Mehr brauchte ich nicht. Ich klemmte mir die Sachen unter den Arm und schlurfte durchs Schlafzimmer. Dabei warf ich noch mal einen Blick auf John, der mittlerweile auf der Bettkante saß. Aufmunternd lächelte ich ihm zu und verschwand dann im Bad.

Nervös zog ich mich aus, verstaute die Wäsche im Wäschekorb und putzte mir zunächst die Zähne. Danach gönnte ich mir noch eine schnelle Katzenwäsche und zog mich wieder an. Anschließend legte ich John eine Zahnbürste raus und ein frisches Handtuch. Bevor ich zurückging, verharrte ich vor der Tür. Ich hatte mindestens genau so viel Angst vor dem, was jetzt folgen würde, wie ich neugierig darauf war. John würde zum ersten Mal bei mir übernachten. Und das ohne Hintergedanken! Ich war angespannt!

Ich öffnete die Tür, trat ins Schlafzimmer und lief, so schnell ich nur konnte, zum Bett, um unter die Decke zu springen, denn obwohl ich nicht nackt war oder gar etwas Aufreizendes anhatte, war es mir etwas peinlich, mich so vor ihm zu zeigen.

»Du bist dran«, lächelte ich schief.

»Okay. Danke. Bin gleich wieder da.«

Angespannt lauschte ich hinüber zum Bad, doch kein Ton drang durch die Tür. Ab und zu hörte ich das Wasser rauschen, aber das war schon alles. Dann hörte ich nichts mehr.

Ich wartete. Und wartete. Nahm er ein Bad? Nein, solange lief das Wasser nicht. Was machte er so lange da drin? Ob ihm die Situation auf den Magen geschlagen war? Ich kicherte, als ich mir vorstellte, er würde auf dem Klo sitzen und nicht mehr runterkommen, verdrängte den unappetitlichen Gedanken aber schnell.

Weitere zehn Minuten vergingen. So langsam machte ich mir Sorgen. Vorsichtig schlug ich die Decke zurück und ging zur Tür, um an ihr zu lauschen, aber drinnen war es still. Leise klopfte ich an.

»John? Alles in Ordnung bei dir?«

Es kam keine Antwort. Jetzt wurde mir richtig bange. Ihm war hoffentlich nichts passiert! Er hätte ausgerutscht und sich den Kopf an der Wanne angeschlagen haben können. Panik beschlich mich. Mit einem Ruck riss ich die Tür auf und trat ein.

»John!«

Nein, ihm war nichts passiert. Er saß nur stumm auf dem Rand der Badewanne und hatte sein Gesicht in seinen Händen vergraben. Er sah nicht mal auf, als ich seinen Namen rief. Mit großen Augen blickte ich auf den Körper vor mir, der nur noch eine Boxer trug.

Dass John kräftig gebaut war, konnte mir selbst durch seine Kleidung nicht entgehen, aber ihn jetzt so entblößt vor mir zu sehen, ließ mich schlucken. Er sah so wunderschön aus. Die kräftigen Muskeln, die über und über mit Bildern verziert waren … Ich wusste, ich wollte jedes einzelne von ihnen erforschen. Ihren Sinn dahinter erkunden. Aber nicht jetzt!

»John, was ist denn los?«, fragte ich sanft und setzte mich neben ihn auf die Wanne. Als ich meinen Arm um seine breiten Schultern legte, zuckte er kurz zusammen. »John? Rede mit mir. Bitte!«

John nahm die Hände von seinem Gesicht und strich sich mit den Fingern durch sein dichtes, schwarzes Haar. Ein gequältes Gesicht blickte mir entgegen, als meine Finger tröstend über seinen Rücken streichelten.

»Es geht schon, Aspen. Ich hatte nur einen kleinen Aussetzer.«

»Okay«, sagte ich leise. »Wollen wir darüber reden?«

John nickte.

»Dann komm mit mir ins Bett. Du willst doch nicht die ganze Nacht hier sitzen, oder?«

Dieses Mal schüttelte er den Kopf.

Ich ergriff seine Hand, verschränkte meine Finger mit seinen und zog ihn hoch. Nun ja, hochziehen wäre zu viel gesagt gewesen. Das hätte ich niemals geschafft. Aber er folgte mir bereitwillig. Ihm zulächelnd, zog ich ihn zu mir unter die Decke, nachdem ich mich ins Bett gelegt hatte, und er legte sich neben mich. Er zitterte am ganzen Körper.

»Hey, alles ist gut. Was hast du denn?« Mit sanften, kreisenden Bewegungen strich ich ihm mit meinem Zeigefinger über die Brust. Meine Lippen hauchten einen sanften Kuss auf seine Schulter.

John atmete zunächst schwer, doch je mehr ich ihn liebkoste, umso mehr entspannte er sich. Nur sein Gesichtsausdruck wirkte immer noch gequält. Ich ahnte, was ihn bedrückte.

»Du denkst an deine Frau, habe ich recht?«

Wieder nickte er und es tat mir weh, ihn so leidend zu sehen. In diesem so starken, prachtvollen Körper wohnte eine zerbrechliche Seele und ich fragte mich, wie es möglich war, dass ein einziges Ereignis, ein Gedanke, einen Menschen so paralysieren konnte. Natürlich verstand ich seinen Schmerz. Aber dieser Schmerz besaß alle Macht über Johns Leben und ich wusste nicht, wie ich ihn lindern sollte.

»Erzähl. Was belastet dich? Ich bin hier und höre dir zu. Was auch immer es ist.«

»Ich weiß nicht, wo ich anfangen soll.«

»Ganz egal wo. Fang einfach an.«

John starrte an die Decke. »Cynthia war die erste Frau in meinem Leben, Aspen«, stammelte er schließlich, als hätte er ein schlechtes Gewissen, mir gegenüber ihren Namen zu erwähnen. »Sie war meine große Liebe.«

»Das ist doch schön«, bestärkte ich ihn.

»Ja, das war es. Als ich sie verloren hatte, sie und mein Kind, da brach meine Welt zusammen. *Ich* brach zusammen. Ein Leben ohne sie führen zu müssen, das war undenkbar für mich.« Forschend blickte er mich an und Angst stand in seinen Augen.

»Hab keine Angst, John. Ich verstehe das. Ich gehe nicht weg, hörst du? Ich bin hier und höre dir zu.«

Natürlich fiel mir das nicht so leicht, wie es sich gerade anhörte. Auch ich hatte Angst. Angst, dass er mich wieder wegstoßen würde.

»An ihrem Grab ...« John begann den Satz, zögerte aber, ihn zu Ende zu sprechen. Er setzte nach einem tiefen, deutlich hörbaren Atemzug neu an. »An ihrem Grab habe ich ihr gesagt, dass ich nie wieder eine Frau so lieben würde, wie ich sie geliebt habe. Ich habe es ihr und Emily geschworen. Und mir selbst habe ich geschworen, dass ich nie wieder für einen anderen Menschen so tief empfinden wollte, denn der Schmerz, einen geliebten Menschen zu verlieren, der ist kaum zu ertragen.«

Als ich Johns wässrige Augen sah, spürte ich einen Druck auf meinem Herz, der auch mir Tränen in die Augen trieb.

»Du hast das Gefühl, du würdest sie verraten, weil du jetzt bei mir bist, habe ich recht?«

»Ja«, gestand er unter Tränen. »Und ich verfluche Gott dafür, dass er mir das angetan hat.«

»Und du hast jedes Recht dazu, wütend zu sein, John.« Ich richtete mich auf und stützte mich auf meinen Unterarm, damit ich ihn besser ansehen konnte. »Ich bin mir sicher, Cynthia und Emily wissen, wie sehr du sie geliebt hast. Aber genauso sicher bin ich mir, dass sie nicht gewollt hätten, dass du den Rest deines Lebens allein und unglücklich verbringen musst, denkst du nicht? Meinst du nicht, sie würden sich darüber freuen, dich wieder glücklich zu sehen?«

»Vielleicht«, seufzte er. »Aber ich habe noch nie im Bett neben einer anderen Frau gelegen, außer neben ihr. Und es fühlt sich einfach falsch an, obwohl ich gerade nirgendwo sonst lieber wäre, als hier bei dir.«

»Dann bleib hier, John. Du musst dir deswegen keine Vorwürfe machen. Und ich respektiere deine Gefühle. Ich weiß, dass es schwer für dich ist.«

»Ich habe einfach Angst, Aspen. Und ich fühle mich wie ein Verräter.«

»Ja, das verstehe ich. Aber das musst du nicht. Niemand will, dass du sie vergisst, John. Im Gegenteil. Ich finde es wunderbar, dass du an deiner Liebe für sie festhältst. Liebe ist unendlich. Und wenn nun ein Teil dieser Liebe auf mich fällt, dann wird sie das verstehen. Ebenso wie ich verstehe, dass du auch sie immer noch liebst.«

John richtete sich ebenfalls auf, drehte sich zu mir und stützte seinen Kopf in seine Hand. Lange betrachtete er mich, so, als wollte er in meinen Augen lesen. Dann strich er meine Haare hinter mein Ohr.

»Weißt du eigentlich, wie wundervoll du bist, Aspen?«, fragte er, und ein sanftes Lächeln schlich sich auf seine Lippen.

Statt eine Antwort zu geben, näherte ich mich ihm und hauchte einen Kuss auf seinen Mund, den er schließlich erwiderte.

»Wir haben alle Zeit der Welt, John. Wir tun nichts Böses – du tust nichts Böses – nur, weil du Gefühle zulässt. Ich dränge dich zu nichts. Aber denkst du, du könntest mich heute Nacht einfach nur in den Arm nehmen? Mich halten? Und wenn das noch zu viel für dich ist, dann halte ich dich. Solange du willst.«

John zog mich in seine Arme und hielt mich so fest, dass ich glaubte, keine Luft mehr zu bekommen, aber ich ließ es zu. Seine Wange ruhte auf meinem Kopf und seine Hände streichelten meinen Rücken und meinen Nacken.

»Ich kann dich halten, Aspen. Und wenn ich könnte, würde ich dich nie wieder loslassen. Ich liebe dich nämlich wirklich. Glaubst du mir das?«

»Ja, ich glaube dir. Und ich liebe dich. Du hast keine Ahnung, wie sehr.«

Vorsichtig küsste ich ihn und drehte mich dann in seinen Armen. So dicht er nur konnte, schmiegte er sich an meinen Rücken, und seine Wärme zu spüren, die Zärtlichkeiten, mit denen er mich bedachte, die ließen mich ein Glück empfinden, dass ich am liebsten geweint hätte.

»John?«

»Ja, Aspen?«

»Darf ich dich was fragen?«

»Sicher.«

»Als du mich eben im Esszimmer hochgehoben hast, da wirktest du so selbstsicher. Auch als du mich nach Hause gebracht hast und, du weißt schon, gegen die Tür gedrückt hast. Wieso konntest du es da?«

»Du wirst es nicht glauben, aber das Gleiche habe ich mich auch schon manches Mal gefragt. Ich weiß es nicht. Nicht genau, jedenfalls. Weißt du, solange ich mir bestimmte Sachen vorstelle, dann geht es. Aber sobald sich diese Dinge in Realität verwandeln sollen, blockiert mein Gehirn. Ist das so verständlich für dich?«

»Ja. Du willst, aber du kannst nicht.«

»So ungefähr.«

»John, ich … Gott, das ist mir jetzt peinlich, aber ich muss es einfach fragen.«

»Ich weiß, was du fragen willst. Du willst wissen, ob ich wegen dir erregt war, stimmt's?«

Zum Glück hatte ich ihm meinen Rücken zugedreht, denn mit meinem roten Kopf hätte ich locker ein Leuchtfeuer abgegeben.

»Ja. Heute Abend, das war nicht das erste Mal, dass ich es gespürt hatte.«

»Und dafür warst du ganz alleine verantwortlich, Aspen. Ich wollte dich vom ersten Tag an. Und wäre diese Sache nicht, wäre es schon längst passiert. Vielleicht hätte ich es sogar geschafft, wenn ich einfach meinen Kopf abgeschaltet hätte. Aber du verdienst mehr als das. Wenn ich mit dir schlafe, dann will ich das nicht nur körperlich. Wenn es so weit ist, dann will ich ganz dir gehören. Mit all meinen Sinnen. Und ich will dabei nur an dich denken. Klingt das logisch für dich?«

»Nicht nur logisch, John. Das ist das Schönste, das mir je ein Mann gesagt hat.«

»Dann schenkst du mir noch etwas mehr Zeit?«

»Alle Zeit der Welt!«

John küsste meinen Nacken und schenkte mir so viel Zärtlichkeit, dass ich keine Sekunde mehr an seiner Liebe zu mir zweifelte. Und ich liebte ihn. Alles Weitere würde sich irgendwann von selbst ergeben.

»Halt mich einfach nur fest«, bat ich ihn und löschte das Licht.

Und das tat er auch. John ließ mich nicht los und irgendwann fiel ich in einen friedlichen Schlaf. Einen Schlaf, den ich auch ihm wünschte. Ohne schlechte Träume und ohne Angst.

19. Kapitel

»Hey, wach auf!«

Eine dunkle Stimme drang zu mir durch in meinen Traum und ich lächelte mit geschlossenen Augen, als mir bewusst wurde, zu wem sie gehörte. Langsam öffnete ich meine Lider und blickte in das Gesicht von John. Sofort flutete Liebe mein Herz und ich hätte mir kein schöneres Erwachen vorstellen können.

»Hey«, murmelte ich heiser, denn mein Hals war ganz trocken.

»Guten Morgen, Schlafmütze. Ich dachte, ich wecke dich lieber, bevor du den ganzen Sonntag verschläfst.«

Gähnend streckte ich mich. »Aber ich bin noch so müde. Außerdem habe ich gerade so schön geträumt. Wieso weckst du mich?«

»Weil dein Traum gleich neben dir liegt, und ich bin real«, grinste er und ich lachte.

»Ja, da hast du wohl recht. Wie spät ist es?«

»Schon nach zehn.«

»Schon ist gut.«

In dem Moment, als ich es aussprach, ertönte ein wimmerndes Jaulen vom Fußende her.

»Oh Gott! Devil! Ich hab letzte Nacht ganz vergessen, ihm sein Fressen fertig zu machen! Und der Teppich! Oh Gott, ich muss das sauber machen.«

»Hey, bleib mal ruhig. Alles schon erledigt. Ich habe die Sauerei weggemacht, Devil sein Futter gegeben und ich habe Frühstück gemacht. Ich denke, Devils Beschwerde galt eher unserem Gespräch. Er will bestimmt seine Ruhe haben.«

»Du hast was getan?«

»Du hast so schön geschlafen, da wollte ich dich nicht wecken. Aber Weston kommt heute vorbei. Ich dachte, wir frühstücken schön zusammen und danach kannst du dich in Ruhe vorbereiten. War das falsch?«, fragte er unsicher.

»Nein! Scheiße, Weston hatte ich ja vollkommen vergessen.«

»Gut«, grinste John mich an und ich boxte ihn auf den Arm.

»Ich muss mich bei dir entschuldigen«, raunte ich mit gesenktem Kopf.

»Wofür?«

»Du hattest völlig recht. Was Weston betrifft, meine ich. Er hat mich im ersten Moment wirklich sehr beeindruckt. Er sieht gut aus, ist kultiviert. Und er hat diese übermächtige Aura.«

»Aspen, wenn das eine Entschuldigung werden soll, gehst du die Sache irgendwie falsch an, findest du nicht?«

Was hatte ich noch mal gesagt? Mist!

»Nein! Nein, John, so meinte ich das doch nicht. Ich wollte nur sagen, dass er eine sehr weltmännische Präsenz besitzt und ausstrahlt. Dazu zu wissen, welch große Firma hinter ihm steht, das hat mich ein wenig eingeschüchtert. Das meinte ich im Sinne von beeindruckt. Aber ich merkte sehr schnell, auf was er es abgezielt hatte. Ich hätte mich schon gewehrt.«

»Und warum hast du es dann nicht?«, grummelte John und er wirkte leicht eingeschnappt.

»Ich überdachte zuerst, was für Konsequenzen das für mich haben würde, und ich war mir bewusst, dass es mich meinen Traum kosten könnte. Aber das war mir egal. Doch dann warst du plötzlich da, und die Dinge überschlugen sich.«

»Kann man wohl sagen.«

Sanft streichelte ich über seinen Arm. »Es tut mir leid, John. Ich hätte ihm viel früher die Stirn bieten müssen.«

»Nein, hättest du nicht«, seufzte er und küsste meinen Scheitel. »Ich hätte dir vertrauen sollen.«

»Weißt du, im Nachhinein bin ich ganz froh, dass du da warst.«

»Und das werde ich immer sein, wenn du mich brauchst. Ich liebe dich, Aspen.«

»Und ich liebe dich.«

Gerade wollte ich ihn küssen, als ein schmatzendes, widerliches Geräusch an meine Ohren drang und ich blickte auf, um zu sehen, wo es herkommt. Auch John drehte seinen Kopf. Ich sah Devil.

»Leckt er sich gerade in meinem Bett die Eier?«

»Sieht so aus«, gab mir John recht und fing laut an zu lachen.

»Das ist ja widerlich«, verzog ich das Gesicht und John lachte noch mehr.

»Komm. Lassen wir ihn allein. Auch er musste eine harte Nacht durchmachen. Geben wir ihm ein bisschen Ruhe.«

»Ich will nur hier raus«, stöhnte ich und sprang aus dem Bett.

»Ja, gehen wir runter. Nicht, dass du mir noch wegen Koffeinmangel eingehst.«

»Was riecht hier so gut?«, fragte ich, als wir vom Wohn- ins Esszimmer gingen.

»Meinst du den Duft von Bacon und Rührei oder den von deinem Parfum?«

»Meinem Parfum?«

»Ja. Ich wusste nicht, was ich nehmen sollte, wegen dem Teppich. Ich hab mir ein wenig von deinem Parfum geklaut. Nachdem ich sauber gemacht hatte, habe ich den Teppich ein bisschen damit eingesprüht.«

»Ja, kein Problem. Warum nicht zweihundert Dollar ausgeben zum Übertünchen von Wolfsdüften?«, grinste ich. »Ist schon okay. Ich danke dir, dass du dich um alles gekümmert hast.«

John und ich frühstückten gemeinsam und es fühlte sich an wie die normalste Sache der Welt. In seinen Augen erkannte ich eine kleine Form von Glück, und obwohl ich wusste, dass wir noch einen langen Weg gehen mussten, fühlte ich zum ersten Mal, dass wir es wirklich schaffen könnten.

Nachdem wir gemeinsam die Ordnung wiederhergestellt hatten, sprang ich unter die Dusche. Ich war so gut gelaunt, wie schon lange nicht mehr, und ich fühlte, dass mein Herz noch am Leben war, obwohl ich es lange für tot gehalten hatte. Ich war so glücklich, dass ich sogar ein Liedchen anstimmte, auch wenn ich keinen einzigen Ton traf.

Fröhlich trällerte ich vor mich hin, als sich plötzlich die große Glastür öffnete. Im ersten Moment erschrak ich so sehr, dass ich schreien wollte, doch der Schrei blieb mir im Hals stecken. Vor mir stand John, nackt, wie Gott ihn schuf, und was ich sah, ließ meine Beine zittern. Ich konnte meinen Blick nicht von ihm abwenden.

»Hast du was dagegen, wenn ich zu dir komme?«, fragte er und ich schüttelte den Kopf.

»Nein, natürlich nicht«, antwortete ich verlegen, denn erst jetzt wurde ich mir meiner eigenen Nacktheit bewusst.

Ich trat einen Schritt zur Seite und John stellte sich zu mir. Er griff nach den Armaturen und stellte die Dusche um auf den Tropenregen, der aus einem großen, in der Decke verankerten, Duschkopf kam. Dann schob er mich sachte darunter und folgte mir. Ganz nahe stand er bei mir. Das warme Wasser rieselte über unsere Körper, als John eine Hand an meine Wange legte und mir einen Kuss auf meinen Mundwinkel hauchte.

»Ich wusste, dass du schön bist, Aspen. Aber dass du so schön bist, das konnte ich nur erahnen«, raunte er mir zu.

Ich konnte nichts mehr sagen und war stumm wie ein Fisch. Stattdessen legte ich ihm meine Hand auf sein Herz, als könnte ich ihm damit die Gefühle übertragen, die gerade mein Herz heftig zum Klopfen brachten. John schien zu verstehen und zog mich zu sich heran.

»Wir kriegen das hin, oder?«, flüsterte er mir ins Ohr.

»Ja. Davon bin ich fest überzeugt.«

Wir küssten uns wieder und ich wusste, er war es wert, um ihn und seine Liebe zu kämpfen.

Schließlich schäumten wir uns gegenseitig ein. So zart und so sanft. Seine Berührungen waren so elektrisierend, dass ich trotz des warmen Wassers eine Gänsehaut bekam. Ich keuchte, als er über meine Brüste strich, und war am Verzweifeln, weil er mich dort nur kurz berührte.

Ich sah, dass diese Liebkosungen nicht spurlos an ihm vorübergegangen waren, denn seine Erregung sprang mir entgegen. Auch ich begann damit, meine Hände über seinen Körper wandern zu lassen, und ich war erstaunt, dass er es zuließ. Zunächst streichelte ich über seine Brust, verwöhnte seinen Rücken und ließ meine Hände über seinen ganzen Oberkörper gleiten. Als ich seinen Po erreichte, zuckte er kurz und ein leises Stöhnen drang aus seinem Mund. Wollte ich mehr riskieren?

All meinen Mut zusammennehmend, streichelte ich einmal entlang seiner ganzen Härte. John sog zischend die Luft durch seine Zähne ein und ergriff meine Handgelenke, um mich von sich wegzudrücken. Doch gerade, als ich dachte, ich wäre zu weit gegangen, schob er mich mit dem Rücken gegen die kühlen Fließen der Dusche.

Mit seinen dunklen Augen blickte er mich an und ich konnte die Wildheit darin erkennen, die ich schon so lange in ihm vermutete. Trotz der kühlen Wand wurde mir heiß.

»Gott, ich liebe dich, Aspen«, stöhnte er hervor und fing an, meinen Hals zu küssen.

Mein Stöhnen vermischte sich mit seinem Keuchen, als er mit einer Hand meine linke Brust umschloss und seine Zunge über meine Nippel gleiten ließ. Er wanderte tiefer, kniete mit einem Bein und küsste sich über meinen Bauch nach unten, bis er meine Mitte erreichte.

»Oh Gott, John«, stöhnte ich und ein leises Wimmern verließ meine Lippen, als er mich zwischen meinen Beinen berührte.

Mit der gleichen Hingabe, die John bei allem an den Tag legte, egal was er auch tat, widmete er sich meinem Zentrum der Lust. Und ich schloss meine Augen und – genoss!

An diesem Sonntagmittag liebten wir uns zum ersten Mal. Es war gleichzeitig wild und zärtlich und mit jeder Sekunde schien ein Stück seines schlechten Gewissens gegenüber seiner Frau zu bröckeln. Ich fühlte, als ich meine Beine um ihn schlang, damit ich ihn noch tiefer in mich hineinziehen konnte, dass er jetzt zu mir gehörte. Und als er losließ, in seinen Gedanken, in seinem Herz, in seiner Seele, da schenkte er sich mir. Ganz!

~

Das, was zwischen uns stand, verblasste an diesem Tag immer mehr, und ich war so glücklich deswegen. Nachdem dieser große Schritt von John bewältigt werden konnte, fühlte sich unser Miteinander viel entspannter an, und wir alberten herum wie Teenager.

Gegen drei klingelte es, und John und ich sahen einander an, bevor ich Weston die Tür öffnete. John lächelte mir aufmunternd zu und ich freute mich, dass er mir nun das Vertrauen entgegenbrachte, das ich brauchte.

»Hallo, Weston«, begrüßte ich meinen Produzenten, der wieder wie aus dem Ei gepellt aussah. »Komm rein. Ich freue mich, dass du hier bist.«

»Hallo, Aspen«, antwortete er und hauchte mir einen Kuss auf die Wange. »Ich freue mich auch.«

Nachdem ich ihm seinen Mantel abgenommen hatte, führte ich ihn ins Wohnzimmer, wo John schon auf ihn wartete. Er begrüßte Weston freundlich und mit Handschlag, aber ich konnte die Blitze, die beide mit den Augen aufeinander abfeuerten, praktisch sehen.

»John! Was für eine Überraschung.«

»Ich sagte doch, ich freue mich auf heute. Das wollte ich mir auf keinen Fall entgehen lassen.«

Die beiden setzten sich und ich fragte, was sie trinken wollten. Sie entschieden sich für einen Kaffee, also bereitete ich für uns alle einen zu.

»Ein wunderschönes Haus hast du hier, Aspen. Diesen Stil hätte ich dir gar nicht zugetraut.«

»Danke. Damit habe ich mir einen Jugendtraum verwirklicht.«

»Das ist schön. Aber ist es nicht schrecklich einsam hier oben?«

»Sie hat mich«, warf John sofort ein.

»Das meinte ich nicht«, giftete Weston umgehend zurück. »Soweit ich weiß, hast du doch früher in L.A. gelebt und davor in Seattle. Vermisst du nicht die Lichter der Stadt ab und zu? Ich meine, was gibt es hier schon, außer ein paar Hinterwäldlern, viel zu viel Schnee und geballter Langeweile.«

Ich wusste, er zielte auf John ab und ich war dankbar, dass dieser nicht auf seine Worte ansprang und konterte.

»Es ist das perfekte Umfeld für mich«, antwortete ich. »Ich liebe die Ruhe hier oben. In der Großstadt bekomme ich nur Beklemmungsgefühle. Ich mag die Weite, die Stille und das unkomplizierte Leben. Außerdem habe ich hier die Liebe meines Lebens gefunden. Was will ich mehr?«

Weston kniff die Lippen zusammen, John verzog seine zu einem breiten Grinsen. Doch Weston fing sich schnell wieder.

»Ja«, seufzte er, und eine Spur Sarkasmus schwebte in seiner Stimme. »Wer an so etwas glaubt, für den ist es wohl das Paradies. Aber ich verstehe das, Aspen. Schließlich schreibst du Liebesromane. Man muss wohl an so etwas glauben, damit man das kann.«

Hatte mir Weston gerade Naivität unterstellt? War ich das vielleicht sogar? Naiv? Hilflos blickte ich zu John, dessen düsterer Blick schon wieder nichts Gutes verhieß. Er war angepisst, und das mehr als deutlich. Schnell ergriff ich seine Hand. Ich wollte über seine Finger streicheln und ihn beruhigen, doch John drückte so fest zu, dass es mir Schmerzen bereitete. Ich musste handeln!

»Weißt du, Weston, vielleicht hast du recht. Womöglich gibt es so etwas wie die große Liebe gar nicht und sie existiert nur in der Literatur. In den Wunschvorstellungen und den Träumen der Menschen. Aber was, wenn es sie doch gibt? Irgendwo da draußen in der realen Welt. Würdest du es nicht irgendwann bereuen, nicht nach ihr gesucht zu haben? Es nicht wenigstens versucht zu haben?«

»Du meinst, es gibt wirklich für jeden Topf einen passenden Deckel?«, lächelte er, aber seine Augen lächelten nicht mit. »So naiv bin ich nicht, zu glauben, man würde den passenden unter sieben Milliarden Menschen finden. Wenn es ihn überhaupt gibt.«

»Nun, insofern man nicht zweigleisig fährt, wären es nur dreieinhalb Milliarden, oder?«, grinste John und während sich seine Hand entspannte, war ich jetzt diejenige, die fester zudrückte.

»Oh, Sie haben recht, das reduziert die Auswahl deutlich«, knurrte Weston, schenkte mir jedoch im nächsten Moment wieder ein Filmstar-Lächeln, auf das mancher Schauspieler neidisch gewesen wäre. »Ich finde es irgendwie niedlich, dass ihr zwei daran glaubt. Dabei geht es letzten Endes doch nur um den Austausch von Körperflüssigkeiten. Wie auch immer. Ich lasse euch euren Traum.«

Scheinbar war dieses Thema damit für Weston erledigt, und ich atmete erst einmal auf.

»Kommen wir zum Geschäftlichen«, wurde er von einer Sekunde zur anderen ganz nüchtern.

»Ja, gerne.«

»Alles wird seine Zeit brauchen. Unsere Anwälte arbeiten die Verträge aus, deine, beziehungsweise die deines Verlages, werden sie überprüfen. Castings stehen an. Du wolltest Mitspracherecht. Wer schwebt dir vor?«

Darüber hatte ich mir noch nicht wirklich Gedanken gemacht.

»Ich weiß nicht. Ein unbeschriebenes Blatt wäre mir lieb. Jemand, den man noch nicht mit zu vielen anderen Rollen in Verbindung bringt. Vielleicht auch jemand, der etwas Theatererfahrung hat. So jemand versteht es, tiefe Gefühle wahrhaft sichtbar zu machen.«

»Du magst Theater?«, fragte Weston erstaunt.

»Ja, natürlich. Du nicht?«

»Doch! Ich liebe es sogar. Und ich gebe dir recht. Ein unbeschriebenes Blatt also. Das hört sich gut an. Wir könnten einen neuen Stern entdecken. Und die Kosten reduzieren sich dadurch dramatisch. Da sind wir dabei.«

»Klasse«, freute ich mich.

»Wir werden Global Entertainment damit beauftragen. Eine der größten Agenturen an der Westküste. Sie sollen nach jungen, aufstrebenden Schauspielern Ausschau halten. Auch in New York. Die Theaterszene ist dort viel ausgeprägter. Auch wir werden unsere Scouts losschicken. Wenn wir eine Vorabauswahl getroffen haben, setzen wir uns mit dir in Verbindung. Zum abschließenden Casting musst du dann vorbeikommen. Du hast das letzte Wort.«

»Ja, sicher. Ich freue mich drauf«, antwortete ich, auch wenn mir nicht wohl dabei war, wieder in die Stadt zu müssen.

»Unsere Drehbuchautoren arbeiten bereits auf Hochtouren. Ich hoffe, du wirst mit dem Endergebnis einverstanden sein. Natürlich müssen wir viel kürzen, aber da es ein Zweiteiler wird, werden die Kürzungen nicht ganz so dramatisch sein.«

»Das verstehe ich.«

»Wir haben neun Monate für die Vorbereitungen angesetzt, drei Monate für die Dreharbeiten. Mit Nacharbeit, Postproduktion und wenn alles gut klappt, wirst du dein Schätzchen in eineinhalb bis zwei Jahren im Fernsehen anschauen können.«

»Oh, so lange?«

»Was glaubst du, wie lange eine Produktion braucht? So was geht nicht von heute auf morgen. Da steckt viel Arbeit drin.«

Natürlich wusste ich das. Die Departements der einzelnen Bausteine, egal ob Film, Musik, Kostüme oder Schnitt, mussten ihre Arbeit machen und bis alles zusammengefügt werden konnte, würden Monate vergehen.

»Ja, das weiß ich doch. Es kommt mir nur noch immer so unwirklich vor, Weston. Und ein Jahr ist eine lange Zeit. So viel kann passieren.«

Weston warf mir einen herausfordernden Blick zu. »Ja, das kann es wohl. Du wirst oft nach L.A. reisen müssen. Deine Anwesenheit wird mehr als ein Mal erforderlich sein.«

Jetzt war es wieder John, der meine Hand fest drückte, doch ich drückte ebenso fest zurück. Das war nicht in meinem Sinne, doch ich wusste, es musste sein.

»Was sein muss, muss sein«, lächelte ich, auch wenn es mir nicht behagte.

»Nun, wie auch immer. Ich freue mich auf unsere Zusammenarbeit.«

»Ich mich auch«, bestätigte ich ihm seine Worte und er lächelte mich wieder an. Doch von einem Moment zum anderen gefror dieses Lächeln in seinem Gesicht. »Oh mein Gott! Du hast einen Hund?«, presste er keuchend hervor, und ich riss meinen Kopf herum, um zur Treppe zur schauen.

Devil kam langsam die Stufen herunter und er sah nicht glücklich aus. Immer wieder zog er seine Lefzen hoch, zeigte seine Zähne und ein dunkles Knurren entsprang seiner Kehle. Ich wollte schon aufspringen, aber John hielt mich zurück. Stattdessen stand er auf und ging zu ihm.

»Das ist ein Wolf, Weston. Kein Hund«, grinste er und strich Devil sanft über den Kopf.

Weston stand auf. »Ein Wolf? Seid ihr verrückt?«

»Ach, der ist ganz harmlos. Wenn er einen mag.«

»Wenn er einen mag?«, sagte Weston schrill und blickte mich entsetzt an.

»Er wird dir nichts tun, beruhige dich! John hat ihn im Griff.«

Weston kam zu mir und stellte sich ganz dicht neben mich. »John hat ihn im Griff? Ausgerechnet er! Er würde ihn auf mich hetzen, wenn er könnte!«, flüsterte er mir ins Ohr und trat langsam seinen Rückzug an.

»Nein, würde er nicht«, beruhigte ich ihn.

»Egal. Ich mag schon keine Hunde. Einen Wolf erst recht nicht. Ich will einfach nur hier raus.«

»Du musst wirklich keine Angst haben. Aber ich verstehe dich. Soll ich dich ins Hotel fahren?«

»Nein. Mein Taxi wartet vor der Tür. Erwarte nicht von mir, noch mal hierherzukommen. Das nächste Mal treffen wir uns in L.A.«

»Okay«, seufzte ich und brachte ihn zur Tür. »Es tut mir leid, dass Devil dir Angst gemacht hat.«

»Schon gut. Ich bin dann mal weg. Vermutlich fliege ich heute Abend noch zurück.«

Ich nickte stumm.

»Auf Wiedersehen, Aspen.«

»Ja, bis bald.«

Kaum hatte Weston seinen Mantel übergeworfen, rannte er davon. Er hatte tatsächlich den armen Taxifahrer in der Kälte warten lassen.

»Man sieht sich«, flüsterte ich ihm noch hinterher, dann schloss ich die Tür.

Als ich zurück ins Wohnzimmer kam, saß John auf der Couch und Devil lag neben ihm und ließ sich den Bauch kraulen.

»Ja, du bist ein guter Wolf«, grinste John und ich schüttelte lächelnd den Kopf.

»Ihr zwei wollt mir wohl unbedingt meine Karriere sabotieren, habe ich recht?«, grummelte ich vorwurfsvoll, meinte es aber nicht so.

»Deine Karriere nicht. Aber wir können diesen Weston nun mal einfach nicht leiden, stimmt's Kumpel?« John rubbelte wieder seinen Bauch und Devil genoss es mit einem Jaulen.

Ich setzte mich auf Johns andere Seite und legte meinen Kopf an seine Schulter. »Ja, ich weiß. Er scheint in der Tat kein einfacher Mensch zu sein. Aber ich muss mit ihm leben, und ich hoffe, ihr zwei könnt das auch.«

»Devil wird sich damit arrangieren. Bei mir bin ich mir da nicht so sicher.«

»Ach, John«, seufzte ich. »Mach es mir doch nicht so schwer.«

Was folgte, war ein sanfter Kuss von ihm. »Natürlich nicht. Ich weiß ja, wie wichtig dir das alles ist. Ich denke, wir, Devil und ich meine ich, haben heute klargestellt, zu wem du gehörst.«

»Ja, das habt ihr. Ich hoffe nur, Weston hat es verstanden.«

20. Kapitel

In den Wochen danach lief es immer besser zwischen John und mir. Er wirkte gelöst, als ob unser Liebesspiel einen Bann bei ihm gebrochen hätte. Immer öfter übernachtete er bei mir, und ich freute mich wahnsinnig, als ich zum ersten Mal bei ihm zu Gast sein durfte. Sein Haus war klein, aber gemütlich. Es strahlte all die Wärme aus, die auch John aus seinem Herzen versprühte, und ich fühlte mich sehr wohl bei ihm.

Gerry, meine Verlegerin, war auch glücklich. Zu hören, dass ich Weston nicht im wahrsten Sinne des Wortes den Wölfen zum Fraß vorgeworfen hatte, beruhigte sie ungemein. Lediglich etwas pikiert erschien sie mir, weil ich sie in der Vorweihnachtszeit nicht besuchen wollte. Unter keinen Umständen hätte ich mich in dieser Zeit von John getrennt, denn ich freute mich so sehr auf unser erstes gemeinsames Weihnachtsfest.

Das Glück, das ich empfand, wirkte sich auch auf mein Schreiben aus. Die Worte flossen nur so zu Papier. John wurde immer neugieriger auf meine Bücher, und eines Tages winkte er mir mit einer Ausgabe von Diamantenherz zu. Natürlich freute ich mich sehr, dass er sich für mein Buch nun interessierte. Doch in einer gewissen Form war es mir auch peinlich, wegen der heißen Szenen.

Weston rief noch einmal an, um mich zu seiner großen Silvesterparty einzuladen, aber ich lehnte dankend ab. Seine Hartnäckigkeit war bewundernswert, fiel aber auf fruchtlosen Boden.

In der Woche vor Weihnachten schlief John fast jede Nacht bei mir. Nie zuvor war ich mit einem Mann zusammen, der so sehr auf meine Bedürfnisse einging wie er. Oft konnte ich es nicht erwarten bis zu unserem nächsten Liebesakt, und John zog mich das ein oder andere Mal damit auf. Das hielt ihn aber nie davon ab, meinen Wünschen nachzugeben.

Ich war rundum glücklich! Zum ersten Mal in meinem Leben. Doch dann kam der Abend des zwanzigsten Dezembers …

»John? Siehst du das?«, fragte ich besorgt, als ich Devil sah, wie er nervös zur Terrassentür hinausstarrte.

»Ja«, brummte er.

»Denkst du, sie ...«

John wusste genau, was ich sagen wollte, und nickte. »Vermutlich sind sie da draußen.«

»Was soll ich jetzt machen?«, fragte ich ängstlich.

John kam zu mir und schloss mich fest in seine Arme.

»Du kannst nichts machen, Aspen. Nur der Natur ihren Lauf lassen.«

Als er das sagte, stiegen heiße Tränen in mir auf. Und als er die Tür öffnete, um mit Devil nach draußen zu gehen, da schluchzte ich so sehr, dass meine Brust brannte. Mein Herz wollte schreien, aber jeder Ton erstickte unter meinen Tränen.

Devil ließ ein Wimmern ertönen und tänzelte aufgeregt von rechts nach links. John winkte mich zu sich, und jeder Schritt zu ihnen nach draußen fühlte sich an, als würde ich über Glasscherben laufen.

»Sie heulen. Hörst du sie?«, fragte er leise und legte seinen Arm um meine Schulter. Ich konnte nur nicken. »Sie sind viel näher dieses Mal. Wahrscheinlich haben sie Devils Duftmarken schon ausgemacht.«

In der fortschreitenden Dämmerung durchsuchte ich mit meinen Augen die Wälder bergaufwärts. Devil suchte mit seiner Nase, die er hoch in den Wind stellte.

»Wie weit werden sie sich heranwagen?«, fragte ich, als ich wieder einigermaßen meine Fassung erlangt hatte.

»Normalerweise meiden sie die Menschen. Aber wenn sie Devils Spuren folgen, wird sich vielleicht ein sehr neugieriges Tier weiter vorwagen.«

»Ich habe Angst, John.«

»Die musst du nicht haben«, sagte er liebevoll. »Es ist kein einziger Fall dokumentiert, bei dem ein wilder Wolf einen Menschen angegriffen hätte. Sicher, wenn sie Hunger haben, erjagen sie auch manchmal ein Schaf oder eine Ziege. Das ist den Menschen natürlich ein Dorn im Auge. Nur daraus haben sich die ganzen Horrorgeschichten entwickelt. Sie heulen auch nicht, weil sie zur Jagd blasen. Sie zeigen damit nur anderen Rudeln, wo sich ihr Revier befindet und für gewöhnlich gehen die Rudel einander aus dem Weg. Wenn du also mal einem zu nahe kommst, heule einfach. Mit den Wölfen heulen – von daher stammt das Sprichwort.«

Zitternd drückte ich mich an ihn, da lief Devil ein paar Schritte Richtung Wald, und ich wollte gar nicht hinsehen. Doch schließlich drückte John kurz meine Schulter.

»Aspen, sieh mal!«, flüsterte er.

Er zeigte auf die Bäume und ich machte große Augen, als mich plötzlich ein Augenpaar musterte, das dem von Devil so ähnlich war. Geduckt lugte es unter einer Tanne hervor. Vorsichtig. Immer einen Schritt vor, zwei Schritte zurück. Devil jaulte.

»Alles gut, mein Junge. Das ist nur deine Familie«, sprach John beruhigend auf ihn ein.

Devil lief geduckt hinüber, und ich konnte fast nicht hinsehen. Schließlich kam ihm der andere Wolf ein Stück entgegen. Beide blieben stehen, zeigten ihre Zähne und knurrten. Voller Angst presste ich mein Gesicht an Johns Brust, und er streichelte über meinen Kopf.

»Aspen, lass dir das nicht entgehen. Sieh hin«, bat er mich, doch es kostete mich so viel Überwindung.

Das Geknurre nahm zu, und plötzlich stürmte der fremde Wolf auf Devil zu. Sie verbissen ihre Schnauzen ineinander und jaulten jämmerlich. Und ich fast noch mehr.

»Keine Angst, Aspen, sie tun einander nicht sehr weh. Das ist nur Imponiergehabe. Sieh!«

Ich wischte meine Tränen fort und blickte wieder hinüber zu dem Schauspiel. Der fremde Wolf hatte sich mit eingeklemmtem Schwanz auf den Boden geworfen und Devil drückte immer wieder eine Pfote auf dessen Bauch.

»Das scheint ein Weibchen zu sein«, lächelte John. »Sie unterwirft sich.«

»Ist das gut?«, fragte ich und kam mir dabei so dumm vor.

»Sehr gut sogar. Sie weiß, dass ihr Devil überlegen ist. Jetzt biedert sie sich an.« John grinste, doch ich wusste nicht, was es da zu lachen gab.

»Soll das heißen, mein Wolf ist ein Macho?«

»Vielleicht. Womöglich trägt er Alpha-Gene in sich. Ich bin stolz auf ihn.«

»Was machen sie denn jetzt?«, flüsterte ich John zu, als das Weibchen aufsprang und Devil zuerst die Schnauze leckte, bevor dieser sich an ihr Hinterteil wagte.

»Sie pieselt. Devil wird dran lecken, um ihren Duft in sich aufzunehmen.«

»Igitt ist das eklig!«

Plötzlich sprang das Weibchen davon und Devil hetzte mit heraushängender Zunge hinterher. Mein Herz wollte stehenbleiben.

»John«, kreischte ich. »Ist er fort?«

»Warte. Noch sind sie hier.«

Er hatte recht. Es dauerte nicht lange und Devil kam unter einem Baum hervor, das Weibchen gleich hinter ihm. Langsam näherte er sich uns, während sie in ihrer Deckung wartete. Er kam immer näher. Dann duckte er sich und sprang wieder zurück, nur, um im nächsten Moment wieder zu uns zu kommen. Schließlich stand er direkt vor uns.

»Wo du hingehen wirst, können wir dir nicht hin folgen, mein Freund«, sagte John und streichelte Devil über den Kopf.

Ich weinte hemmungslos, und ich glaubte, Unsicherheit in den Augen meines Wolfes zu erkennen. Ich wusste, jetzt war der Moment gekommen, in dem ich loslassen musste, auch wenn es mir das Herz zerriss.

»Du musst gehen«, weinte ich mit erstickter Stimme und beugte mich zu Devil hinab, um ihn noch einmal in den Arm nehmen zu können. Sanft leckte er über mein Gesicht. »Du wirst bald eine neue Familie haben. Und ich freue mich für dich. Geh schon. Dein Mädchen wartet auf dich. Versprich mir nur, dass du mich nicht vergisst.«

Devil leckte wimmernd meine Hand ab, und als er davonlief, drehte er sich noch einmal um. Er sah glücklich aus, und ich hätte schwören können, dass Dankbarkeit in seinen Augen stand. Dann heulte er einmal kurz auf und stob mit dem fremden Wolf davon.

Devil war fort!

Weinkrämpfe schüttelten mich, und John führte mich in seinen Armen zur Couch. Von seinen Händen fest umschlossen, lag ich auf ihm und vergrub mein Gesicht an seiner Schulter.

»Hey, ist ja gut«, flüsterte er mir immer und immer wieder ins Ohr, aber ich konnte mich einfach nicht beruhigen.

Meine Gedanken schwebten immer wieder zurück zu dem Tag, als ich das kleine Fellknäuel gefunden hatte. So viele süße und liebevolle Stunden hatte mir Devil geschenkt, und obwohl ich ihn nie einschränkte, kam er immer wieder zu mir zurück. Stets hatte ich das Gefühl, dass er mich genauso liebte, wie ich ihn. Und jetzt war er für immer gegangen. Ich vermisste ihn schon jetzt, und mein Herz war gefüllt mit Trauer.

»Du solltest dich für ihn freuen, Aspen. Jetzt ist er dort, wo er wirklich hingehört. Ihm wird es gutgehen. Mach dir keine Sorgen«, tröstete mich John. Natürlich wusste ich, dass er recht hatte, doch das änderte nichts an der Schwere, die auf meinem Inneren lastete.

»Ich weiß. Ich freue mich ja für ihn. Aber er fehlt mir schon jetzt.«

»Glaub mir, ich weiß genau, wie du dich fühlst«, hauchte mir John ins Ohr. »Du hast viel für ihn getan. Er wird dich nie vergessen!«

John versuchte wirklich alles, doch nur langsam gewann ich meine Fassung wieder zurück.

»Er war mein bester Freund, John. Ich weiß ja, dass es richtig ist, so, wie es jetzt ist. Aber ich fühle mich einfach schrecklich leer.«

»Und das wird auch noch einige Zeit anhalten. Devil wird immer in deinem Herzen bleiben. Und in deinen Erinnerungen. Ich bin froh, dass ich ein paar davon mit dir teilen kann.«

»Er hat dich geliebt!«, jammerte ich.

»Und ich ihn. Allein schon dafür, dass er Weston gehasst hat.«

Ich blickte auf, um John anzusehen. Ein schelmisches Grinsen lag auf seinen Lippen, und ich konnte nicht anders, als ebenfalls zu lächeln.

»Danke, dass du versuchst, mich aufzuheitern. Ich bin so froh, dass du bei mir bist. Ich wüsste nicht, wie ich den Tag sonst überstehen sollte.«

John zog mich zu sich heran und küsste mich sanft. Ich war so dankbar, dass er bei mir war, und nur seiner Wärme und der Aufmerksamkeit, die er mir schenkte, war es zu verdanken, dass ich nicht kollabierte.

»Wie wäre es, wenn ich uns Tee mache? Es gibt da eine Autorin – Juliet Romero – bei der scheint Tee ein Allheilmittel zu sein.«

»Ja, Tee ist immer eine gute Idee«, lächelte ich und ich freute mich so sehr, dass er wirklich mein Buch las.

John schob mich zur Seite. »Schön liegenbleiben. Ich bin gleich wieder da.«

Als er zurückkam, hielt er ein Tablett in den Händen, das bestückt war mit einer Kanne, zwei Tassen, Milch, Zucker und Zitrone, sowie zwei dicken Keksen.

»Hier. Orange mit Zimt. Ich hoffe, das war in deinem Sinne.« Er goss uns ein und setzte sich wieder zu mir auf die Couch.

»Danke. Das ist so lieb von dir«, seufzte ich und richtete mich auf. Schnell nahm ich einen Schluck, und der Tee wärmte von innen. Still tranken wir und John sah nachdenklich aus.

»Was hast du?«

»Nichts!«, schreckte er auf. »Es ist nur, in vier Tagen ist Heiligabend und weder meinem noch deinem Haus sieht man es an. Ich hatte seit Jahren keinen Weihnachtsbaum mehr und gerade habe ich überlegt, ob ich mir nicht doch noch einen besorgen soll. Für uns und unser erstes gemeinsames Fest.«

Eigentlich hielt ich nie viel davon, mich an einer sterbenden Tanne zu erfreuen, aber kaum hatte John es ausgesprochen, fand ich auf einmal, es wäre doch eine bezaubernde Idee, das Weihnachtsfest mit ihm mit allem Drum und Dran zu feiern.

»Ja, das wäre schön«, nickte ich und er freute sich, dass sein Vorschlag bei mir Zuspruch fand.

»Dann werde ich morgen sehen, wo ich um diese Zeit noch einen herbekomme. Ich möchte ein wunderschönes Fest mit dir verbringen, und ich finde, da gehört ein Baum einfach dazu.«

»Ich freue mich drauf«, sagte ich ehrlich und kuschelte mich wieder in seine Arme, und trotz aller Traurigkeit in mir wegen Devil spürte ich, dass ich ein glückliches Weihnachten feiern würde!

21. Kapitel

Am Tag nach Devils Verschwinden war John fast rund um die Uhr an meiner Seite. Er schenkte mir Zuversicht, dass mit meinem Wolf alles gut werden würde. Dass er womöglich sogar ein neues Rudel gründen könnte. Es war tröstlich, zu wissen, dass er mit mir mitfühlte.

An den beiden Tagen vor Heiligabend, da ließ er sich jedoch nicht mehr blicken. Zwar rief er ständig an, erzählte mir von seinen weihnachtlichen Vorbereitungen und wie sehr er sich darauf freute, dass ich mit ihm die Feiertage in seinem Haus verbringen würde. Auch von einer Überraschung sprach er ständig, und ich fragte mich, was er wohl für mich vorgesehen hatte. Ich konnte nur hoffen, dass es nicht auf Eisangeln hinauslief.

An Heiligabend freute ich mich wie ein kleines Kind darauf, endlich zu ihm fahren zu können. Den ganzen Tag verbrachte ich damit, mich zu entspannen. Ich gönnte mir ein ausgiebiges Schaumbad, meinen Haaren eine langeinwirkende Kur, und für mein Makeup nahm ich mir besonders viel Zeit. Ich wollte hübsch für ihn aussehen und dem Fest einen würdigen Rahmen verleihen. Nachdem das erledigt war, zog ich mich an. Schmunzelnd schlüpfte ich in meine halterlosen Strümpfe – meine besondere Überraschung für ihn.

Einen Slip und einen BH aus schwarzer Spitze tragend, betrachtete ich mich selbst im Spiegel und kicherte, weil ich mich wirklich sexy darin fand. Mit geröteten Wangen zog ich einen engen schwarzen Rock an, eine goldene Paillettenbluse und meine hohen Stiefel. Perfekt!

Um sechs Uhr sollte ich bei John sein, aber es war kaum halb, da machte ich mich schon auf den Weg. Ich konnte es einfach nicht mehr erwarten, ihn zu sehen. Schnell steckte ich die Outdoor-Uhr, die ich für ihn gekauft hatte, in meine Handtasche, schnappte meine Kleidertasche, dann fuhr ich los.

Still war es draußen. Die Menschen saßen wohl alle zu Hause bei ihren Liebsten und ich genoss es, durch die einsame Landschaft zu fahren. Der Schnee knirschte unter den Reifen meines Autos, Weihnachtslichter blinkten überall, und bevor ich Johns Haus erreichte, dachte ich noch einmal an Devil. In Gedanken wünschte ich auch ihm ein schönes Weihnachtsfest und hoffte, dass er ebenso glücklich war wie ich.

Aufgeregt parkte ich mein Auto in Johns Einfahrt, und kaum war ich ausgestiegen, kam er mir auch schon freudestrahlend entgegen, hob mich in seine Arme und wirbelte mich herum.

»Hey, heißester Weihnachtsmann im Land«, kicherte ich, und er schenkte mir einen langen Kuss.

»Da bist du ja endlich«, grummelte er. »Ich habe dich vermisst!«

»Ja, ich dich auch. Ich frage mich, was du Geheimnisvolles angestellt hast, dass ich dich zwei Tage nicht sehen durfte.«

»Wirst du gleich sehen. Wo hast du deine Tasche? Im Kofferraum?«

»Nein, auf dem Rücksitz. Warte, ich hole sie«, sagte ich und wollte zur Tür gehen, doch John war schneller.

»Ich mach das schon.« Er nahm meine Tasche in die linke Hand und reichte mir dann seine rechte. »Komm, gehen wir rein.«

Drinnen angekommen, schlug mir gleich die Wärme des Kaminfeuers entgegen, und John half mir aus meinem Mantel.

»Wow!«, hörte ich ihn sagen und ein wenig stolz auf mich, schaute ich ihn an.

»Gefalle ich dir?«

»Und ob! Ich kann dir gar nicht sagen, wie sehr!«

»Danke«, erwiderte ich schüchtern, aber in Wirklichkeit freute ich mich wie ein Kind.

Wir ließen die Tasche im Flur und John nahm mich an der Hand, um mich ins Wohnzimmer zu führen. An allen Fenstern leuchteten Lichterketten und alles war weihnachtlich dekoriert. Dann warf ich einen Blick um den Kaminvorsprung, um den Baum zu suchen, den er für uns geschlagen hatte, und tatsächlich, in der Ecke des Zimmers stand eine wunderschöne Tanne, die er mit roten Kugeln dekoriert hatte. Doch noch etwas anderes stand dort. Oder besser gesagt, jemand!

Verwundert blickte ich auf die Frau mit den grauen Haaren, die uns noch den Rücken zugewandt hatte, da sie gerade ein Päckchen unter dem Baum verstaute.

»John?«, flüsterte ich, und er strahlte mich an. Dann wandte er sich an die Frau.

»Mom?«, sagte er laut, und die Frau wirbelte zu uns herum.

Oh mein Gott!

Mein Lächeln gefror ein und mir blieb die Spucke im Hals stecken.

»Aspen? Darf ich dir meine Mom vorstellen?«, fragte er leise und Glück schwang in seiner Stimme mit.

Er zog mich an der Hand mit, und mit pochendem Herzen blickte ich auf die Frau, die da vor mir stand, und die nicht minder überrascht schien als ich.

»Aspen, meine Mom. Ginger Gatlin. Mom, das ist Aspen White. Meine Freundin.«

»Aspen?«, sagte sie erstaunt und hielt mir die Hand hin, die ich nur zögernd ergriff. »Na das ist ja mal eine Überraschung. John hat mir zwar erzählt, dass er eine Freundin hat, aber dass Sie das sind, hätte ich nicht gedacht!«

»Ja, sieht wohl so aus«, stammelte ich und blickte verschreckt zu John, der seine Stirn runzelte.

»Ihr kennt euch?«, fragte er mit großen Augen und Ginger nickte.

»Ja. Aspen war bei uns in der Ranger-Station. Sie hat dich gesucht und sich nach dir erkundigt. Ich freue mich, dass Sie dich scheinbar ausfindig gemacht hat.«

Ginger lächelte ein herzliches Lächeln, doch mir wurde schlecht. Das war gar nicht gut! Fragend ruhten Johns Augen auf mir, doch ich wusste nicht, was ich sagen sollte. Es dauerte eine Weile, und ich sah, wie John seine Augen schloss und nachdachte. Dann schien er zu begreifen und funkelte mich an.

»Du hast in der Ranger-Station nach mir gefragt?«, knurrte er.

»John, ich ...«

»Du hast Nachforschungen über mich angestellt?«

»Nein, ich wollte doch nur ...«

»Oh Gott, sei bloß still, Aspen!«

»Aber John, was hast du denn nur?«, fragte Ginger, die besorgt zwischen uns hin und her blickte.

Schnaufend stampfte John im Wohnzimmer herum, griff sich in die Haare und warf den Kopf in den Nacken, bevor er ganz dicht vor mich trat.

»Was war ich für dich, Aspen? Ein interessantes Rechercheobjekt für deine nächsten Bücher? Hast du alles über mich herausgefunden, was du wissen wolltest?«

»Aber so war das doch gar nicht, John«, schluckte ich, und Tränen traten in meine Augen.

»Nein? Was denn sonst? Hat es Spaß gemacht, in meiner Vergangenheit herumzuwühlen? Hast du jetzt genug Material über einen verkorksten, vom Schicksal gebeutelten Hinterwäldler für deinen nächsten Roman?« John schrie jetzt, und ich zuckte unter seinen Worten zusammen.

»John, beruhige dich«, sagte Ginger sanft, aber er war außer sich und ich wie paralysiert.

»Sag mir nicht, ich soll mich beruhigen, Mom!« Mit erhobenen Zeigefinger kam er auf mich zu. »Das mit uns, das ist vorbei, Aspen. Hörst du? Ich gehe mich jetzt besaufen. Wenn ich zurückkomme, hast du mein Haus verlassen! Verstanden?«

»Nein, John, tu das nicht«, wimmerte ich.

»Du solltest dich mit Weston zusammentun. Ihr zwei passt gut zueinander. Fröhliche Weihnachten!«

Mit diesen Worten stürmte er aus dem Zimmer. Zwei Sekunden später fiel die Tür hart ins Schloss. Dann war er fort, und ich brach unter Tränen zusammen.

»Ach herrje!«, seufzte Ginger betroffen, doch ich konnte sie nicht mal ansehen.

Meine ganze Welt war gerade zusammengebrochen, und weil ich nicht wusste, wohin mit meinen Gefühlen, weinte ich sie lautstark aus mir hinaus. Wieso hasste mich das Leben so?

»Hey, Aspen. Komm schon, steh auf«, duzte mich Ginger nun und legte eine Hand auf meine Schulter. »Es tut mir so leid. Ich wusste ja nicht, dass John nichts von unserer Begegnung wusste. Ich hätte doch nie ...«

»Schon gut. Es ist nicht Ihre Schuld, Missus Gatlin.«

»Ginger.«

Mit Bedauern in ihrem Gesicht lächelte sie mich an und bot mir ihre Hand dar, damit ich vom Boden aufstehen sollte. Zitternd ergriff ich sie, und Ginger brachte mich zur Couch.

»Setz dich erst mal, und dann erzähle mir alles.«

»Was soll ich groß erzählen?«, sagte ich resigniert.

»Du warst nie bei John auf der Highschool, habe ich recht?«

»Nein«, schüttelte ich den Kopf.

»Wo habt ihr euch kennengelernt?«

Ich dachte zurück an den Abend, an dem ich aus L.A. zurückkam. »Am Flughafen. Ich kam von einer Reise zurück. John arbeitete dort in der Nacht.«

»Hmm. Es tut mir so leid, Aspen. Ich weiß gerade nicht so richtig, was ich sagen soll. John war so glücklich, als er mir am Telefon von dir erzählte. Er wollte unbedingt, dass ich dich kennenlerne. Und ich wollte das auch. Weißt du, mein Sohn war nicht mehr derselbe in den letzten Jahren. Ich habe ihm so gewünscht, dass er endlich jemanden findet, der sein Leben bereichert und ihn aus dieser Trauer holt.«

»Wieso haben Sie mir damals nicht gesagt, dass Sie seine Mutter sind?«

Ginger rieb sich über das Kinn und sah mich an, als hätte sie ein schlechtes Gewissen. »Ich weiß es nicht. Vielleicht, weil du eine völlig Fremde für mich warst. Ich konnte es einfach nicht.«

»Aber von John haben Sie mir erzählt! Wieso?«, wollte ich wissen, und schon wieder liefen die Tränen.

»Keine Ahnung. Vielleicht, weil ich froh war, mit jemandem über ihn reden zu können. John hat sich in den letzten Jahren immer mehr von mir distanziert. Ich spürte, wie er mir mehr und mehr entglitt. Egal, was ich auch sagte, ich kam nicht mehr an ihn heran. Womöglich sah ich in dir eine Hoffnung, auch wenn sie noch so klein war, dass es wieder wie früher werden könnte. Und fast hättest du es ja geschafft, wäre ich eben nicht so dumm gewesen.«

»Er wird sich wieder in sich verschließen, habe ich recht?«, schluchzte ich.

»Schon möglich.«

»Ich wollte ihn doch nicht ausspionieren, Ginger. Ich wollte doch nur verstehen, wieso er mich immer wieder wegstieß.«

»Ja, ich weiß. Darin ist er gut.«

»Wie kann er nur denken, ich ...« Ich konnte es nicht mal aussprechen. »Ich liebe ihn doch!«

»Und auch das weiß ich. Du hättest dich wohl kaum um ihn bemüht, wenn es nicht so wäre.«

»Was soll ich denn jetzt nur machen?«, heulte ich und Ginger nahm mich in den Arm.

»Diese Frage stelle ich mir schon seit dem Tag, als Cynthia verunglückte. Ich war so froh, dass es endlich jemanden gab, der das erreicht hatte, was mein Mann, Gott habe ihn selig, und ich niemals zustande brachten. So euphorisch und glücklich habe ich John seitdem nicht mehr erlebt. Und jetzt bin ich es, die ihn wieder mit meiner dummen Äußerung zurückkatapultiert hat in seine eigene Finsternis. Ich könnte mir gerade so was von selbst in den Hintern treten!«

»Es ist nicht Ihre Schuld. Ich hätte es ihm ja erklärt, aber er will mir wohl keine Chance mehr dazu geben.«

»Ich werde mit ihm reden, Aspen. Gib ihn nicht so schnell auf.« Gingers Zuspruch tat mir gut, aber ich wusste, wann ich verloren hatte.

»Schon gut. Aber ich habe keine Kraft mehr, zu kämpfen. Ich wünsche Ihnen trotz allem noch ein schönes Weihnachtsfest. Ich sollte gehen, bevor er zurückkommt.«

»Ach, Aspen, warte doch bitte. Vielleicht lässt sich alles wieder hinbiegen, wenn er sich erst mal abgeregt hat.«

»Darauf will ich nicht warten. Aber danke. Ich fahre nach Hause. Gute Nacht, Ginger. Ach ja, und hier … geben Sie das bitte John. Ich habe es für ihn gekauft. Soll er damit machen, was er will.« Ich überreichte ihr die Uhr und ging.

Traurig blickte sie mir hinterher, als ich das Haus verließ, aber es war kein Vergleich mit der Trauer, die ich gerade empfand. Schnell schmiss ich meine Tasche in den Wagen, stieg ein und begab mich in mein einsames Heim.

Dort angekommen, zog ich meine Sachen aus und meinen Jumpsuit an. Danach schminkte ich mich ab, ging runter ins Wohnzimmer und goss mir einen Tequila ein, den ich umgehend runterschluckte, nur, um mir gleich einen weiteren nachzufüllen. Ich hoffte, das Brennen in meinem Hals würde das Brennen in meinem Herzen lindern, aber das tat es nicht. Es brannte so sehr, dass nicht mal meine Tränen in der Lage waren, es zu löschen. Ich musste erkennen, dass ich wegen eines dummen Zufalls alles verloren hatte, was mir wichtig war. Dass ich ihn verloren hatte!

Laut schluchzend trank ich Tequila Nummer zwei und ging hinüber zur Terrassentür. Lange starrte ich hinaus in das Dunkel des Waldes, das sich von dem weißen Schneeteppich abhob. Das Mondlicht verwandelte die Landschaft in eine glitzernde Zauberwelt, aber ich blickte nur stur zu den Bäumen. Wieso hatte mich Devil ausgerechnet jetzt verlassen? Hätte er nicht wenigstens noch ein paar Tage warten können? So sehr hätte ich seinen Trost jetzt gebraucht, doch ich war allein. Ganz allein!

Schleichend ging ich zurück zur Couch und nahm den einzigen Freund zur Hand, der mir in dieser Heiligen Nacht noch geblieben war. Mister Tequila war für mich da. Er hörte sich mein Weinen und Klagen an, ohne über mich zu urteilen. Und ich weinte und klagte viel in dieser Nacht.

John hatte mich aus seinem Leben verbannt. Für immer. Dabei wollte ich doch immer nur das Beste für ihn. Für uns!

Doch jetzt gab es kein Uns mehr. Ich war so einsam und allein, wie ich es schon immer war. So kurz nur währte die Zeit unseres gemeinsamen Glücks, und ich wusste, sie würde nie mehr wiederkommen. John war Vergangenheit, denn er würde sich wieder in seine eigene zurückziehen und wohl für immer darin gefangen bleiben. Tat er mir leid deswegen? Natürlich! Aber ich tat mir selbst noch viel mehr leid, denn so weit hätte es nicht kommen müssen. Nicht kommen dürfen!

Dieser Zufall, dass Ginger ausgerechnet seine Mutter sein musste, den hätte mir meine Lektorin in einem Buch von mir als unglaubwürdig deklariert. Niemals wäre ich bei Sandra mit so einer Story durchgekommen. Doch gerade erlebte ich sie.

Wie schon sooft zuvor, war mein Leben ein Trümmerhaufen und ich blickte auf die Scherben einer zerbrochenen Liebe hinab. Ob ich in einem vorherigen Leben ein schlechter Mensch gewesen war, dass ich jetzt so bestraft wurde? Wieso war es mir nicht vergönnt, ein wenig Glück mein Eigen nennen zu dürfen?

Ich konnte darüber nachdenken, so viel ich wollte, es änderte nichts an meiner Situation. Und so saß ich in einem Jammertal fest, und zwar so richtig. Dass ich dort nicht mehr so schnell herauskommen würde, davon war ich mehr als überzeugt. Also warum nicht jammern, was das Zeug hielt, wenn ich eh schon hier festsaß? Und genau das tat ich in den nächsten zwei Tagen – jammern!

Rund um die Uhr heulte ich, klagte, verfluchte mein Leben, flehte den lieben Gott an, er möge mir helfen und wünschte ihm die Krätze an den Hals, weil er es nicht tat. Am zweiten Weihnachtstag gab ich ein sehr bescheidenes Bild ab. Ungewaschen müffelte ich in meinem Jumpsuit vor mich hin, aber es war mir egal. Meine Haare hingen fettig-strähnig über meine Schultern, meine Finger waren verklebt mit Zucker, Schokolade und allem Möglichen, was das Weihnachtsgebäck hergab, welches ich mir ununterbrochen in den Mund schaufelte. Ein kleiner Biss vom Glück! Jawohl!

Dabei wäre mir ein kleines bisschen Glück tausendmal lieber gewesen …

Unzählige Male starrte ich auf mein Handy, in der Hoffnung, John hätte sich beruhigt und würde sich doch noch mal melden. Aber die Hoffnung war vergebens. So gerne hätte ich ihm alles erklärt. Mich bei ihm entschuldigt. Aber diese Chance bot sich mir leider nicht mehr.

Am Tag nach Weihnachten konnte ich mich selbst nicht mehr riechen, stank ich doch wie eine Büffelherde. Oder eher wie zwei. Außerdem hatte ich alle Süßigkeiten vertilgt und ich brauchte dringend Nachschub, also blieb mir nichts anderes übrig, als zu duschen und das menschliche Wesen in mir wieder zum Vorschein zu bringen, bevor ich einkaufen fuhr.

Auf meinem Weg zu meinem Lieblingscafé gab ich in Gedanken schon meine Bestellung auf. Cupcakes mussten her! Und Kuchen! Und definitiv Cookies in allen Variationen! Voller Vorfreude auf neue, kalorienreiche Schätze, betrat ich das Café und ich erschrak zu Tode, als mir gleich eine bekannte Stimme entgegenschlug. Eine Stimme, die mir so sehr fehlte.

»Na, sieh mal einer an. Jenny, kennst du Mata Hari schon?«

Sofort blieb mein Herz stehen. Mir wurde heiß, als ich aufblickte, und John an der Theke stehen sah. Im Gegensatz zu mir wirkte er ganz und gar nicht deprimiert. Eher aufgekratzt.

»Guten Morgen, Aspen«, begrüßte mich die Bedienung.

»Hallo, Jenny.«

»Vorsicht, Jenny. Erzähl ihr nicht so viel. Sie könnte es in einem Roman gegen dich verwenden«, stichelte John weiter, und ich hätte ihn am liebsten dafür geohrfeigt. Stattdessen spürte ich, wie sich Tränen in mir sammelten. Wieso musste er mir so wehtun?

Jenny kicherte und bedachte ihn mit einem flirtenden Augenaufschlag. Ach ja, da war ja was … Ich beschloss, seine Spitzen zu ignorieren, und gab Jenny meine Bestellung auf. Ein Teilchen nach dem anderen packte sie ein, während John auf ihr Flirten einging.

»Hey«, sagte er schließlich viel zu laut, als wollte er sich meiner Aufmerksamkeit versichern. »Wie wäre es? Hättest du Lust, am Samstag mit mir essen zu gehen?«

Diese Frage war nicht an mich gerichtet, sondern an die süße Bedienung vor mir. John wollte mich bewusst verletzen, und es zerriss mir fast das Herz. Doch so leicht wollte ich es ihm nicht machen. Er wollte Krieg? Konnte er haben!

»Vorsicht, Jenny. Johns Einladungen zum Essen beinhalten gerne vorangehende Angelausflüge, bei denen du entweder erfrierst oder vor Langeweile stirbst«, zwinkerte ich ihr zu, als ob ich nur Spaß machen wollte. Doch ich wollte John damit treffen. Jenny kicherte wieder albern.

»Ja, wieso nicht?«, stimmte sie seiner Einladung zu. War ja klar!

»Klasse«, freute sich John künstlich und ergriff ihre Hand. »Wo darf ich dich abholen?«

Gerade starb ich innerlich, denn es tat so weh, dass ich am liebsten heulend auf meine Knie gesunken wäre. Doch diese Genugtuung gab ich ihm nicht. Stattdessen nahm ich meine Einkäufe und wandte mich direkt an ihn.

»Wie ist es doch leicht, wenn erst mal alle Barrieren überwunden sind, oder John? Schön, dass ich dir dabei behilflich sein konnte.« Dann wandte ich mich an Jenny. »Ich wünsche dir viel Spaß am Samstag. Bis dann!«

Ohne zu atmen, klammerte ich mich an meine Tüten und rannte aus dem Café. Wütend schmiss ich alles ins Auto, doch gerade, als ich einsteigen wollte, hörte ich wieder Johns Stimme.

»Aspen, warte!«, rief er, doch ich war nicht bereit, mich weiterhin ärgern zu lassen.

»Fick dich, John!«, rief ich nur zu ihm hinüber, sodass er an der Türschwelle stehen blieb. Dann schloss ich meine Tür und fuhr davon, so schnell es die Witterung zuließ.

Wieder zu Hause, vergrub ich mich in Apfel-Zimt Donuts, Cupcakes mit Buttercrèmehaube, Pecanpie und Cookies mit Schokolade und Nüssen. Ich wusste, ich würde es bereuen, spätestens, wenn ich auf die Waage stieg oder den ersten Pickel im Gesicht entdecken würde, doch das war mir egal. Für wen sollte ich denn auch gut aussehen?

In der Nacht begann ich damit, den ersten Thriller meines Lebens zu schreiben. Alles drehte sich um einen Bewohner tiefer Wälder, der Frauen das Herz herausriss. Jedenfalls bis zu dem Tag, an dem sich eine wehrte. Und wie sie sich wehrte! Siebenundzwanzig verschiedene Todesarten hatte sie sich für den Hinterwäldler ausgedacht. Eine grausamer als die andere.

Als ich die paar Seiten durchlas, wurde mir beinahe schlecht von meinem eigenen Geschreibsel. Wenn gerade das FBI dabei war, meine Suchanfragen zwecks Recherche bei Google zu checken, würde es keine fünf Minuten dauern, bis ein Sonderkommando mein Haus stürmen würde.

Gott, ich wollte auf keinen Fall als Psychopath in der Klapse landen, also löschte ich alles und nahm die ausgedruckten Manuskriptseiten, um sie im Kamin zu verbrennen. Dabei sah ich die kleinen Holzscheite, die ruhig in ihrem Körbchen schlummerten.

Mist!

Sofort schlich sich wieder die Trauer in mein Herz und sie verdrängte die Wut, die ich bis vor ein paar Sekunden noch empfunden hatte.

Ich vermisste John. Und ich liebte ihn so sehr, dass ich sogar fast bereit war, sein armseliges Schauspiel von heute Morgen zu verzeihen. Aber nur fast!

Es hatte mir so wehgetan, ihn mit Jenny flirten zu sehen. War ich wirklich so schnell vergessen? Ich oder unsere gemeinsame Zeit? Dachte er, er müsste jetzt alles nachholen, was er in den letzten Jahren verpasst hatte? Und ich Idiotin hatte es ihm auch noch ermöglicht!

Ich war eindeutig zu gut für diese scheiß Welt, und sie dankte es mir mit Schmerzen. Jedes Mal!

Ich warf sämtliche Holzscheite in den Kamin, was mir die Temperatur im Wohnzimmer mit Sicherheit auf dreißig Grad hochtrieb. Oder nicht? Jedenfalls empfand ich es so.

Panisch sprang ich auf, um nachzusehen, was John sonst noch in meiner Wohnung hinterlassen hatte. Doch außer meinem Buch und einem Schlafshirt, gab es da nichts. Das Buch landete beinahe auch im Kamin, aber im letzten Moment konnte ich mich beherrschen. Man sollte keine Bücher verbrennen – NIEMALS!

Das Shirt? Ja, das wäre eine Möglichkeit gewesen. Doch statt es zu verbrennen, tauchte ich mein Gesicht hinein. Als Johns Duft meine Riechrezeptoren eroberte, brachte ich es nicht übers Herz. Stattdessen schluchzte ich in den Stoff hinein und tränkte ihn mit meinen Tränen.

Als ich am nächsten Morgen aufwachte, trug ich das Shirt am Leib und lag gekrümmt auf meiner Couch. Das musste aufhören! Sofort! Ich war so viel stärker als das! Und dann fasste ich einen Entschluss …

22. Kapitel

Ein paar Tage lang vergrub ich mich noch in meinem Haus. John ließ nichts mehr von sich hören und so weh es mir auch tat, schloss ich ab mit allem. Je schneller ich darüber hinwegkommen würde, umso besser.

Die Feiertage waren vorbei. Ein neues Jahr wartete auf mich und ich wollte alles dafür tun, dass es besser und glücklicher werden würde, als das vorangegangene.

»Und du bist dir auch ganz sicher, dass du das tun willst?«, fragte Gerry am Telefon.

»Ja, bin ich. Ich muss aus diesem Trott raus. Du hattest absolut recht. Und da ich sowieso bald mit Weston Kontakt aufnehmen muss, schadet es nichts, wenn ich für ein paar Wochen nach Los Angeles komme.«

»Aspen, du weißt, ich bin die Letzte, die dir das ausreden würde. Aber bist du dir wirklich sicher? Ich meine, es ist verdammt schade, dass es mit John nicht funktioniert hat. Aber weißt du, Männer haben oft eine lange Leitung, und ich spreche jetzt nicht von dem Anhängsel zwischen ihren Beinen. Vielleicht wird er sich in ein paar Tagen bewusst, was er da getan hat.«

»Vielleicht. Vielleicht aber auch nicht.«

»Aber wenn doch? Willst du das dann wirklich riskieren?«

»Ich habe mich entschieden, Gerry. Er hat sich seit Heiligabend nicht bei mir gemeldet. Wahrscheinlich ist er schon längst glücklich mit Jenny. Da bekommt er seine Muffins gleich noch obendrauf.«

»Gott, du und dein Dickkopf. Na schön. Ich hole dich am Flughafen ab. Du weißt, mein Angebot, bei mir zu wohnen, gilt noch.«

»Ja. Und ich danke dir dafür. Aber du weißt, wie sehr ich meine eigenen vier Wände brauche.«

»Ja, schon gut. Aber wieso musstest du unbedingt einen Nachtflug nehmen? Weißt du, um wie viel Uhr ich da morgen früh aufstehen muss? Dafür schuldest du mir etwas.«

»Natürlich. Wie wäre es denn mit einem schönen Champagnerfrühstück? Oder einem Sonnenuntergangsdinner irgendwo am Strand?«

»Ich nehme beides«, lachte Gerry, und ich schmunzelte.

»Für dich mache ich fast alles, Süße. Aber jetzt muss ich Schluss machen. Ich muss noch einiges einpacken. Wir sehen uns morgen.«

»Tu das. Ich freue mich, dich endlich wiederzusehen.«

»Ich freue mich auch. Bis dann.«

»Bis dann.«

Seufzend legte ich auf und betrachtete das Kleiderchaos um mich herum. Was sollte ich bloß alles mitnehmen? Jeans, T-Shirts und Pullis waren bereits eingepackt. Darin fühlte ich mich am wohlsten und für den Alltag waren sie einfach am passendsten. Doch ich brauchte auch noch schicke Sachen für offizielle Termine. Gott, wie ich das hasste! Aber es musste ja sein, also erst mal rein mit allen High Heels.

Ein kurzer Rock, zwei längere, ein paar Kleider, Blusen ... das alles fand nach und nach den Weg in meine Koffer und Taschen. In eine kleinere packte ich nur Gürtel, Schals, Schmuck, diverse Parfumflakons und Schminkzeug.

Ganz zum Schluss packte ich mein kurzes Cocktailkleid und die passenden Schuhe von Stella McCartney obenauf. Sie waren mein ganzer Stolz und meine teuersten Sachen überhaupt.

»Das wars.«

Zufrieden überblickte ich die gepackten Koffer und konnte nur hoffen, dass ich an alles gedacht hatte und auch, dass die Sachen für ein paar Wochen reichen würden. Aber zur Not konnte ich ja bei Gerry waschen.

Nach und nach schleppte ich alles in mein Auto. Als alles verstaut war, vergewisserte ich mich, dass im Haus alles in Ordnung war, schnappte meinen Mantel und sperrte die Tür ab. Schnell noch eine Handtaschenkontrolle. Das Ticket, Geld, Kreditkarten, Führerschein – alles war vorhanden, also konnte es losgehen. Traurig blickte ich noch einmal durch die Heckscheibe auf mein Haus und in den Wald hinein.

»Mach's gut, Devil«, sagte ich vor mich hin und ich spürte, dass ich schon wieder kurz vorm Heulen war. Aber ich beherrschte mich, auch wenn der Kloß im Hals schmerzte.

Es war schon nach Mitternacht, als ich mein Auto auf dem kleinen Parkplatz des Provinzflughafens abstellte. Schnell legte ich mein Dauerparker-Ticket hinter die Frontscheibe und stieg aus. Nachdem ich mir einen Kofferwagen besorgt hatte, lud ich mein ganzes Gepäck aus und verstaute es auf dem kleinen Wägelchen. Gar nicht so einfach, bei der Masse.

Langsam schob ich alles vorwärts durch den Schnee und plötzlich sah ich im Augenwinkel eine Person im Dunkeln. Gut! Normalerweise hätte ich Angst haben sollen, aber ich wusste, wer dort an den Autoreihen vorbeischritt. John!

»Aspen?«, rief er zu mir herüber, aber ich ignorierte ihn.

Wild entschlossen schob ich die Karre vor mir her, was gar nicht so leicht war bei all dem Schnee. Obwohl der Parkplatz geräumt wurde, war seit der letzten Schneebeseitigung schon wieder genügend davon gefallen, sodass es eine kleine weiße Schicht gab.

»Aspen! Was machst du hier mitten in der Nacht?«, fragte John mit bösem Gesicht, denn mittlerweile war er mir so nah, dass ich es erkennen konnte.

»Wonach sieht es denn aus?«, giftete ich zurück.

»Du verreist?«

»Yep.«

John griff an den Karren und hielt mich auf. »Ganz schön viel Gepäck. Wo fliegst du hin?«

»Ich wüsste nicht, dass ich dir darüber Rechenschaft schuldig bin.«

John blickte mich mit zornigen Augen an. »Du fliegst zu Weston, habe ich recht?«

Ich legte ein trotziges Lächeln auf. »Auf deine Empfehlung hin, ja. Und jetzt lass bitte den Wagen los. Ich muss einen Flug erwischen.«

Seine Hand ließ den Wagen nicht los. Stattdessen holte er tief Luft und sah mich böse an. »Tu das nicht, Aspen!«

»Warum nicht?«

»Weil … er ist nicht gut genug für dich!«, stammelte er.

»So?«, fragte ich und hob eine Augenbraue an. »Na ja, wenigstens scheint er zu wissen, was er will. Da fällt mir ein, wie war dein Essen mit Jenny?«

»Jenny?«

»Halt! Sag es mir nicht! Ich könnte es in einem Roman verwenden. Und jetzt gute Nacht, John!«

»Das ist doch verrückt! Aspen, ich bitte dich.«

»Was, John?«, funkelte ich ihn jetzt an. »Du hast mich beschimpft! Du hast mich vor deiner Mutter gedemütigt! Und du hast mich an Heiligabend aus deinem Haus geworfen! Du kannst dir nicht im Geringsten vorstellen, was das mit mir angestellt hat! In meinem ganzen Leben habe ich mich noch nie so beschissen gefühlt. Und eins kann ich dir sagen, John Gatlin. So will ich mich auch nie wieder fühlen müssen. Und jetzt geh mir aus dem Weg!«

Ich rüttelte an dem Wagen, aber John klammerte sich daran fest. Meine Wut nahm Ausmaße an, dass ich ihn am liebsten getreten hätte!

»Du kannst nicht zu Weston gehen!«, knurrte er und ich lachte laut.

»Doch, John, das kann ich. Man hat immer eine Wahl, oder? Deine Worte. Du hast deine getroffen und jetzt treffe ich meine. Ich wünsche dir ein glückliches neues Jahr. Und jetzt lass meinen Wagen los!«

Mit einem Schnaufen nahm er die Hand weg und strich sich durch die Haare.

»Danke!«, hauchte ich daraufhin noch und ließ ihn einfach in der Kälte stehen.

John kam mir nicht mehr hinterher, sodass ich in Ruhe zur Gepäckaufgabe gehen konnte. Was ich an Übergepäck bezahlen musste, war so unverschämt viel, dass es beinahe an Lächerlichkeit grenzte.

Zum Glück ging mein Flug pünktlich und ich war dankbar, als ich endlich in der kleinen Propellermaschine saß. Obwohl ich diese Begegnung mit John absichtlich heraufbeschworen hatte, weil ich ihm zeigen wollte, dass ich nicht Trübsal blasend zu Hause saß, hatte sie mich mehr als mitgenommen. Ja, ich war wütend auf ihn. Und ja, er hatte mich zutiefst verletzt.

Dennoch …

Traurig und müde sah ich aus dem Fenster und mein Blick fiel auf die Panoramascheibe des Wartebereichs. Ein Stich durchzog mein Herz, als ich John dahinter erkennen konnte und Tränen sammelten sich in meinen Augen. Wieso nur hatte er nicht erkennen können, dass ich nichts Böses im Sinn hatte, als ich mich nach ihm erkundigte? War das wirklich so falsch von mir? Ich wollte doch nur für unsere Beziehung kämpfen!

Das Dröhnen der Triebwerke drang an meine Ohren und ich wusste, gleich würde ich das alles hinter mir lassen. Ich entfloh aus einer Hölle in die nächste, das war mir klar, als die Maschine langsam zur Startbahn rollte. Ich wollte nicht mehr zurück in das Stadtleben, aber hierbleiben konnte ich auch nicht.

Die Vibrationen im Innern des Flugzeugs verstärkten sich, der Geräuschpegel stieg an und ich spürte, wie ich in den Sitz gepresst wurde. Schon kurz darauf wurde das Rumpeln weniger und ich wusste, wir hatten abgehoben.

»Mach's gut, John«, flüsterte ich vor mich hin, als ich die wenigen Lichter Gardiners unter mir sah, die langsam immer kleiner wurden und bald darauf ganz verschwanden. Wir hatten die Wolkendecke durchstoßen. Jetzt gab es kein Zurück mehr.

Gute drei Stunden Flug lagen vor mir und ich verbrachte sie mit Kopfhörern auf meinen Ohren. Ich hatte mir absichtlich traurige Musik aufgespielt, wohl weil ich einen leichten Hang zum Masochismus hegte, anders konnte ich es mir nicht erklären. Als ich dann den Worten von Incubus' *Love Hurts* lauschte, ließ ich meinen Tränen freien Lauf. Still weinte ich immer noch vor mich hin, und ich war dankbar, als wir endlich den Los Angeles Flughafen ansteuerten.

»Hey! Da ist ja meine beste Freundin!«, begrüßte mich Gerry mit einer herzlichen Umarmung, und ich musste schmunzeln. Sonst sah sie immer aus wie aus dem Ei gepellt, aber gerade jetzt, zu dieser frühen Zeit kurz nach fünf, sah sie nicht viel besser aus als ich, wenn ich morgens früh raus musste. Das beruhigte mich, war sie doch kein übernatürliches Wesen, wie ich manchmal vermutete.

»Hey, Gerry«, sagte ich und drückte sie ebenfalls. »Danke, dass du mich zu dieser unchristlichen Zeit abholst. Ich schulde dir was.«

»Und ob du das tust«, grinste sie. »Mein Gott!«, kreischte sie beim Blick auf mein Gepäck. »Du hast wirklich vor, länger zu bleiben, oder?«

»Solange es nötig ist.«

»Scheiße, hoffentlich kann ich die alle im Auto verstauen«, lachte sie und zeigte auf meine Koffer und Taschen.

»Jetzt übertreibe mal nicht. Stell dir vor, ich wäre eine vierköpfige Familie. Dafür reicht deine Ökokarre allemal.«

»Ökokarre? Beleidige ja meinen Wolfgang nicht! Er könnte es dir übelnehmen. Ich will nicht, dass er mich auf dem Highway im Stich lässt.«

»Wolfgang?«, grinste ich breit. »Wie kannst du dein Auto bloß Wolfgang nennen?«

»Keine Ahnung. Meine Schwester lachte sich immer kaputt über den Namen, und ich fand ihn auch witzig.«

»Na dann. Andere fahren einen Bad Boy, einen Stallion oder einen sexy Motherfucker. Ich nehme dann mal mit Wolfgang vorlieb. Ein deutscher Name für ein japanisches Auto. Der wird ewig halten!«, lachte ich.

Mit einiger Mühe verluden wir alles und Gerry brachte mich zu meinem Hotel. Da ich eine günstige Langzeitmiete aushandeln konnte, war dies die beste Alternative zu einem gemieteten Haus und auf jeden Fall besser, als Gerry auf die Nerven zu fallen.

»Lust auf Frühstück?«, fragte ich, nachdem ich eingecheckt und mein Zimmer in Beschlag genommen hatte.

»Unbedingt! Mein Magen hängt schon in den Kniekehlen.«

»Dann komm. Gehen wir runter ins Restaurant.«

Ein paar Minuten später saßen wir bei Pancakes mit vier Sorten Sirup, jeder Menge Kaffee und einem Glas Champagner am Tisch und ließen es uns gutgehen.

»Auf dich, meine Süße, und darauf, dass die Welt dich wiederhat.« Gerry grinste und stieß mit mir an, aber so feierlich war mir gar nicht zumute.

»Ist nur vorübergehend. Ich hoffe, du weißt das.«

»Ja, schon klar. Trotzdem bin ich froh, dich erst mal hier zu haben. Ich habe dich nämlich vermisst.«

»Ich dich auch«, stöhnte ich und goss mir reichlich Erdbeersirup auf meinen Pfannkuchen.

»Ich bin so aufgeregt! Weston hat in den höchsten Tönen von dir geschwärmt. So vieles wird auf dich zukommen und ich hoffe, du nimmst mich das ein oder andere Mal mit ins Studio.«

»Ich weiß doch noch gar nicht, wie alles abläuft, Gerry. Außerdem denke ich nicht, dass Weston so begeistert von mir war. Er ist ein Womanizer und hat nicht bekommen, was er sich erhofft hatte. Nun denke ich, wird es eher auf eine unterkühlte Geschäftsbeziehung hinauslaufen.«

Gerry schüttelte vehement den Kopf. »Nein, das glaube ich nicht. Er war mehr als angetan von dir. So schnell wird er nicht aufgeben, davon bin ich überzeugt.«

»Gerry, was soll das hier werden? Ich habe mich gerade erst von John getrennt. Nein, warte! Er hat mich aus seinem Leben hinauskatapultiert. So ist es richtig. Es hat verdammt wehgetan und auf keinen Fall werde ich mich selbst Weston Brooks zum Fraß vorwerfen, hast du gehört?«

Meine Verlegerin setzte einen Schmollmund auf. »Ja, ich weiß. Trotzdem. Weston ist kultiviert, erfolgreich, hat jede Menge Kohle auf dem Konto. Was willst du denn noch?«

»Ich weiß nicht. Einen Mann, der mich liebt und nicht als Besitz betrachtet? Einen, bei dem ich mich geborgen und beschützt fühle? Einen, der das einfache Leben genauso liebt wie ich?«

»Du redest von John«, grummelte sie.

»Natürlich rede ich von John! Verdammt, siehst du denn nicht, wie verletzt ich noch bin?« Jetzt quetschte ich mir so viel Schokosirup auf den nächsten Pfannkuchen, dass er beinahe in der Soße schwamm.

Gerry seufzte, als sie es beobachtete, und schüttelte den Kopf. »Bah, Aspen, da wird mir ja schlecht. Ich glaube, ich rufe mal den Kellner. Ich brauche etwas Deftiges.«

»Ja, ich auch«, murmelte ich, meinte aber nicht das Frühstück damit.

Kurz darauf stocherte Gerry in gebeiztem Lachs mit Rührei herum. Sie war so eine Träumerin! Trotz ihrer fast vierzig Jahre wartete sie wohl immer noch auf den holden Prinzen auf einem weißen Pferd, und Weston schien all das für sie zu verkörpern. Obwohl sie stets weltgewandt auftrat, wirkte sie in diesem Augenblick einsam und traurig.

»Hey, geht es dir gut?«, fragte ich und legte eine Hand auf ihren Arm.

»Ja, sicher. Ist nur der Neid«, sagte sie und rang sich ein Lächeln ab.

»Du hast keinen Grund, neidisch zu sein«, tröstete ich sie. »Sieh mich an. Ich habe es vermasselt und es hat mir das Herz gebrochen. Vielleicht bin ich einfach nicht geschaffen für eine Beziehung. Oder ich verdiene keine. Wie auch immer.«

Entsetzt blickten mich Gerrys geweitete Augen an. »Wenn es einer verdient hat, glücklich zu sein, dann du, Aspen. Es tut mir leid. Dir geht es schrecklich und ich versinke hier in Selbstmitleid. Aber überlege es dir noch mal. Vielleicht gibst du Weston doch eine Chance. Nicht gleich. Aber in ein paar Wochen vielleicht.«

Ihr liebevoller Blick sollte mich von der Richtigkeit ihrer Worte überzeugen, doch ich wusste, dass ich an der Akte John noch lange würde knabbern müssen. Aber um ihr ein besseres Gefühl zu schenken, ging ich auf ihre Worte ein.

»Vielleicht. Aber noch ist mir alles zu nah. Verstehst du das?«

»Ja, natürlich. Und wenn du Unterstützung brauchst, dann bin ich für dich da.«

»Dafür danke ich dir auch. Von ganzem Herzen. Du bist meine beste Freundin, Gerry. Ich wüsste gar nicht, was ich ohne dich machen sollte.«

Nun strahlten ihre Augen wieder und meine Mission war erfüllt. Jetzt konnte ich nur hoffen, dass sie das Thema wechselte, denn ich wollte nicht mehr darüber reden. Weder über John noch über Weston. Von Männern hatte ich fürs Erste mal wieder die Nase gestrichen voll.

»Ich habe übrigens den Rest vom Manuskript dabei«, lenkte ich ab und sofort zauberte mein Satz ein Lächeln auf ihr Gesicht.

»Du bist fertig?«, fragte sie erstaunt. »Vier Wochen früher als geplant?«

»Ja. Lief gut in letzter Zeit.«

Kein Wunder! John bescherte mir Inspiration für jedes nur erdenkliche Szenario, sodass ich in die Tasten hämmerte, bis sie glühten. Und Weston war auch nicht ganz unbeteiligt daran.

Verflucht!

Jetzt dachte ich schon wieder an die beiden, dabei wollte ich einfach nur vergessen.

»Ich habe Lust auf Erdbeer-Käsekuchen. Denkst du, die haben hier so was?«, fragte ich und blickte mich suchend um.

»Wo steckst du das nur alles hin?«, lachte Gerry. »Du hast schon ein halbes Dutzend Pancakes vertilgt!«

»Na und? Käsekuchen geht immer.«

»Bleib sitzen. Ich schaue mal nach.«

Kurz darauf kam sie mit zwei Tellern in der Hand zurück. Von jedem strahlte mir ein großes Stück Käsekuchen entgegen, das mit einer überdimensionalen Erdbeere getoppt war.

»Scheiße, die sahen so verführerisch aus, da konnte ich auch nicht widerstehen«, lachte sie und reichte mir einen der beiden Teller.

»Siehst du?«, grinste ich und nahm das Stück Kuchen an mich. »Darf ich deine Erdbeere haben?«, fragte ich vorsichtig und schielte nach dem appetitlichen Stück Obst.

»Weil du es bist«, seufzte sie und ich schnappte mir das leuchtend rote Teil.

»Danke. Du bist die Beste.«

»Ich weiß, ich weiß«, lächelte sie müde und erhob ihr Champagnerglas. »Auf uns, Süße. Scheiß auf die Männer. Hauptsache, wir haben Käsekuchen!«

23. Kapitel

Die darauffolgende Woche verbrachte ich fast ausschließlich in der Einsamkeit meines Hotelzimmers, aber das war okay. Mir blieb dadurch viel Zeit, um über John und mich nachzudenken. Was er getan hatte, war zutiefst verletzend gewesen, aber ein wenig konnte ich ihn nun verstehen. Er hatte mit so vielem zu kämpfen, und meine Erkundigungen über ihn empfand er wohl als tiefsten Vertrauensbruch. Zwar hatte er, meiner Meinung nach, die Sache überdramatisiert, aber ein wenig musste ich ihm auch recht geben. Ich hätte es langsamer angehen und auf seine eigenen Antworten warten sollen, anstatt andere Menschen nach ihm auszufragen. Aber nun war es nun mal passiert, und ich konnte es nicht mehr rückgängig machen.

Ich vermisste ihn so sehr. Meine Gefühle für ihn verstärkten sich zunehmend, nun, da er mir so fern geworden war. Mir fehlte seine gefühlvolle Wärme. Unsere Kuschelstunden auf der Couch. Der Sex! Es fehlte mir, dass sich nun niemand mehr um mich sorgte. Sich niemand mehr um mich kümmerte.

Ich war nicht bloß in John verliebt. Als ich endlich zu ihm durchgedrungen war, da entwickelte er sich für mich zu dem Partner, mit dem ich alt werden wollte. Er war meine Stütze, mein Trost, mein Grund, morgens mit einem Lächeln zu erwachen. Mit ihm konnte ich lachen, aber auch weinen. Verdammt noch mal, ich wollte einfach bei ihm sein! An seiner Seite. Für immer!

Mit zusammengekniffenen Augen verdrängte ich meine Gedanken an ihn. Heute war der Tag, an dem die Verträge unterschrieben werden sollten und so saß ich fertig gestylt auf meinem Bett und wartete darauf, dass Gerry mich abholte. Gegen neun Uhr kam dann auch eine SMS, dass sie in der Hotellobby wartete, also ging ich mit Ameisen im Bauch hinunter.

»Guten Morgen, Süße«, rief sie mir schon freudestrahlend entgegen, als sich die Fahrstuhltüren öffneten und ich in die große Halle trat.

»Hey, Gerry.«

»Bereit?«, lächelte sie, und ich nickte.

»Ja. Ich denke schon.«

Gerry schnappte meinen Arm und hakte sich bei mir ein. Vermutlich hatte sie Angst, ich würde davonlaufen. Doch ich schaffte es, trotz weicher Knie, Wolfgang wohlbehalten zu erreichen. Nach einer fast vierzig minütigen Fahrt – Los Angeles war verdammt groß – erreichten wir schließlich Brice, Watson and Goldstein, die Anwaltskanzlei, die meinen Verlag vertrat.

»Scheiße, wenn ich noch mal zur Welt komme, werde ich Anwältin«, murmelte ich, als ich das luxuriöse Hochhaus betrat, in dem die Kanzlei mehrere Stockwerke angemietet hatte.

»Als könntest du dich über mangelndes Einkommen beschweren«, grinste meine Freundin.

Nach der Anmeldung bei einer sehr netten, aber etwas steif wirkenden Empfangsdame, betraten wir den Aufzug, der uns ins Reich der juristischen Elite der Stadt bringen sollte.

Dort angekommen, wartete eine weitere Dame hinter einem Tresen, die uns neugierig musterte. Ein steifer Hochkragen ragte an ihrer weißen Bluse auf und umschloss ihren schwanengleichen Hals. Automatisch bekam ich Atemnot. Wie konnte man sich bloß selbst so einengen? Bei ihrem Anblick erwartete ich, dass sie jeden Moment blau anlaufen müsste, aber nichts dergleichen geschah. Stattdessen nahm sie einen Telefonhörer zur Hand und meldete uns, bei wem auch immer, an. Es dauerte keine halbe Minute, als uns eine weitere Dame in Empfang nahm. Enger schwarzer Rock, enge schwarze Kostümjacke, weiße Rüschenbluse und High Heels! Gott, wie konnte man einen langen Arbeitstag in diesen Dingern bestreiten? Nein, mein Wunsch, im nächsten Leben Anwältin zu werden, hatte sich gerade in Luft aufgelöst.

»Miss White? Miss Hicks?«, begrüßte sie uns und Gerry hielt ihr die Hand hin.

»Ich bin Geraldine Hicks«, begrüßte sie die Dame. »Das ist Aspen White.«

»Guten Morgen. Ich freue mich, dass Sie es pünktlich geschafft haben. Der Verkehr um diese Zeit ist mörderisch«, lächelte sie. »Ich bin Lana McTavish. Kommen Sie, ich bringe Sie in den Konferenzraum. Es warten schon alle auf Sie.«

Oh Gott …

Als hätte ich Blei an den Füßen, wankte ich hinter den beiden her, bis wir einen Raum erreichten, der vollkommen gläsern war. Schnell warf ich einen kurzen Blick hinein und mein Herz wollte mir in die Hose rutschen.

»Weston ist auch hier?«, schluckte ich und Gerry lächelte mich an.

»Sieht so aus. Wow, dass er sich persönlich die Zeit genommen hat? Ich verneige mein Haupt vor dir, Aspen.«

Für vielleicht zwei Sekunden blieb ich stehen und betrachtete mir die Herrschaften hinter der Scheibe, als wären sie Tiere in einem Zoo, aber Gerry zog mich weiter. Ohne sie hätte ich wohl schon längst die Flucht ergriffen.

Lana öffnete die Tür und winkte, um uns an ihr vorbeizuschleusen. Sofort wirbelten alle Köpfe zu uns herum und an dem Brennen auf meinen Wangen ahnte ich, dass ich bereits rot angelaufen war.

Alle sprangen auf und kamen auf uns zu, um uns per Handschlag zu begrüßen. Dabei waren ein Mister Sands, ein Mister O'Donnell eine Missus Caulfield. Dazu ein Mister Wellensittich – er sah nun mal so aus, was sollte ich machen? - ein Mister Goldstein, wohl einer der Seniorpartner, eine Miss Ich-bin-karrieregeil-und-habe-es-geschafft und … Weston!

»Hey, Aspen«, begrüßte er mich mit einem gewinnenden Lächeln.

»Weston«, krächzte ich und bemühte mich, ein entspanntes Gesicht zu machen.

Er blickte an mir vorbei, als suche er etwas. »Kein Wolf, der mich anspringt? Kein Muskelprotz, der mich verbal attackiert?«, grinste er und verschämt verzog ich meine Lippen.

»Nein«, antwortete ich leise.

Dann hauchte er mir einen Kuss auf die Wangen und ich hätte schwören können, dass Gerry neben mir leise quietschte.

»Was ist mit dir? Du siehst nicht gerade glücklich aus«, bemerkte er richtig.

»Nichts«, versuchte ich abzuwiegeln. »Es ist nur … ich mag es nicht, im Mittelpunkt zu stehen und das werde ich gleich. Außerdem machen mir diese ganzen schlauen Köpfe Angst.«

Mit einem Seitenblick registrierte ich, dass uns alle anstarrten. Mittlerweile hatten die meisten schon wieder Platz genommen und so blickte ich hilflos zu Weston, der sofort verstand und sich dann an die Damen und Herren Anwälte wandte. Vorher jedoch ergriff er meine Hand und drückte sie zart.

»Meine Damen und Herren Anwälte. Ich freue mich sehr, Aspen White alias Juliet Romero heute hier bei uns zu haben. Und noch mehr freue ich mich, dass beide Seiten einen Vertrag ausgehandelt haben, mit dem wir alle zufrieden sein können. Mehr als zufrieden, denke ich.«

Weston schenkte mir wieder ein umwerfendes Lächeln und ich war ihm dankbar, dass er mir ein wenig Halt gab. Dann wandte er sich wieder an mich.

»Aspen, die Verträge wurden vorgelegt und von euren Verlagsanwälten geprüft. Alles hat seine Ordnung. Wenn du willst, brauchst du nur noch zu unterschreiben.«

»Oh«, schluckte ich. »Ja, das könnte ich.«

»Prima. Komm, ich zeige dir, wo du unterschreiben musst. Danach müssen wir nicht mehr in diesem Büro hocken bleiben an so einem schönen Tag. Gerne würde ich dich zur Feier des Tages zum Essen einladen.«

Aha!

Weston strahlte wie ein Honigkuchenpferd. Verträge. Essen. Mit Weston …! Dieser Schnellschuss überforderte mich, und ich musste mich erst mal etwas runterfahren, um über alles nachzudenken.

»Das ist sehr schön, Weston, aber ehrlich gesagt lese ich lieber zuerst alles, bevor ich etwas unterschreibe. Ich hoffe, du verstehst das.«

Weston blickte mich erstaunt an und Gerry schritt ein. In ihrer beider Gesichtsausdruck fehlte bloß noch ein Augenrollen.

»Es ist alles okay, Aspen. Du kannst unseren Anwälten vertrauen«, versuchte mich meine Verlegerin und Freundin zu beruhigen.

»Ja, mag sein. Vertrauen ist gut. Kontrolle ist besser. Ich würde die Verträge gerne sehen.«

»Natürlich, Miss White«, lächelte Mister Goldstein und bat mich, neben ihm Platz zu nehmen. Mürrisch ließ Weston meine Hand los und folgte mir zu meinem Platz. »Hier, bitte!« Der Packen Papier, den mir Goldstein vorlegte, war mächtig!

»Okay. Dankeschön. Ich werde ihn in Ruhe lesen. Sie müssen nicht alle hier sitzen bleiben und mir dabei zusehen. Wenn ich Fragen habe, melde ich mich.«

Alle lächelten mich an, doch ich spürte, wie genervt sie waren. Allen voran Weston. Doch das war mir egal.

»Sehr gerne, Miss White. Wir gehen dann mal zur Tagesordnung über«, lächelte Goldstein pikiert. »Wenn Sie uns brauchen, rufen Sie einfach.

Als wäre es ein Aufbruchsignal gewesen, erhoben sich alle und verließen nacheinander den Raum. Alle, außer Gerry und Weston. Letzterer wandte sich an meine Verlegerin.

»Sie müssen nicht den ganzen Tag hierbleiben, Gerry. Wenn Aspen fertig ist, bringe ich sie nach Hause.«

Hörte sich das nicht nett an? In Wirklichkeit wollte er meinen Schatten loswerden, um mit mir allein sein zu können.

»Das ist nett von Ihnen, Mister Brooks. Und ich entschuldige mich für Aspens Sturheit«, lächelte sie gequält, und ich hätte ihr gerne dafür ans Bein getreten.

»Das ist in Ordnung. Sie hat ja recht. Ich wünsche Ihnen noch einen schönen Tag.« Mit aller Freundlichkeit dirigierte er Gerry somit aus dem Konferenzzimmer. Dann wandte er sich müde lächelnd mir zu. »Wenn ich etwas für dich tun kann, sage es mir.«

»Ein Kaffee wäre nett.«

War das unverschämt? Womöglich.

»Kaffee! Okay!«, seufzte er und verließ den Raum.

Mit einer Hand strich ich mir über die Stirn und atmete durch. Eigentlich hatte ich keine Lust, den ganzen Wust an Papier durchzulesen. Außerdem vertraute ich meinen Anwälten. Die Alternative wäre jedoch gewesen, mich von Weston was weiß ich wohin entführen zu lassen. Und dazu war ich einfach nicht bereit. Als er kurz darauf mit einem Becher in der Hand zurückkam, bedankte ich mich jedoch höflich.

Geschäftig vergrub ich meine Nase in den Vertrag, doch Weston schaffte es keine drei Minuten Geduld aufzubringen.

»Aspen, willst du dir das wirklich antun?«, stöhnte er und ich blickte hoch. »Das sind Standardverträge.«

»Schon möglich. Aber ich fühle mich nicht wirklich wohl dabei, als Standard bezeichnet zu werden.«

»So war das nicht gemeint.«

»Hier, zum Beispiel«, sagte ich und zeigte auf einen Absatz, der das Merchandising beinhaltete. »Wieso sollte ich da auf sämtliche Einnahmen verzichten?«

»Das ist auch eine Standardklausel. Es ist ja nicht mal gesagt, dass der Sender Merchandising Artikel anfertigen lässt.«

»Mag sein. Trotzdem. Ich will ein Prozent aus den Einnahmen!«

»Was?«

»Ja! Ich bin nicht dumm, Weston. Mark Hamill hatte sich für seine Rolle als Luke Skywalker in Star Wars auch ein Prozent einschreiben lassen. Und weißt du was? Er hat damit mehr verdient als mit den Gagen für die Filme! Es hat ihn zum Multimillionär gemacht.«

Weston grinste. »Du vergleichst dich mit Star Wars? Das ist mehr als selbstbewusst.«

»Nur geschäftstüchtig. Mehr nicht.«

Er kratzte sich am Kopf, den er lachend schüttelte. »Okay. Wir bessern nach. Ein Prozent.«

»Danke!«

»Aber nur, wenn du den Vertrag jetzt zuklappst und mit mir mitkommst.«

»Aber ...«

»Nein, kein Aber mehr! Ich weiß, wieso du das tust. Ich beiße nicht, Aspen. Das habe ich dir schon mal gesagt. Bin ich wirklich so schlimm für dich, dass du Angst davor hast, ein paar schöne Stunden mit mir zu verbringen? Oder hast du Angst, dass dein John ausrasten könnte?«

Als er Johns Namen erwähnte, zuckte ich zusammen. »Nein, ich ...«

»Na also. Im Gegensatz zu deinem Montana scheint draußen die Sonne. Es hat angenehme zwanzig Grad und das sollten wir ausnutzen, meinst du nicht?«

»Angenehm, ja, aber nicht warm.«

»Keine Sorge. Dort, wo wir hingehen werden, reicht dein Kostüm. Du siehst heute übrigens ganz bezaubernd aus, wenn ich das mal so sagen darf. Mehr als hinreißend.«

»Dankeschön. Das ist wirklich nett, dass du das sagst. Ich habe es für gewöhnlich nicht so mit der Mode.«

»Du könntest einen Kartoffelsack tragen und würdest gut darin aussehen«, schmunzelte er und seine Worte trieben mir wieder die Röte ins Gesicht.

»Bestimmt«, krächzte ich nur hervor.

»Na komm. Die Anwälte können sich mit dem Absatz herumplagen. Lass uns ein wenig Spaß haben.«

Das sollte wohl unverfänglich klingen, aber nichts, was aus Westons Mund kam, klang unverfänglich.

»Okay«, gab ich seufzend nach. »Was hast du vor?«

»Lass dich überraschen!«

~

Ein paar Minuten später befand ich mich mit ihm in der Tiefgarage.

»Wow, du fährst einen Bentley?«, sagte ich beeindruckt und ein wenig Stolz stand daraufhin in seinem Gesicht.

»Ja. Gefällt er dir?«

»Ja. Er sieht sehr edel aus.«

»Ist was anderes, als eure plumpen Trucks im Norden«, zwinkerte er und hielt mir die Tür auf.

»Mag sein. Aber ich bin da eher praktisch veranlagt.«

Lachend schloss er die Tür, lief ums Auto herum und setzte sich hinters Steuer. Ein paar Sekunden später waren wir auf dem Weg nach Westen.

»Wo fahren wir hin?«, fragte ich neugierig, doch Weston lächelte nur.

Eine halbe Stunde später erkannte ich, dass er nach Marina del Rey fuhr. Schon von Weitem erkannte ich die Yachten, die hier vor Anker lagen.

Weston parkte den Bentley an der Uferpromenade und half mir beim Aussteigen. Die Aussicht war wirklich umwerfend und ich sah das schicke Restaurant, vor dem wir angehalten hatten.

»Das sieht wunderschön aus«, murmelte ich anerkennend, als ich die hübsche Terrasse sah, die mit unzähligen Blumenkübeln geschmückt war.

Fragend blickte mich Weston an, bis er wohl verstand, was ich da so lobend betrachtete.

»Oh, du meinst das Restaurant? Ja, sehr hübsch. Aber das ist nicht unser Ziel.«

»Nicht?«

»Nein. Das da hinten«, grinste er und zeigte mir mit dem Finger die Richtung an.

Meine Augen wurden groß, als ich die riesige Yacht sah, auf die er deutete. In einem strahlenden Weiß überragte sie die anderen Schiffe, die hier geankert hatten und zum ersten Mal wurde mir bewusst, wie reich Weston zu sein schien.

»Die gehört dir?«, fragte ich ehrfurchtsvoll und er nickte.

»Ja. Ich liebe Männerspielzeuge.«

Aufgekratzt nahm er mich an der Hand und führte mich zu dem protzigen Luxusobjekt. Kaum betraten wir den Steg, der zu dem Schiff führte, versammelten sich oben ein paar Menschen. Vermutlich die Bediensteten der Yacht.

»Guten Morgen, Louis«, begrüßte er einen Mann mit Mütze, wohl der Kapitän.

»Guten Morgen, Sir.«

»Bereit zum Auslaufen?«

»Jederzeit. Nennen Sie mir ein Ziel und in fünf Minuten kann es losgehen.«

»Ich habe kein bestimmtes Ziel, Louis. Lass uns einfach an der Küste entlang schippern. Vielleicht runter nach San Diego.«

»Hört sich gut an«, lächelte der Kapitän und salutierte zum Spaß.

»Komm«, lächelte Weston und hielt mir die Hand hin. »Gehen wir nach oben.«

Er führte mich zu einem Deck, auf dem bereits ein Tisch liebevoll eingedeckt war. Der ganze Bereich war zwar überdacht, aber rundherum offen. Hier konnte man auch bei Regen sitzen. Nicht überdacht waren allerdings die Liegeplätze am hinteren Ende, und genau dort brachte er mich hin.

»Setz dich. Es wird gleich losgehen. Möchtest du ein Glas Champagner?«

»Um diese Uhrzeit? Nein, lieber nicht«, lehnte ich dankend ab.

»Darf es etwas anderes sein?«

»Zu einem Kaffee würde ich nicht nein sagen.«

»Dann Kaffee.«

Er brauchte nur eine kleine Handbewegung zu machen, und schon trat ein Angestellter zu uns, dem er seinen Wunsch mitteilte. Kurz danach kam er zurück mit einem Tablett, und stellte zwei heiß dampfende Tassen vor uns ab, dazu Milch und Zucker und ein Schüsselchen mit Keksen.

Ein kurzes Dröhnen ertönte, als die Maschinen angeworfen wurden. Jemand schrie etwas, das ich nicht verstand, aber ich konnte beobachten, wie Taue gelöst wurden und vermutlich auch der Anker gelichtet. Danach löste sich die Yacht quälend langsam von ihrer Anlegestelle und wir fuhren hinaus aufs offene Meer. Erst dort wurden wir etwas schneller.

»Wenn dir kalt werden sollte, hole ich dir eine Decke«, bot Weston liebevoll an, nur, um im gleichen Atemzug einen draufzusetzen. »Oder ich biete dir meine Umarmung an!«

Er konnte es einfach nicht lassen. So reizvoll er als Mann auch war, ich hatte nicht vor, mich auf irgendetwas mit ihm einzulassen. Und schon setzte sich wieder meine verbale Inkontinenz durch …

»Was bezweckst du hiermit, Weston?«, fragte ich ihn ganz direkt. »Willst du mich mit Luxus beeindrucken? Tut mir leid, aber das zieht bei mir nicht.«

Damit hatte ich ihn wohl etwas aus dem Konzept gebracht, aber nicht für lange.

»Du denkst, ich wollte dich beeindrucken?«

»Ja, das denke ich.«

Weston fing laut an zu lachen. »Da liegst du mehr als falsch, Süße. Ich genieße einfach nur das Leben. Solltest du auch mal versuchen.«

»Das tu ich. Ich ziehe bloß das einfache Leben vor.«

»Wie man an John sehen kann«, konterte er und das machte mich sauer. »Was findest du bloß an ihm?«

Darüber musste ich nicht lange nachdenken, und obwohl es zwischen uns aus und vorbei war, was ich Weston nicht wissen lassen wollte, fiel mir die Antwort leicht und ich grinste.

»Er ist ein Alpha!«

24. Kapitel

Westons flapsige Anmache und seine grummelige Art, einfach nicht zu akzeptieren, dass ich nichts von ihm wollte, führte dazu, dass all meine Gedanken wieder zu John wanderten. Unter Westons angesäuerten Blicken stand ich auf und trat an die Reling. Traurig blickte ich hinab in das Blau des Ozeans und verfolgte die Wellen, die das Schiff schlug. Je weiter wir sie hinter uns ließen, umso breiter wurde ihre Spur. Ein Vergleich mit meiner Sehnsucht nach Johns Liebe und Wärme tat sich bei mir auf, und wie die Wellen verstärkte sie sich, je länger ich ihm fern war. Ich vermisste ihn so sehr und ich konnte einfach nicht begreifen, dass es zwischen uns vorbei sein sollte.

Kurz zuckte ich zusammen, als ich eine warme Hand auf meiner Schulter spürte. Weston war an mich herangetreten, und nach seiner sanften Berührung umschloss er mich mit seinen Armen und legte die Hände vor mir auf das kühle Metall des Handlaufs ab.

»Was ist eigentlich los mit dir, Aspen?«, hauchte er mir ins Ohr, und seine Frage trieb mich dazu, mich noch tiefer in meine Gedanken zu flüchten, was ein Brennen in meinen Augen verursachte. Ich spürte, wie Tränen in mir aufstiegen, und das Atmen verursachte Schmerzen in meiner Brust.

»Nichts. Gar nichts«, antwortete ich flüsternd, damit er an meinem Tonfall nicht erkennen konnte, wie ich mich wirklich fühlte.

»Mir kannst du nichts vormachen. Ich erkenne ein Drama, wenn ich eins sehe. Was ist los?«

Nein, ich wollte wirklich nicht mit ihm über meine Sorgen reden, aber jetzt drängten die Tränen schon ins Freie und ein Schluchzen flüchtete aus meinem Mund, weil ich kaum noch atmen konnte.

»Hey!«

Mit aller Sanftheit erreichte das Wort meine Ohren und zwei kräftige Hände legten sich auf meine Schultern und drehten mich herum.

»Es ist nichts. Ich ...« Die Worte bissen sich in meiner Kehle fest und fanden keinen Weg zu meinen Lippen.

»Nichts sieht aber anders aus. Es hat mit John zu tun, habe ich recht?«

Stumm nickte ich, denn wem wollte ich noch etwas vormachen?

»Habt ihr euch gestritten?«

»Mehr als das. Wir sind nicht mehr zusammen«, gestand ich nun, und die Tränen liefen unkontrolliert über meine Wangen.

»Darüber sollte ich mich eigentlich freuen«, stöhnte Weston. »Wieso nur kann ich es nicht? Das tut mir sehr leid, Aspen.«

»Frag mich mal.«

Er strich sich mit einer Hand durch seine Haare und seine Augen fixierten mich. Für einen kurzen Moment hatte ich das Gefühl, den echten Weston vor mir zu sehen. Kein aufgesetztes Gehabe, keine Prahlerei, keine gespielten Gefühle. Er widmete mir seine gesamte Aufmerksamkeit, als wollte er in mir lesen.

»Ich bin so ein Idiot«, fluchte er plötzlich und drehte sich kurz von mir weg. Doch dann sah er mich wieder an. »Ich habe mich wie ein arrogantes Arschloch benommen. Dafür will ich mich bei dir entschuldigen.«

»Nein«, widersprach ich ihm. »Ist schon gut. Du hast nichts falsch gemacht.«

»Doch, das habe ich. Ich war so sehr versessen darauf, dich diesem Arsch auszuspannen, dass ich dich dabei vollkommen vergessen hatte. Es tut mir leid, Aspen.«

»Er ist kein Arsch«, stammelte ich traurig.

»Und auch das habe ich nicht so gemeint. Ich bin nur wütend auf ihn, weil er mich wohl jeder Chance beraubt hat, dir näherzukommen.«

»Du willst mich doch gar nicht, Weston. Du hast mich auf deine Jagdliste gesetzt, das weiß ich. Doch sobald du mich erlegt hättest, würdest du umgehend nach einer anderen Beute Ausschau halten, nicht wahr?«

Weston wurde sehr still und lief auf dem Deck hin und her. Ob ich mit meinen Worten ins Schwarze getroffen hatte, konnte ich nicht sagen, aber die Vermutung lag nahe, da er sich wohl mit ihnen beschäftigte. Schließlich kam er wieder zu mir.

»Es tut mir leid, dass ich dir diesen Eindruck vermittelt habe. Und vermutlich hast du sogar recht. Jedenfalls zu Anfang war es so. Du bist eine tolle Frau und als dieser Klotz auftauchte, da wollte ich nichts mehr auf der Welt, als ihn auf der Verliererstraße zu sehen. Und für gewöhnlich gewinne ich immer.«

»Diesmal nicht«, lächelte ich und er streichelte kurz meine Wange. Es lag nichts Anzügliches in dieser Berührung, also ließ ich sie zu.

»Nein, wahrhaftig nicht«, lächelte nun auch er. »Wer konnte auch damit rechnen, dass es so etwas wie Liebe tatsächlich zu geben scheint?«

»Du glaubst nicht an die Liebe?«, fragte ich, im ersten Moment, erstaunt, doch dann wurde mir wieder bewusst, wer da vor mir stand.

»Nein. Ich glaube an kurzweiliges Vergnügen zwischen zwei Menschen. Es gibt viel zu viele Blender da draußen. Alles ist viel zu schnelllebig. Mit Geld kann man sich alles kaufen.«

»Mich nicht«, widersprach ich ihm und wieder lächelte er.

»Nein, dich nicht. Und das macht dich zu etwas ganz Besonderem. Dabei hast du selbst genug Geld. Wieso bist du nicht so geworden wie ich?«

Darüber musste ich erst einmal nachdenken. »Keine Ahnung. Es ist mir nicht so wichtig. Ich meine, ich bin froh, dass ich mir den Traum von meinem Haus erfüllen konnte. Ein Heim, in dem ich mich wohlfühle. Denkst du, mit zehn Zimmern mehr ginge es mir besser?«

»Gott, wie oberflächlich muss ich bei dir rübergekommen sein?«, lachte er jetzt laut und er bewirkte damit, dass ich auch wieder lächeln konnte.

»Ziemlich oberflächlich«, gestand ich ihm.

»Ja, du hast ja recht. Aber so bin ich eigentlich gar nicht. Willst du den wahren Weston kennenlernen?«

»Ich glaube, ich bin gerade dabei.«

Er nahm mich an der Hand und zog mich hinter sich her, bis wir auf der Brücke ankamen. Louis begrüßte uns freundlich.

»Louis, wir müssen umdrehen. Fahr zurück zur Marina«, bat ihn Weston und Louis nickte.

»Das war ja eine kurze Fahrt. Soll ich der Kombüse auch Anweisungen geben?«

»Ja. Nein. Oder doch? Was würdest du gerne machen, Aspen?«, fragte er mich. »Hier an Bord essen oder ziehst du einen Schnellimbiss vor?« Ein provokantes Grinsen umspielte seinen Mund und ich brauchte nicht lange für eine Antwort.

»Weißt du, wo ich wirklich gerne essen gehen möchte?«

»Nein. Verrate es mir.«

»In dem kleinen Lokal an der Marina. Ich fand es bezaubernd.«

»Dann werden wir das tun. Aber bis zum Abendessen ist es noch eine Weile hin. Eine Kleinigkeit sollten wir hier an Bord essen, während wir zurückfahren. Was hättest du gerne?«

»Ein Sandwich würde mir reichen. Schließlich gehen wir ja noch ins Restaurant.«

»Louis, gib bitte durch, dass wir gerne zwei Sandwiches hätten«, forderte er und der Kapitän gab es umgehend weiter. »Lass uns wieder zum Sonnendeck gehen. Dort können wir reden«, bat er mich und ich folgte ihm.

Wir nahmen an dem Tisch Platz und es dauerte nur zehn Minuten, bis man uns zwei köstlich aussehende Brote servierte. Sie waren gefüllt mit Salat, saftigem Schinken, Käse und über allem lag ein frisches Dressing, das zwar würzig war, aber den Geschmack der anderen Zutaten nicht übertünchte. Es war wirklich ein Genuss.

Kaum hatten wir gespeist, brachte mich Weston wieder zu den Sonnenliegen und pflanzte sich lang hin. Ich setzte mich ihm gegenüber, gespannt darauf, was er mir von sich erzählen wollte.

»Es tut mir wirklich sehr leid, dass das mit dir und John nicht funktioniert hat«, begann er und ich musste schmunzeln.

»Wollten wir nicht über dich reden?«

»Doch. Natürlich. Auch. Aber es interessiert mich halt, wieso das zwischen euch in die Brüche ging. Du musst aber nichts sagen, wenn du nicht willst.«

Nein, ich wollte wirklich nicht mit ihm darüber reden, denn es tat einfach zu weh. Doch noch weher tat es, diese Last mit mir allein herumschleppen zu müssen.

»Es war meine Schuld«, begann ich schließlich, und kaum hatte ich es ausgesprochen, fiel es mir plötzlich ganz leicht, darüber zu reden. Ich erzählte ihm, was alles passiert war und mehr als einmal schüttelte er ungläubig den Kopf. Als ich mit meinen Ausführungen geendet hatte, fühlte ich mich leichter.

»Scheiße«, fluchte Weston leise und blickte mich betrübt an. »Ich habe ihn völlig falsch eingeschätzt. Kein Wunder, dass er so um dich gekämpft hat, bei all dem, was er erleben musste. Ich sollte mich bei ihm entschuldigen.«

»Ich glaube, das wäre keine so gute Idee.«

»Ja, ich weiß. Trotzdem. Meine Achtung vor ihm ist gestiegen. So etwas mitzumachen ist die Hölle. Jetzt komme ich mir ziemlich schäbig vor.« Darauf konnte ich nichts erwidern und Weston fuhr fort. »Du hast seine Welt ordentlich durcheinander gerüttelt. Und vielleicht sein Vertrauen erschüttert. Aber ich glaube fest daran, dass er wieder zur Besinnung kommt.«

»Da bist du zuversichtlicher als ich. Und selbst wenn. So, wie er mich behandelt hat, bin ich mir nicht mal sicher, ob ich ihn wiederhaben möchte.«

»Doch, das bist du«, widersprach mir Weston. »Du liebst ihn, Aspen. Und wenn er dich bitten würde, zu ihm zurückzukommen, dann wärst du schneller wieder bei ihm, als ich bis drei zählen könnte.«

»Ich kann stur sein«, lachte ich.

»Oh ja, das kannst du.«

~

Der Rest des Tages verlief einfach wunderbar und so ganz anders, als ich es erwartet hatte. Weston konnte wirklich sehr nett sein, jetzt, da wir das zwischen uns geklärt hatten.

Am frühen Nachmittag waren mir zurück in Los Angeles und besuchten ein Kinderkrankenhaus. Überrascht blickte ich auf Westons Namen über einer Stationstür. Stolz erklärte er mir, dass seine Stiftung eine Art Patenschaft für die Leukämie Station übernommen hatte. Wir besuchten einige der kranken Kinder und es wollte mir fast das Herz zerreißen. Nicht nur, weil viele unheilbar krank waren, was das Schlimmste war. Aber die Tapferkeit und die Lebensfreude, mit der sie mir begegneten, die ließen mich innerlich weinen.

Weston erzählte mir, dass sein älterer Bruder bereits mit sechs Jahren an dieser tückischen Krankheit gestorben war, und obwohl er noch zu klein war, um alles zu verstehen, fehlte ihm sein Bruder. Seine Stiftung half dabei, den Kindern ein wenig Freude in ihr Leben zu bringen. Außerdem investierten sie viel in die Krebsforschung. Es fiel mir schwer, mich an diesem Tag von den kleinen Sonnenscheinen zu verabschieden. Für die Zukunft nahm ich mir vor, mich wesentlich mehr damit auseinanderzusetzen.

Als Nächstes besuchten wir das Weston Brooks Animal Shelter Center. Ein Tierheim für all die vergessenen armen Teufel, die keiner mehr haben wollte. Im Gegensatz zu anderen Unterkünften sah man diesem an, dass Geld dahintersteckte. Es gab großzügige Auslaufflächen für die Hunde, komplett eingerichtete Zimmer für die Katzen, als würden sie in einer richtigen Wohnung leben. Und die Gehege für die Vögel und sonstigen Kleintiere waren mehr als groß, sauber und hell. Sogar einen Wellnessbereich mit Pool gab es, in dem die Vierbeiner freudig herumtobten.

Weston zeigte mir eine Seite von sich, die ich ihm nicht zugetraut hätte und ich schämte mich, weil ich solche Vorurteile gegen ihn hatte. Er hatte auch keine Abneigung gegen Hunde. Er hatte lediglich Angst vor ihnen, weil er als Kind mal gebissen wurde. Doch dafür liebte er die Katzen umso mehr und sie wohl ihn, belagerten sie ihn doch auf Schritt und Tritt.

Nach unserem Besuch genossen wir ein fantastisches Abendessen in dem kleinen Restaurant an der Marina. Frische Meeresfrüchte verwöhnten meinen Gaumen und als wir fertig waren, blickte ich auf einen tollen Tag zurück.

»Danke, Weston. Du hast heute mein Leben bereichert«, seufzte ich mit vollem Magen und er lächelte sanft.

»Habe ich gerne gemacht. Ich hoffe, du hast jetzt ein anderes Bild von mir.«

»Ja, das habe ich. Du solltest es öfter zeigen.«

»Ich werde mich bemühen.«

»Das ist schön.«

»Wirst du denn nun morgen den Vertrag unterschreiben?«

»Willst du mich denn noch?«, fragte ich vorsichtig, denn eigentlich dachte ich: Kein Sex – kein Fernsehfilm!

»Natürlich. So ein Schwein bin ich nun auch nicht«, zwinkerte er, und ich musste lachen.

»Dann danke ich dir. Auf eine kleine Änderung muss ich allerdings noch bestehen.«

»Und die wäre?«

»Die Einnahmen aus einem eventuellen Merchandising Gewinn.«

»Ja?«

»Ich möchte sie deiner Stiftung zukommen lassen. Wäre das möglich?«

Jetzt strahlten seine Augen. »Ja, das wäre machbar. Das ist sehr großzügig von dir.«

»Okay, dann sollten wir das tun. Kannst du mich jetzt bitte zu meinem Hotel bringen? Ich bin wirklich müde. So schön es auch war, es war ein anstrengender Tag.«

»Ja, sicher.«

Er bezahlte die Rechnung und brachte mich zurück. Ganz Gentleman, begleitete er mich bis in die Lobby und hauchte mir zum Abschied einen zarten Kuss auf die Wange.

»Auf Wiedersehen, Aspen. Die Anwälte werden sich in den nächsten ein bis zwei Tagen bei dir melden. Wir sehen uns spätestens beim Casting.«

»Ja, das werden wir.«

»Falls du Sehnsucht nach mir hast, kannst du jederzeit vorbeikommen. Gerne zeige ich dir die Studios und die Sets für die Außenaufnahmen.«

»Das ist lieb. Danke.«

»Ich fahre dann mal. Richte John liebe Grüße von mir aus.«

Ich schüttelte nur den Kopf, als ich sein Grinsen sah. Dann winkte er noch einmal und machte sich durch die Drehtür davon. Seufzend blickte ich ihm hinterher, und Gerry hätte mir wohl den Hintern versohlt, weil ich einen so tollen Mann einfach ziehen ließ. Aber so toll er auch war, er konnte meine Gedanken an John nicht verdrängen.

Müde, aber einigermaßen gefestigt, fuhr ich mit dem Lift nach oben in mein Zimmer und dachte darüber nach, wie es nun weitergehen sollte. Ich beschloss, noch wenigstens zwei Wochen Urlaub anzuhängen, und hoffte, mit Gerry ein wenig Spaß haben zu können, auch ohne dass sich Weston ständig in unserem Dunstkreis aufhielt.

Eigentlich hätte ich mich viel lieber in meinem Haus verkrochen, aber ich konnte einfach noch nicht zurück. Die Gedanken an eine Rückkehr verursachten in mir Bauchschmerzen, also entschied ich mich erst mal für die Stadt, die ich eigentlich hasste.

Nach einer Dusche legte ich mich aufs Bett und stellte den Fernseher an. Eine Reality-Show lief und ich fragte mich, ob die Menschheit allen Ernstes keine anderen Probleme hatte! Doch es war wie bei einem Verkehrsunfall: Man wollte nicht hinsehen, konnte aber nicht anders! Eine Mischung aus Ekel und Faszination. Zum Glück forderte sich mein Handy Aufmerksamkeit.

Eine SMS von John?

Sofort wurde mir am ganzen Körper heiß und mit zitternden Händen öffnete ich die Nachricht.

Komm zurück! - Das war alles, was da stand!

Im ersten Moment empfand ich Euphorie, doch die legte sich ganz schnell wieder. *Warum?* - schrieb ich zurück und wartete.

Weston ist nicht gut genug für dich! Du hast Besseres verdient!

Aha!

Traurig schüttelte ich den Kopf. Er hatte nicht wegen mir geschrieben. Es war eine kranke Form von Eifersucht, die ihn trieb. Was interessierte ihn Weston, wenn er mich doch eh nicht mehr wollte?

Ich tippte eine wahre Schimpftirade ein, nur, um sie am Ende wieder zu löschen. Meine Lust auf jedwedes Streitgespräch war vergangen.

Gute Nacht, John. - schrieb ich nur und schaltete das Handy ab.

In dieser Nacht dauerte es lange, bis ich endlich einschlafen konnte, und als es mir gelang, plagten mich wirre Träume. Mal tauchten Bruchstücke von John auf, aus Tagen, als wir noch glücklich waren. Dann sah ich wieder sein wütendes Gesicht vor mir, als er mich an Heiligabend aus dem Haus geworfen hatte. Mehrmals wachte ich schweißgebadet auf und fand einfach keine Ruhe.

Am nächsten Morgen fühlte ich mich wie gerädert. So sehr ich mich auch bemühte, John zu verdrängen, ich konnte ihn einfach nicht vergessen. Es gab nur eine, die Abhilfe schaffen konnte. Gerry!

In den nächsten beiden Wochen gab sie wirklich alles, um mich abzulenken. Wir waren nach Anaheim ins Disney Land gefahren, nach San Diego in den Zoo, und wir verbrachten einen traumhaften Tag in einem wunderschönen kleinen Städtchen namens Carmel. Letzteres war einfach nur ein Traum. Dort gab es weder Hausnummern noch Briefkästen. Die Leute holten ihre Post einfach in Postfächern ab. Es gab keine Straßenlampen oder Fußgängerwege. Auch keine Leuchtreklamen oder Parkuhren. Viele Häuser wiesen eine seltsame Architektur auf. Manche waren um Bäume herum gebaut, andere so schief, dass man keinen rechten Winkel sah. Das Beste an den seltsamen Gesetzen dieser Stadt jedoch war das Verbot, High Heels zu tragen! Man brauchte eine Genehmigung des Ordnungsamtes dafür, wie Gerry mir erklärte. Das sollte wohl Schadensersatzansprüche verhindern, falls sich jemand die Haxen brach. Oh, ich liebte diese kleine Stadt!

Mein Vertrag war unterschrieben, und ich hatte noch einmal ein Treffen mit Weston, das sehr freundschaftlich ablief. Die Brünette, die sich den ganzen Tag an seinem Arm festklammerte, wäre mir mit Sicherheit dankbar gewesen, dass ich ihn abgewiesen hatte, hätte sie von seinen Avancen mir gegenüber gewusst.

Alles war wieder gut. Alles lief seine geordneten Bahnen. Alles. Bis auf eins!

25. Kapitel

»Aspen! Guckst du Löcher in die Luft? Da vor uns spielt die Action!«, riss mich Gerry aus meinen Gedanken.

»Was sagst du?«

»Du bist unglaublich, weißt du das? Das hier ist Muscle Beach!«

Gerry hatte mich nach Venice an den Strand geschleppt. Natürlich dorthin, wo Bodybuilder trainierten und das mit Inbrunst!

»Hast du den Arsch da drüben gesehen?«

»Ich sehe hier viele Ärsche«, grinste ich und sie knuffte mich so sehr in die Seite, dass ich fast mein Softeis fallen ließ.

»Wieso kann ich nicht zehn Jahre jünger sein?«, stöhnte sie und schmachtete die, zugegeben, gut gebauten Typen an.

»Weil du dann immer noch zu alt für sie wärst?«, ärgerte ich sie und sie schmollte gekünstelt.

»Hör auf, so gemein zu sein. Lösen die denn gar nichts bei dir aus? Gott, sieh mal, der mit den engen roten Shorts! Hat der die ausgestopft? Heiliger Bimbam!«

»Ja, Bimbam trifft es ganz gut. Ich höre die Glocken läuten«, lachte ich jetzt laut und kassierte den nächsten Knuff, der deutlich härter war als der letzte.

»Oh, komm zu Mama«, schmachtete sie weiter, und ich lachte Tränen.

Als ich mich wieder auf meine Umgebung konzentrierte, sah ich all den schönen Schein vor mir, der mit der Wildheit des Pazifiks dahinter nicht im Geringsten mithalten konnte.

»Macht dich so ein Körper wirklich nicht an?«, keuchte Gerry, die sich mit ihrer Tageszeitung Luft zufächelte.

Bei ihren Worten kam mir John wieder in den Sinn. Auch er war kräftig gebaut. Vor allem im Schulter- und Armbereich. Sein Sixpack jedoch war nur sehr definiert und nicht so ausgeprägt wie bei den Steroid-Hengsten am Strand. Bei ihm rührte der Körperbau wohl eher von schwerer körperlicher Arbeit her und von guten Genen statt von ausgiebigem Training oder sonstigen Hilfsmitteln.

»Hmmm«, stöhnte ich leise, aber nicht leise genug.

»Ich wusste es! Wer ist es?«, fragte Gerry und checkte die Kerle wieder ab.

»Keiner von denen. Ich musste an John denken.«

»Sag bloß, der sieht auch so aus? Wieso hast du mir das nie gesagt?«

»Nicht ganz so. Aber ja, er ist überdurchschnittlich gut gebaut.«

»Aspen!«

»Was denn? Du hast mich nie gefragt. Außerdem ist er keine Option mehr«, fügte ich traurig hinzu.

Sie bedachte mich mit einem mitleidigen Blick. »Scheiße, es tut mir leid, Maus. Ich hätte nicht damit anfangen dürfen.«

»Ach, ist schon gut. Etwas anderes, als in Liebesdingen zu versagen, habe ich nicht erwartet.«

»Das stimmt doch gar nicht. Du hast einfach nur Pech, was das betrifft.«

»Vielleicht sollte ich wieder nach Los Angeles ziehen. Oder nach Carmel. In Gardiner hält mich ja sowieso nichts mehr. Selbst Devil hat mich verlassen.«

»Fuck, Süße, es tut mir wirklich so leid. So sehr ich mich auch freuen würde, wenn du wieder in meine Nähe ziehst, denkst du nicht, das mit dir und John könnte sich wieder ...«

»Nein, ich glaube nicht. Er hat viel zu sehr mit sich selbst zu kämpfen, und mir fehlt die Kraft, es für uns beide zu tun.«

Gerrys Hand legte sich liebevoll auf meinen Arm. »Egal, wie du dich entscheidest. Ich werde für dich da sein.«

»Danke, Gerry.«

»Keine Ursache. Dafür sind Freunde da. Na komm. Schaffen wir dich zum Flughafen. Es wird Zeit.«

Stumm nickte ich, stand auf und warf einen letzten Blick auf den Ozean. Wie immer überfiel mich das Gefühl, er wüsste, was wir alle denken. Alles, was uns bewegt. Alles, was uns das Herz schwer macht. Und alles, was uns Freude bereitet. Als ob jeder Tropfen einen Gedanken oder ein Gefühl speichern würde. Und über mich wusste er definitiv zu viel.

»Ja, lass uns fahren«, hauchte ich.

Kurze Zeit später, und nach einer herzlichen Verabschiedung von Gerry, saß ich in meinem Flieger. Eigentlich wollte ich viel länger in L.A. bleiben, aber hier hielt mich im Grunde genommen genauso wenig wie in Gardiner. Als mich die Angst beschlich, dass ich wohl niemals einen Platz finden würde, wo ich hingehörte, liefen die Tränen schon wieder.

Es wurde ein langer Flug. Ständig versuchte ich, die trüben Gedanken zu verdrängen, aber das Brummen der Motoren wirkte wie eine Konzentrationshilfe. Monoton dröhnte es in meinen Ohren und ich konnte mein Leid nicht abschütteln.

John fehlte mir so sehr. Vor allem seine Zärtlichkeiten. Wie hatte ich es geliebt, wenn er mir solange mit einem Finger Locken in die Haare gedreht hatte, bis ich eingeschlafen war. Wenn er mich in seinen starken Armen hielt, mir sanft über den Rücken streichelte und mich mit zarten Küssen verwöhnte. Nie zuvor fühlte ich mich so geliebt. Und jetzt hasste er mich!

Als wir über das Rollfeld fuhren, wurde mir ganz schlecht. Ich hatte Gerry gebeten, einen frühen Flug zu organisieren, denn ich hoffte, so John nicht über den Weg laufen zu müssen, wenn ich mein Auto abholte. Tatsächlich war er nicht da, denn es war erst kurz nach drei am Mittag. Schnell verstaute ich mein Gepäck und fuhr zu meinem Haus.

Dort lud ich alles aus und nahm zuerst mal ein ausgiebiges Bad. Nach Flügen hatte ich immer das Gefühl, am ganzen Körper klebrig zu sein. Keine Ahnung, wieso ich das dachte.

Nachdem ich in bequeme Klamotten geschlüpft war, beschloss ich, in den Ort zu fahren. Ich konnte jetzt nicht allein sein, und obwohl ich mich mit niemandem beschäftigen wollte, brauchte ich jemanden um mich. Hier oben in meiner Einsamkeit ging ich kaputt. Ich brauchte einfach Menschen in der Nähe, die mir das Gefühl gaben, dass ich nicht alleine auf der Welt war.

Die nicht ausgepackten Taschen und Koffer ignorierte ich mit schlechtem Gewissen, dann fuhr ich den Berg wieder hinab.

Der Schnee verzauberte noch immer die Landschaft, aber es war längst nicht mehr so still und friedlich draußen, wie an Heiligabend. Alle gingen wieder ihrer Arbeit nach oder erledigten Einkäufe, holten ihre Kinder irgendwo ab oder machten sonst was. Ich für meinen Teil fuhr zum Tumbleweed Bookstore und setzte mich in den großen Sessel vorm Fenster, nachdem ich mir eine alte Ausgabe von John Steinbecks *Von Mäusen und Menschen* aus dem Regal gegriffen hatte. Eine Geschichte über zwei Wanderarbeiter in Kalifornien. Auch sie träumten von einer besseren Zukunft.

Während des Lesens gönnte ich mir den ein oder anderen Kaffee und gegen sechs einen Roastbeef Wrap. Gott, ich liebte diesen Laden!

Immer wieder beobachtete ich auch die Menschen, die hereinkamen, und obwohl ich nicht mit ihnen redete, schenkten sie mir Trost. Doch übernachten konnte ich hier nicht, also fuhr ich schweren Herzens wieder nach Hause.

Nach und nach verstaute ich die Sachen aus den Koffern wieder im Schrank oder packte sie in die Waschmaschine. Als sich alles wieder an Ort und Stelle befand, wo es hingehörte, ging ich zu Bett. Mir war nicht nach Schreiben, also ließ ich es. Solange die Seele nicht rund lief, würde sowieso nur Mist dabei rauskommen.

Wieder folgte eine schlaflose Nacht, und als ich zerzaust am Morgen über einer Tasse Kaffee saß, dachte ich ernsthaft darüber nach, mein Haus hier oben zu verkaufen. Zu viele schöne, aber auch zu viele schlechte Erinnerungen verband ich damit. Am liebsten wäre ich schreiend davongerannt! Wenn Liebe so etwas Schönes war, wie alle behaupteten, wieso nur tat sie dann so unendlich weh?

Gegen zehn fuhr ich wieder runter in meinen Lieblingsladen, denn ich hatte Hunger und noch nichts eingekauft. Dort angekommen, gönnte ich mir zwei süße Donuts und einen Milchkaffee. Ich wusste, ich müsste den Supermarkt aufsuchen, aber noch war mir nicht danach, also blieb ich vorerst in meiner Ecke sitzen und las die Tageszeitung.

»Entschuldigen Sie, bitte«, erklang eine schüchterne Stimme, und als ich aufblickte, stand die nette junge Bedienung vor mir, die mir meine zweite Tasse Kaffee brachte.

»Oh, danke«, sagte ich artig und sie stellte die Tasse ab, doch damit war es wohl noch nicht getan.

Ihre Finger verschränkten sich nervös vor ihrer Brust und mit großen Augen blickte sie auf mich herab.

»Darf ich Sie was fragen?«, rückte sie schließlich heraus.

»Sicher.«

»Sie sind doch die Romantik Schriftstellerin. Juliet Romero, oder nicht?«

»Da haben Sie mich wohl erwischt«, lächelte ich gequält.

»Oh mein Gott«, keuchte sie. »Ich habe es die ganze Zeit vermutet, aber ich war mir nicht sicher. Ich habe all Ihre Bücher gelesen. Ich liebe sie.«

»Dankeschön. Das ist sehr nett, dass Sie das sagen.« Stumm betrachtete sie mich und ich wusste, ihr brannte noch etwas auf der Zunge. »Kann ich sonst noch etwas für Sie tun?«

»Na ja. Ich, ich meine, wir alle hier, wir haben uns gefragt, ob Sie nicht mal in unserem Laden eine kleine Lesung abhalten würden. Wir machen hier öfter so kleine Veranstaltungen, und Sie wären echt ein Highlight.«

»Finden Sie?«, lächelte ich. »Das ist sehr lieb, dass Sie das denken.«

»Das denken wir alle.«

Tief horchte ich in mich hinein. Nein, solche Treffen und Menschenansammlungen lagen mir nicht wirklich. Und ein guter Vorleser war ich auch nicht, auch wenn alle Welt dachte, wer schreiben kann, kann auch vorlesen. Aber die junge Frau blickte mich mit so hoffnungsvollen Augen an. Außerdem dachte ich, dass mir eine Ablenkung guttun würde, wieso also nicht? Der Laden war so klein, und viele Menschen würde es bestimmt nicht hierherziehen. Es käme praktisch einer Wohnzimmerlesung gleich.

»Ja. Wieso eigentlich nicht?«, sagte ich und lächelte ihr freundlich zu.

Im Hintergrund vernahm ich ein leises Quietschen. Zwei weitere Mitarbeiterinnen umarmten sich und führten einen Freudentanz auf. Sie hatten wohl die Mutigste vorgeschickt und heimlich mitgehört, und nun brachen sie in übertriebene Euphorie aus. Ich musste lachen.

»Danke!«, freute sich die junge Dame vor mir. »Das ist so genial! Vielen Dank! Wir werden alles vorbereiten und uns um alles kümmern. Plakate aufhängen, Häppchen vorbereiten und so.«

Häppchen? Ich musste grinsen.

»Wann soll die Party denn starten?«, hakte ich nach.

»Wie wäre es in zwei Wochen? An einem Samstagabend? Dann hätten wir genügend Zeit, uns um die Werbung zu kümmern.«

»Klar. Ich bin dabei.«

»Oh, klasse! Ich freue mich so! Juliet Romero! Ich kann es noch gar nicht glauben!«

»Glauben Sie es ruhig«, seufzte ich. »Aber gleich muss ich los. Bringen Sie mir bitte die Rechnung?«

»Das … das geht aufs Haus«, antwortete sie wieder schüchtern, und ich bedankte mich vielmals für ihre Großzügigkeit. Danach trabte sie hüpfend davon.

Kopfschüttelnd wandte ich mich meinem Kaffee zu, denn ich sollte langsam in die Gänge kommen. Wenigstens etwas Brot und Wurst wollte ich einkaufen, also zog ich meine dicke Jacke an und ging zu meinem Auto. Kaum erreichte ich es, drang eine Stimme an mein Ohr, die mich erschauern ließ.

»Du bist wieder da!«

John!

Die Hände in der Jackentasche, schritt er breitbeinig auf mich zu. Auf den ersten Blick sah er umwerfend aus, auf den zweiten weniger! Er wirkte müde und auf eine gewisse Art … traurig?

»Ja, wie man sieht.« Ich wandte mich von ihm ab und öffnete meine Tür, sodass sie wie ein Schutzschild zwischen uns wirkte.

»Wieso hast du dich nicht bei mir gemeldet?«

»Wieso sollte ich? Du hast mich aus deinem Leben verbannt, schon vergessen?«

Daraufhin sagte er zunächst einmal nichts, aber dann folgte, auf was ich schon gewartet hatte.

»Hast du dich gut mit Weston amüsiert?«, fragte er herausfordernd, sodass ich ein ironisches Lächeln aufsetzte.

»Ja, das habe ich. Vielen Dank. Er hat alles dafür getan, um mich glücklich zu machen.«

»Hast du es genossen?«, wurde er nun zorniger.

»Ja. Doch. Er weiß, wie man eine Frau behandelt. Mit allem, was dazugehört.«

Ich wollte einsteigen, doch er griff mich am Arm und zog mich vom Auto weg. Wut spiegelte sich in seinen Augen und ein wenig machte er mir Angst.

»Du kannst nicht mit ihm zusammen sein!«, knurrte er mich an und jetzt wurde ich wütend.

»Das hast du nicht zu entscheiden, John!«, blitzte ich zurück.

»Oh doch! Und wie ich das habe!«

»Du spinnst doch! Es ist mein Leben. Nenn mir einen guten Grund, warum ich nicht mit ihm zusammen sein sollte!«

John trat voller Wut gegen meinen Vorderreifen, sodass ich zusammenzuckte. Dann kam er zu mir zurück und zeigte mit dem Finger auf mich.

»Weil du zu mir gehörst, Aspen. Nicht zu ihm!«

Oh …

»Vielleicht war das mal so, John. Bis zu dem Tag, an dem du mich rausgeschmissen hast. Dieses Alpha-Gehabe kannst du dir bei mir sparen. Ich bin nicht dein Eigentum, von dem du Gebrauch machen kannst, wann immer es dir gerade passt. Davon abgesehen, du weißt doch gar nicht, was du wirklich willst. Das mit uns ist vorbei. Du hast es schließlich selbst gesagt. Über mein weiteres Leben hast du kein Bestimmungsrecht mehr, verstanden? Ich fahre jetzt!«

Angepisst setzte ich mich hinters Lenkrad und schlug die Tür zu, doch John wollte scheinbar nicht locker lassen und riss sie wieder auf.

»Er wird dich niemals so lieben können, wie ich es kann, Aspen, das solltest du wissen. Oder hat er dir so das Gehirn rausgefickt, dass du das nicht erkennst?«

Jetzt reichte es! Das war eindeutig zu viel des Guten und ich sprang aus dem Wagen.

»Du arroganter, überheblicher, widerlicher, gemeiner, völlig verblödeter ...« Mir fiel kein passendes Wort ein, also griff ich auf *Prinzessin Leias* Schimpftirade gegen *Han Solo* zurück. »*Wookie-Treiber!*« Mit voller Wucht drückte ich ihm beide Hände gegen die Brust und versetzte ihm einen Stoß.

»Was?«, fragte er ungläubig.

»*Wookie-Treiber!* Stinkender habe ich vergessen. Du stinkender *Wookie-Treiber!* Ich habe nicht mit Weston geschlafen! Nicht mal geküsst habe ich ihn! Hätte ich es besser mal getan! Du kannst mich mal, John Gatlin!«

Mit Tränen der Wut in den Augen setzte ich mich wieder hinters Steuer und wollte die Tür schließen, aber John hielt sie fest. Mit einem verstörten Ausdruck in den Augen blickte er mich an.

»Du hast nicht mit ihm ...?«, fragte er leise, und ich schüttelte den Kopf.

»Nein. Unsere Beziehung ist rein geschäftlich«, schluchzte ich, denn dass er immer noch annahm, ich wäre dazu fähig gewesen, mit Weston zu schlafen, zerquetschte fast mein Herz.

»Aspen, ich ...«

»Nein, John! Sei still! Du hast mir verdammt wehgetan! Aber weißt du, was mich am meisten schmerzt? Dass du mich nicht im Geringsten kennst. Nicht mal ein klitzekleines Stück von mir!«

Ich zog an der Tür und dieses Mal ließ er sie los. Laut schlug sie zu und hastig startete ich den Motor. Ich wollte einfach nur noch weg!

26. Kapitel

Völlig konsterniert kehrte ich in mein Haus zurück, ohne auch nur einen einzigen Einkauf getätigt zu haben. Mit dem verheulten Gesicht hätte ich mich auch gar nicht unter Menschen getraut. Stattdessen schmiss ich mich auf meine Couch und weinte, als ob es kein Morgen gäbe.

Was wollte er bloß von mir?

Erst schmeißt er mich raus, und jetzt das Gerede von wegen ich gehöre zu ihm! Nicht mal entschuldigt hat er sich. Kein Wort darüber, was an Heiligabend passiert war. Nein, er wollte mich gar nicht zurück. Er wollte bloß nicht, dass ich mit Weston zusammenkommen würde. Eingebildeter Arsch!

Wenn ich sie nicht haben kann, soll sie keiner haben! Das war wohl das Szenario, das er sich für mich ausgedacht hatte. Aber nicht mit mir! Auch wenn es gerade keinen Mann gab, mit dem ich sein Denken ad absurdum hätte führen können. Und diese Tatsache war noch jämmerlicher, als ich mich gerade fühlte.

Wieso nur verletzte er mich so? Ja, ich hatte einen Fehler gemacht. Aber das gab ihm nicht das Recht, mir so wehzutun. Doch so sehr es auch schmerzte, wie er mich gerade behandelte, ich liebte ihn trotzdem noch. Und das war das Schlimmste überhaupt.

In den darauffolgenden Tagen gammelte ich nur vor mich hin. Schreiben funktionierte nicht, denn ich war emotional so blockiert, wie eine Goldmine nach einem Bergsturz. Nichts, wirklich nichts, funktionierte. Weder Liebesszenen noch Dramen noch Intrigen oder Zänkereien. Nichts! Ich war innerlich tot und bereit, meinem Autorendasein ein Grab zu schaufeln. Aber noch war es nicht ganz so weit, denn es stand eine Lesung bevor. Ich hatte zwar keine Lust dazu, aber da ich zugesagt hatte, wollte ich mich nicht drücken.

An diesem sonnigen Tag im Februar lag mein Weihnachtsdrama schon Wochen zurück, und je mehr draußen der Schnee schmolz und es überall tropfte, umso weniger wurden meine Tränen.

Der Bookstore hatte sich wirklich alle Mühe gegeben, die Veranstaltung überall anzupreisen. Wo ich auch hinkam, überall hingen Plakate, die auf meine Lesung aufmerksam machten. Ich fragte mich nur, ob sie auch jemand gelesen hatte.

Gerüstet mit zwei meiner Bücher betrat ich den Laden und traute meinen Augen kaum. Er war berstend voll und ich schluckte, als sich alle Augen nach mir umdrehten. Waren die alle wegen mir hier?

»Da ist sie ja«, rief die nette Bedienung, die mich vor etwas über zwei Wochen um diesen Abend gebeten hatte. Freudestrahlend kam sie zu mir und reichte mir die Hand. »Dankeschön, Miss Romero, dass Sie diesen Abend möglich machen!«, freute sie sich und brachte mich zu einem Sessel, den sie extra auf eine kleine Bühne gestellt hatten. Ob ich der zusammengezimmerten Holzkonstruktion trauen konnte? Was blieb mir übrig? Ich setzte mich und man schob einen winzigen Tisch zu mir, auf dem ich meine Bücher ablegen konnte.

»Danke«, sagte ich freundlich zu der etwas rundlichen Dame mit dem rosafarbenen, freundlichen Gesicht. Dann wandte ich mich an das Publikum. »Zuerst einmal vielen Dank, dass Sie alle hier so zahlreich erschienen sind heute Abend. Mein Name ist Aspen White und ich schreibe unter dem Pseudonym Juliet Romero Liebesromane. Ich wäre Ihnen aber dankbar, wenn wir uns auf Aspen einigen könnten«, lächelte ich.

»Sie ist eine von uns!«, schrie eine weibliche Stimme, die ich nicht zuordnen konnte, da sie wohl zu einer Dame gehörte, die weiter hinten stand. Ja, *stand*, denn alle Stühle waren besetzt und die hinteren Leute mussten stehen.

»Ja, das bin ich«, antwortete ich leise und alle applaudierten. Gott, es war viel zu früh, um schon rot zu werden, doch ich leuchtete wie eine Tomate! »Ich habe euch zwei meiner Romane mitgebracht. Liebe – zartbitter und Winter im Herzen. Aus welchem darf ich euch vorlesen?«

»Aus beiden«, rief eine etwas ältere Dame.

»Gerne die heißen Szenen«, ergänzte eine wesentlich jüngere, woraufhin alle lachten.

»Sind alle über achtzehn?«, fragte ich, und wieder lachten sie. »Na schön«, sagte ich, als sich alle wieder beruhigt hatten. »Wie wäre es mit der weihnachtlichen Szene aus Winter im Herzen?« Fragend blickte ich in die Runde.

»Oh ja«, seufzten einige.

»Bei der Szene habe ich mich hoffnungslos in Henry verliebt«, seufzte eine andere und viele stimmten ihr zu.

»Na gut. Dann Weihnachten mit Henry und Josephina.«

Etwas holprig begann ich zu lesen, doch mit jedem weiteren Satz fand ich mich in die Story ein. Ganz still wurde es im Raum und ich freute mich, dass mir alle so aufmerksam lauschten. Hin und wieder erklang ein Seufzen oder jemand flüsterte ein *Wie schön*. So langsam bekam ich Spaß an der Sache.

Ich las ihnen vor von der tragischen Liebesgeschichte zwischen den beiden Protagonisten, die sich über alles liebten, aber es einfach nicht schafften, zusammenzufinden. Von den heimlichen Treffen, mit denen sie gegen alle Konventionen verstießen. Von den Gefühlen, die zu Weihnachten in einer unbändigen Lust gipfelten …

»Nun. Ich glaube, wie es weitergeht, können Sie sich denken«, lachte ich, als ich zu Beginn einer Sexszene stoppte und alle stöhnten.

»Boah, wie gemein«, lachte die junge Frau, die ich aus der Wäscherei kannte.

»Das war so schön!«, lobte eine mir Unbekannte, und alle stimmten zu. Das machte mich ein wenig stolz.

»Wie kommen Sie nur auf so schöne Geschichten?«, fragte eine weitere junge Frau. »Wie viel davon haben Sie selbst erlebt?«

»Ich? Oh mein Gott, gar nichts. Ich wünschte, es wäre so«, lachte ich laut. »Alles erfunden.«

»Kommen Sie!«, drängte eine Mittvierzigerin. »Solche Gefühle kann man doch nicht beschreiben, wenn man sie nicht selbst erlebt hat. Gibt es wirklich keinen Henry in Ihrem Leben?«

Diese Frage stimmte mich traurig. Nein, es gab keinen Henry. Es gab mal einen John, aber für ein Happy End war der nicht vorgesehen.

»Nein, leider nicht«, murmelte ich leise und nachdenklich.

Räuspernd griff ich nach meinem anderen Buch und suchte eine Szene aus, in der der Protagonist, Niles Fletcher Barclay der Dritte, seiner Angebeteten Gloria seine Liebe gestand:

»Ich liebe dich, Gloria«, seufzte er. »Und wie soll ich dir das glauben, Niles?«, fragte sie und schlug ihre Augenlider nieder.

»Weil es nun mal so ist, Gloria!«

Entsetzt blickte ich hoch, als mir jemand den nächsten Satz aus meinem Buch entgegenwarf. Doch nicht nur ich, auch alle anderen Köpfe fuhren herum und betrachteten sich den Mann, der die Worte ausgesprochen hatte. Jemand drängte durch die Menge und murmelnd machten ihm alle Platz. Es war John! Immer näher kam er heran und blieb dann vor mir stehen. Mit regungslosem Gesicht blickte er auf mich herab.

»Du bist dran, Aspen«, sagte er leise, und ich wusste gar nicht, was ich tun sollte. Schließlich las ich weiter.

»Es ist so schnell gesagt, Niles. Zu lieben bedeutet mehr, als eine körperliche Anziehung zu spüren. So viel mehr!«

»Ich weiß. Und meine Gefühle für dich gehen weit darüber hinaus. Ich liebe dich seit dem ersten Tag. Und ich werde dich bis zum letzten aller Tage lieben.«

»Wieso?«

»Weil du das Wertvollste bist, das ich besitze. Du trägst den Schlüssel zu meinem Herzen in deinen Händen. Wenn du ihn wegwirfst, werde ich für alle Zeiten verloren sein. Ich war dumm. Ich habe Fehler gemacht. Aber niemals habe ich dich belogen. Ich liebe dich, Gloria. Wenn ich könnte, würde ich in der Zeit zurückreisen, um alles rückgängig zu machen. Verzeih mir. Bitte. Aber weise mich nicht ab!«

»Ich weiß nicht, ob ich das kann, Niles. Zu tief hast du mich verletzt.«

»Und auch das weiß ich, Aspen.«

Aspen?

»Du … du weichst vom Text ab«, stammelte ich.

»Ja, ich weiß«, antwortete John und kniete sich vor mich hin. »Ich bin es, John. Nicht Niles. Doch genau wie er, habe ich einen großen Fehler gemacht. Ich habe nie erkannt, wer du wirklich bist. Oder was du wirklich brauchst. Dabei hast du mir so viel von dir geschenkt. Vertrauen. Geduld. Liebe. Das alles hast du mir selbstlos entgegengebracht, und ich habe es mit Füßen getreten. Es hat gedauert, bis ich das erkannte, und heute hasse ich mich dafür, dass ich es nicht früher gesehen habe.«

Sein Kopf senkte sich, und um uns herum war es mucksmäuschenstill geworden. Meine Kehle schnürte sich zu, als er mich wieder anblickte.

»Ich habe in den letzten Wochen fast alle deine Bücher gelesen, Aspen. Dabei habe ich dich besser kennengelernt, als ich es mir je zu träumen erhofft hätte. Ich wusste, du würdest diese Szene heute Abend wählen. Und ich behielt recht.« Er blickte mich mit seinen braunen Augen an, die feucht geworden waren. »Ich war so ein Idiot. Was ich dir angetan habe, werde ich nie wiedergutmachen können. Mir ist klar geworden, dass du das alles nur aus Liebe zu mir getan hast.«

»Und?«, brachte ich gerade mal ein einziges Wort hervor.

»Ich entschuldige mich. Und wenn du nur noch ein wenig Liebe für mich empfindest, dann bitte ich dich um eine zweite Chance. Wenn du mich noch willst, dann gehöre ich dir. Das habe ich immer schon getan.«

Eine Träne kullerte über meine Wange, als ich die Traurigkeit erkannte, die mir aus seinen Augen entgegensprang. Was sollte ich jetzt nur tun?

»John, ich ...«

»Verzeihen Sie ihm, Lady!«, schrie jemand.

»Ja, genau! Wenn er schon wie ein Bittsteller vor Ihnen kniet, dann müssen Sie ihm einfach verzeihen!«

John lächelte peinlich berührt über die Zurufe aus der Menge, und ich wischte mir eine Träne weg. Da war er wieder, der Dackelblick.

»Wieso liebst du mich, John?«

»Weil ich ohne dich nur halb bin. Du komplettierst mich. Viel zu lange war ich als einsamer Wolf unterwegs. Griesgrämig. Alles und jeden hassend. Am meisten mein eigenes Leben. Du hast mir gezeigt, dass es anders sein kann. Nur wenn du bei mir bist, empfinde ich so etwas wie Glück. Du machst einen besseren Menschen aus mir, Aspen. Ohne dich werde ich untergehen. Lass es nicht zu. Ich flehe dich an!«

Johns Mundwinkel zuckten verdächtig und ich spürte, wie sehr er damit kämpfte, seine Tränen zurückzuhalten. Er kämpfte einen Kampf, den ich schon lange verloren hatte.

»Ich liebe dich, Aspen. Und ich brauche dich, denn nur du gibst meinem Leben einen Sinn! Du bist die Einzige, die die Mauern einreißen kann, die ich mir über Jahre hinweg aufgebaut habe.«

Schluckend lauschte ich seinen liebevollen Worten, doch ich hatte Angst. Angst, dass es morgen schon wieder ganz anders sein könnte, als er es jetzt meinte. Ich wusste nicht, ob ich noch einmal so viel Stärke aufbringen könnte. Und dass er mich durch und durch zerstören würde.

»Ich habe Angst, John«, wimmerte ich leise vor mich hin, und er ergriff meine Hand.

»Ja, ich weiß. Was ich dir angetan habe, das war gemein von mir. Aber ich war geschockt, und ich habe geglaubt, du hättest mein Vertrauen missbraucht, wegen all dem hier.« Seine Hand zeigte auf die Leute hinter ihm und ich wusste, was er meinte. »Ich wollte nicht zu einem Protagonisten in deinem nächsten Buch werden. Ich wollte nicht zu einer Story werden, denn ich bin echt, Aspen. Ich bin real. Und ich kann dir so viel mehr geben, als die Männer, über die du schreibst.«

Gott im Himmel, das hörte sich alles so traumhaft schön an. Jedes einzelne seiner Worte berührte mein Herz. Dort, wo er meine Hand hielt, brannte meine Haut, denn so sehr hatte ich mich nach seinen Berührungen gesehnt. Er konnte so verdammt stark sein, wenn er wollte. Aber in den Momenten seiner Schwäche, immer dann, wenn er mich wegstieß, starb ein kleines Stück in mir. Dabei wollte ich ihm doch nur helfen! Am liebsten wäre ich davongerannt, aber ich konnte nicht, denn ich liebte diesen Mann so sehr. Mein Widerstand war so gut wie nicht mehr vorhanden.

»Auch mehr als Weston?«, sagte ich, denn ich konnte es nicht lassen, diesen Pfeil auf ihn abzufeuern, nach seinen letzten Worten.

Johns Augenbrauen zogen sich so sehr zusammen, dass sie sich an der Nasenwurzel fast berührten. Dann sprang er auf, hob mich aus dem Sessel in seine Arme, sodass ich laut quiekte, und blickte mich mit ernsten Augen an.

»Ich bin ein Alpha, Aspen, schon vergessen?«, grummelte er, aber ein Lächeln zuckte in seinem Mundwinkel. »Er wird mir nie das Wasser reichen können.«

»Nein, das kann er wohl nicht«, seufzte ich und wartete ab.

»Du bist meine Frau, Aspen. Das warst du von Anfang an. Und wenn ich dich jetzt hier rausschleppen und in meinem Haus ans Bett fesseln muss, bis du mir sagst, dass zu mir gehörst, dann werde ich das tun. Du kannst es aber auch einfacher haben.«

»Und wie?«

»Sag mir einfach, dass du mich liebst!«

»Und wenn mir Option eins besser gefällt?«, fragte ich und versuchte krampfhaft, ein Grinsen zu unterdrücken.

Der Ausdruck in seinem Gesicht war göttlich!

»Wie? Was? Ähm …«

»Oh, jetzt küss sie doch einfach!«, schrie jemand und ich musste lachen.

»Ja, küss mich einfach, du Waldschrat!«, flüsterte ich ihm zu und schon eine Sekunde später spürte ich seine warmen Lippen auf meinen.

Zuerst küsste er mich zärtlich, doch als ich mit meinen Händen seine Wangen umschloss und mit meiner Zunge sanft über seine Lippen streichelte, da begriff er wohl erst, dass ich mich längst an ihn verloren hatte.

»Ich liebe dich, John Gatlin«, murmelte ich an seinem Mund, und nun küsste er mich voller Leidenschaft. Er hielt mich so fest, dass ich fast keine Luft mehr bekam, aber nichts in der Welt hätte mich jetzt von seinen Lippen getrennt.

Jubel brandete um uns herum auf. Manche stießen laute Pfiffe aus und schließlich applaudierten alle. Glücklich lächelnd löste er sich von mir.

»Dann verzeihst du mir? Du kommst zu mir zurück?«, fragte er zweifelnd.

»Ja, John. Ich habe nie etwas anderes gewollt, als an deiner Seite zu sein.«

John lächelte mir zu, hauchte noch einen kurzen Kuss auf meinen Mund und wandte sich dann an mein Publikum.

»Es tut mir leid, Leute, aber die Vorlesung ist für heute beendet«, knurrte er selbstbewusst und alle kicherten. »Ich muss euch dieses bezaubernde Wesen jetzt leider entführen.«

»Das war die beste Vorstellung, die es hier drin jemals gegeben hat«, lachte die Besitzerin des Ladens und applaudierte schon wieder. »Wir würden es gerne wiederholen.«

»Das machen wir. Versprochen!«, lächelte ich glücklich, als John mich durch die Reihen der Menschen trug.

»Ihre Bücher!«, rief uns jemand hinterher.

»Die schenke ich euch. Das nächste Mal werde ich sie noch signieren. Aber jetzt … kann ich gerade nicht«, lachte ich laut, als John sich einmal um die eigene Achse drehte und sich mit mir auf den Armen durch die Tür schob. Vor seinem Truck blieb er kurz stehen und sah mich an. Glücklich bemerkte ich, dass er die Uhr am Handgelenk trug, die ich ihm geschenkt hatte.

»Ich liebe dich, Stadt-Tussie.«

»Und ich liebe dich, Hinterwäldler.«

»Dann sind wir uns ja einig.«

27. Kapitel

Von diesem Abend an lief es gut zwischen John und mir. Mit jedem weiteren Tag, den wir zusammen waren, öffnete er sich mehr und mehr. Und je freier er in seinem Denken wurde, umso leidenschaftlicher wurde unsere Liebe zueinander.

An einem Tag im Mai besuchten wir das Grab von seiner Frau und seiner Tochter gemeinsam. Es war eine große Ehre für mich, dass er mir dies gestattete. Und ich versprach ihnen, auf ihren Mann und Vater gut aufzupassen. John überstand diesen Tag ohne Tränen. Ich nicht! Lange musste er mich tröstend im Arm halten, bis ich mich wieder beruhigt hatte.

Im Juli begleitete er mich nach Los Angeles zum Casting. Knurrend lehnte er jeden jungen Schauspieler ab, von dem er dachte, dass er mir gefallen könnte, und das nicht in schauspielerischer Hinsicht. Darüber konnte ich nur lachend den Kopf schütteln, doch letztendlich fanden wir einen Hauptdarsteller, den wir beide für geeignet hielten.

Mit Weston pflegte er weiterhin eine Beziehung, die jedes Mal in einem verbalen Schwanzvergleich endete. Doch nun nicht mehr auf die todernste Art, sondern mehr freundschaftlich, was mir meine Arbeit deutlich erleichterte.

Wir besuchten die Studios und Drehorte, und John und ich waren mehr als einmal fasziniert davon, wie viel Aufwand so ein Film bedeutete.

Im September zog John zu mir und verkaufte sein Haus. Zu Anfang blieb jeder noch in seinem Reich, aber die Etappen, die er bei mir blieb, wurden immer länger, und irgendwann entschloss er sich, sein früheres Heim aufzugeben.

Doch das war nicht das Einzige, das er aufgab. Nachdem er bei der Ranger-Station nachgefragt hatte, ob er seinen alten Job wiederhaben könnte, und diese ihn freudestrahlend aufnahmen, ließ er alle anderen sausen. Alle, bis auf einen. Meinen Müll – unseren Müll – brachte er immer noch weg.

Zum ersten Mal in meinem Leben war ich richtig glücklich! Noch nicht mal über meine Schwiegermutter konnte ich mich beschweren, denn sie liebte mich über alles und wurde mir eine gute Freundin. Mein Leben war perfekt!

Weihnachten zog ins Land, und John tat alles dafür, mich das Erlebnis vom Jahr davor vergessen zu lassen. So leidenschaftlich, wie er mich in dieser Nacht liebte, blieb mir auch gar nichts anderes übrig. Über Stunden hinweg liebte er mich. Zwischen den eigentlichen Akten verwöhnte er mich mit Küssen und Streicheleinheiten. Immer wieder dämmerten wir hinüber in einen kurzen Schlaf, doch wann immer ich die Augen aufschlug, blickte mich John an und wir setzten unser Liebesspiel fort. In dieser Nacht wurden wir eins …

Dann kam das Frühjahr und nach einem langen, harten Winter atmete ich auf, als im März die Sonne von einem blauen Himmel leuchtete und es überall tropfte und taute.

»Was machst du denn da draußen?«, erklang Johns Stimme hinter mir, als ich auf der Terrasse stand, um sie vom Schnee zu befreien.

»Ich räume den Schnee ein wenig weg.«

»Das kann ich doch machen!«

»Ja, ich weiß. Aber wenn die ersten Sonnenstrahlen vom Himmel lachen, entwickele ich immer einen unbändigen Tatendrang. Ich muss einfach etwas tun, sonst werde ich verrückt. Ich kann das Frühjahr kaum noch erwarten.«

John trat hinter mich und legte seine Arme um mich. Dann zog er mich fest zu sich heran.

»Ja, ich weiß, was du meinst. Man kann es schon beinahe riechen.«

Tief atmete ich ein. »Ja, das stimmt.«

»Darf ich dir wenigstens helfen?«, grummelte er in mein Ohr und küsste sanft meinen Hals.

Auch wenn es schon so viel besser geworden war mit ihm, manchmal brach es noch in ihm durch, wenn ich etwas für uns machen wollte. Doch dieses Mal war ich ihm sogar dankbar für sein Angebot.

»Gerne. Schieben wir alles runter. Ich kann es nicht erwarten, endlich wieder die Blumen rauszustellen.«

»Damit würde ich noch warten. Es ist noch zu kalt.«

»Natürlich warte ich noch. Aber ich will vorbereitet sein.«

Noch einmal küsste er mich und dann nahm er mir die Schaufel ab. »Ich schippe. Du kehrst. Einverstanden?«

»Klar«, lächelte ich, und schnappte mir den Besen.

Gemeinsam befreiten wir die Terrasse von Eis und Schnee, und ich hatte ganz rote Wangen vor Anstrengung.

»Hey, Aspen!«, flüsterte er plötzlich, und ich blickte fragend zu ihm hinüber.

»Was ist?«

»Das glaubst du nicht. Sieh mal dort!«

John deutete mit dem Arm in Richtung Wald, doch ich konnte nichts sehen. Langsam ging ich zu ihm hinüber und hakte mich an seinem Arm unter.

»Was ist denn?«

»Warte. Siehst du das nicht? Da drüben unter der großen Tanne.«

Wieder folgte ich mit meinem Blick seinem Arm und dieses Mal machte ich große Augen.

»Ist das …?«

»Ja. Er ist es. Und er ist nicht allein!«

Ich krallte mich an John fest und spürte, wie mir mit aller Macht die Tränen in die Augen schossen.

»Devil!«, konnte ich nur noch keuchen und John drückte mich fest an sich.

Zwei wachsame Augen beäugten uns und nur ganz langsam schob sich ein mir nur allzu bekanntes Gesicht unter dem großen, schneebedeckten Ast hervor. Schnee fiel herab und traf Devil genau auf den Kopf, sodass er sich kurz schüttelte. Dann trat er ganz aus dem Schutz des Baumes heraus. Groß und stolz stand er da, und ich wusste nicht, was ich tun sollte.

»Was soll ich denn jetzt machen, John?«, fragte ich ängstlich.

»Gar nichts. Der nächste Schritt ist seine Entscheidung, Aspen. Seine, ganz alleine.«

»Okay.«

Ich zitterte, aber nicht vor Kälte. Weit über ein Jahr war es her, dass er mich verließ, und ich hatte keine Ahnung, wie er reagieren würde.

Die Äste hinter Devil bewegten sich und immer wieder fiel Schnee herab, aber ich konnte nicht sehen, was der Auslöser war.

Plötzlich setzte sich Devil in Bewegung und kam mit gesenktem Haupt ein paar Schritte auf uns zu. Dann blieb er wieder stehen, blickte zurück und dann wieder zu uns.

»Hallo, mein Freund«, sagte John in ruhigem Ton neben mir. »Kennst du uns noch?«

Devil antwortete mit einem kurzen Wedeln, als er seine Stimme hörte, und ich schluchzte leise. Wieder machte er zwei Schritte auf uns zu. Nur noch etwa drei Meter stand er jetzt von uns weg .

»Hallo, mein Schatz«, heulte ich, und die Tränen liefen in Bächen über meine Wange. »Kommst du mich besuchen? Ich bin so glücklich, dass es dir gutgeht!«

Devil drehte sich von uns weg, und ich wollte schon panisch werden, weil ich Angst hatte, er würde sofort wieder verschwinden. Doch er blieb an Ort und Stelle und stieß ein Jaulen aus.

»Was hat er, John? Ist er verletzt? Geht es ihm nicht gut?«

John stellte die Schaufel gegen das Geländer, hob mit einer Hand mein Kinn hoch und mit leuchtenden Augen sah er mich an.

»Ich glaube, es geht ihm sogar ausgezeichnet, Aspen«, lächelte er. »Wie es aussieht, hast du einen ganzen Kerl aus ihm gemacht. Einen Alpha.«

»Einen Alpha?«

»Ja. Schau mal zu dem Baum.«

Fragend blickte ich an Devil vorbei und schlug meine Hände vors Gesicht. »Oh mein Gott, sind das ...«, keuchte ich.

Unbeholfen tapsten drei kleine Fellknäuel durch den Schnee, eins süßer als das andere! Ich hätte vor Freude schreien können, als sie den Fußspuren Devils folgten und ihn wimmernd und hüpfend begrüßten. Devil leckte jedem mit seiner Zunge über den Kopf und aufgekratzt sprangen sie um ihn herum. Ich war versucht, zu ihnen hinüberzulaufen, doch John ahnte es wohl und hielt mich fest.

»Nicht! Sie sind nicht alleine!«

Sein Kinn schob sich nach vorne und jetzt sah ich, was er meinte. Ein weiterer Wolf tauchte unter dem Baum auf, der nervös die Zähne fletschte.

»Sein Weibchen«, klärte mich John auf und ich nickte.

Knurrend kam sie auf Devil und ihre Jungen zu, doch mein Wolf watschte sie mit lautem Geheul ab. Sofort blieb sie stehen.

»Sei ganz still, Aspen. Devil regelt das.«

Und das tat er. Mit einem Nasenstüber schubste er Wolfsjunges Nummer eins an, das daraufhin zu seiner Mutter lief. Die anderen folgten ihrem Geschwisterchen sofort. Alle knurrten und jaulten jetzt durcheinander und ich fragte mich, was sie einander gerade erzählten. Dann sammelte das Weibchen ihre Jungen um sich und Devil drehte sich wieder zu uns um. Und mit einem Mal schoss er vor und rannte auf uns zu. John hielt wieder die Schaufel in der Hand, doch kurz vor uns bremste Devil ab und kam mit langsamen Schritten und wedelndem Schwanz zu mir. Vorsichtig streckte ich meine Hand aus.

»Hey, Süßer«, flüsterte ich, und als er mir über die Hand leckte, musste ich so sehr heulen, dass ich fast keine Luft mehr bekam. Auch John wurde begrüßt, und er tätschelte ihm fest die Seite.

»Ja, das hast du gut gemacht, mein Großer«, lobte er ihn. »Wir sind beide stolz auf dich.«

»Du hast eine wunderbare Familie«, presste ich hervor, denn mir versagte immer noch die Stimme.

Ein paar Meter weiter erklang ein Heulen. Seinem Weibchen war wohl nicht ganz wohl bei der Sache, und sie drängte zurück in den Wald. Devil sah uns mit großen Augen an.

»Geh schon«, sagte ich und streichelte ihm noch einmal über den Kopf. »Deine Familie wartet auf dich. Ich danke dir, dass du sie uns gezeigt hast. Aber jetzt lauf.«

Devil leckte mir wieder kurz über die Hand. Dann drehte er sich um und rannte hinüber zum Wald, wo sie auf ihn warteten. Seine Jungen und das Weibchen waren schon verschwunden, da warf er noch einen letzten Blick zurück, bevor auch er sich davonmachte. Es sollte das letzte Mal gewesen sein, dass ich ihn sah ...

Hemmungslos weinte ich an Johns Brust und konnte mich fast nicht beruhigen. Dieses Erlebnis hatte mich so sehr aufgewühlt, dass ich es fast nicht ertragen konnte.

»Hey, alles ist gut«, wollte mich John trösten, aber ich war überhaupt nicht traurig. Im Gegenteil. Ich weinte vor Glück.

»Ich weiß. Ich bin so glücklich, John, weil ich weiß, dass es ihm gutgeht. Und weil ich weiß, dass er nicht alleine da draußen ist.«

Liebevoll sah er mich an. »Ja, das hat er toll gemacht. Und er ist jetzt dort, wo er hingehört. Genau wie ich.«

Dankbar lehnte ich mich an meinen Freund an und er zog mich in seine Arme, um mich zu küssen. Es war ein langer, intensiver Kuss, voller Wärme und Liebe und ich wusste, er freute sich mindestens genauso sehr über Devils Glück wie ich.

Immer noch gefangen in dem Moment und mit einem übersprudelndem Herzen, fasste ich einen Entschluss, denn ich dachte, ein passenderer Augenblick als dieser würde nicht wiederkommen.

»John?«

»Hmm?«

»Was würdest du von einer eigenen kleinen Familie halten?«

»Was meinst du?«, fragte er ruhig, als ob er mir gar nicht richtig zugehört hätte. Er war wohl in Gedanken immer noch bei Devil.

»Ich muss dir was sagen.«

»Was denn?«

»John, ich ...«, stockte ich, als er mich mit seinen braunen Augen musterte. »Ich bin schwanger!«

Jetzt war es raus!

»Du bist schwanger?«, fragte er ungläubig.

»Ja. Es tut mir leid. Ich weiß gar nicht, wie es passieren konnte. Laut meinem Arzt muss es wohl an Heiligabend geschehen sein. Denke ich. Aber sicher bin ich mir nicht. Obwohl … doch. Es kann nur da passiert sein. War wohl ein Weihnachtswunder. Ich kann es selbst kaum glauben! Vielleicht war es auch, weil ...«

»Aspen!«

»Ja?«

»Atmen!«

»Ich atme ja, verdammt!«, kreischte ich, denn von jetzt auf gleich überfiel mich eine irrationale Angst.

»Du schenkst mir ein Kind?«, fragte hingegen John ganz ruhig.

»Ja. Sieht wohl so aus. Ob es ein Junge oder ein Mädchen wird, weiß ich allerdings noch nicht. Aber ein Kind wird es definitiv!«

John blickte mich mit einem Gesichtsausdruck an, den ich nicht einordnen konnte. Verflucht, ich konnte doch wirklich nichts dafür! Es war ein Unfall! So lange schon lief ich mit diesem Wissen in mir herum und traute mich nicht, es ihm zu sagen. Meine Angst, er könnte denken, dass ich ihn reingelegt hätte, war übermächtig in mir. Genauso, wie die Liebe, die ich für das heranwachsende Leben in mir empfand! Ich wollte dieses Kind! Mehr als alles andere auf der Welt. John sah mich noch immer teilnahmslos an, und ich befürchtete das Schlimmste. Dann bewegten sich seine Lippen, und ich konnte nicht glauben, was er da sagte.

»Du wirst dieses Kind nicht bekommen, Aspen!«

Ein Messer bohrte sich in mein Herz, und ich erstickte langsam an seinen Worten. Doch so wollte ich diese Aussage nicht stehen lassen!

»Doch, das werde ich, John!«, sagte ich resolut. »Ob mit deiner Hilfe oder ohne dich. Und wenn du nicht fähig bist, dieses Kind, das in mir heranwächst, genauso zu lieben, wie ich es liebe, dann pack deine Sachen und geh. Jetzt!«

»Du wirst dieses Kind nicht bekommen!«, wiederholte er und mir liefen glühende Tränen über meine Wangen. »Nicht, bevor du meine Frau geworden bist, hast du verstanden?«

Ungläubig blickte ich ihn an. Ich wollte etwas sagen, doch ein Schluchzen war bereits auf dem Weg nach draußen. Umgehend verschlug es mir die Stimme und ich bekam einen Hustenanfall. John war sofort bei mir, als ich mich krümmte und mir die Seele aus dem Leib hustete.

»Aspen, alles in Ordnung? Geht es dir gut? Sag doch was!«

»Ich … ich ...« Lautstark zog ich die Luft in meine Lungen und richtete mich auf. Leider bekam ich nur ein Nicken zustande.

John legte mir seine Hand auf den Bauch und lächelte mich an. Dieser verblödete Hinterwäldler! Wie konnte er mich nur so schocken?

»Dieses Kind wird nicht ohne Vater aufwachsen, klar?«

Wieder nickte ich.

John kniete sich vor mich und drückte sein Ohr an meinen Bauch. »Hey, du da drinnen. Ich bin es, dein Daddy. Wahrscheinlich bist du noch viel zu klein, aber ich brauche vielleicht deine Hilfe.«

Liebevoll, aber abwartend, blickte ich auf ihn hinab, als er weiterredete.

»Weißt du, ich würde gerne deine Mami heiraten, aber ich habe Angst, dass sie nein sagen könnte. Sie ist ein Sturkopf, durch und durch. Wenn ich sie jetzt frage, ob sie meine Frau werden will und sie nein sagen sollte, würdest du ihr bitte einen Tritt verpassen? Ja? Okay. Dann versuch ich es.« John blickte zu mir auf und jetzt, da meine Tränen versiegt waren, standen sie in seinen Augen. Als ob jemand eine Leitung umgeklemmt hätte. »Ich liebe dich, Aspen. Und schon jetzt liebe ich unser Kind. Ich weiß, ich werde vermutlich ab sofort zu einem unerträglichen Wachhund mutieren, der nicht mehr von eurer Seite weicht. Und eher werde ich sterben, als dass euch irgendjemand etwas antun dürfte. Aber wenn du damit leben kannst, dass ich euch über alles liebe und alles tun werde, um euch zu beschützen, dann bitte ich dich, werde meine Frau. Auch wenn ich gerade den Preis für das Weichei des Jahrhunderts gewonnen habe!«

Er hatte mir tatsächlich gerade einen Antrag gemacht und ich konnte es nicht glauben.

»Aspen White? Willst du mich heiraten?«

Ich musste nicht lange überlegen. »Ja, John, das will ich. Mehr als alles andere auf der Welt.«

John sprang auf, nahm mich in seine Arme und küsste mich voller Liebe.

»Ich bin so glücklich, ich könnte die ganze Welt umarmen«, nuschelte er an meinem Mund und ich glaubte ihm jedes Wort, erging es mir doch nicht anders. »Es wird bestimmt ein John junior. Da bin ich mir sicher.«

»Nein, es wird definitiv eine Hope werden.«

»John junior!«

»Hope!«

»John!«

»Hope!«

»Du wirst meinen Jungen nicht Hope nennen, Aspen!«

»Und du mein Mädchen nicht John!«

Wieso stritten wir gerade?

Dann lächelte John und streichelte über meine Wange. »Wie wäre es mit einer Alternative?«

»Was meinst du?«

»Ein Name, der für beide Geschlechter passt.«

»Und was hast du dir vorgestellt?«

»Weißt du noch, was ich dir über Devil gesagt habe? Was für ein Wolf er ist?«

»Ja«, nickte ich. »Ein Mackenzie-Wolf.« Da begriff ich! »Mackenzie! Natürlich! Oh John, das ist ein wunderbarer Name für ein Mädchen!«

»Junge.«

»Mädchen!«

»Junge!«

»Mädchen!«

John lachte laut. »Na schön, Aspen. Es ist egal, was es wird. Der Name wird passen, und es wird definitiv ein Alpha! Egal ob Junge oder Mädchen.«

»Ja«, küsste ich ihn. »Das wird es! Ein zuckersüßes, kleines Alpha-Mädchen!«

»Junge!«

»Mädchen!«

»Junge!«

...

ENDE

Danksagungen

Mein erster Dank geht immer an meine Leserinnen und Leser, so auch dieses Mal. Dankeschön, dass ihr mein Buch gekauft und gelesen habt. Ich hoffe, ihr hattet viel Spaß damit.

Ein herzlicher Dank geht an Sandra Paczulla, meine Lektorin, die mit viel Hingabe mein Manuskript bearbeitet hat.

Einen dicken Kuss schicke ich an meine Vorableser. Ohne euer Feedback würde ich mich gar nicht trauen, etwas zu veröffentlichen. Danke, dass ihr euch immer die Mühe macht.

Ein herzliches Dankeschön geht auch an Rafael, meinen Cover-Designer. Du weißt, ich will dich nie verlieren!

Wen ich auf keinen Fall vergessen darf sind die Buchblogger und Seitenbetreiber, die mich stets liebevoll unterstützen. Ich weiß, es gibt so viele Neuerscheinungen jeden Tag, und dass ihr euch immer wieder für meine Bücher ein wenig Zeit nehmt, dafür kann ich euch nicht genug danken. Es ist mir eine Ehre, mit euch zusammenarbeiten zu dürfen.

Ebenfalls bedanken möchte ich mich bei Wander Aguiar, meinem Fotografen, und bei Jonny James, meinem Covermodel. Es war toll, mit euch zu arbeiten und ich freue mich, dass so ein tolles Cover entstanden ist.

Ein herzliches Dankeschön möchte ich auch noch an meine lieben Kollegen und Kolleginnen richten, die mir auch immer unterstützend zur Seite stehen. Ich weiß, das ist nicht selbstverständlich, und dafür umarme ich euch. Es ist schön, dass es doch noch ein Miteinander gibt.

Zum Schluss möchte ich noch dem Tumbleweed Bookstore ganz herzlich dafür danken, dass ich seinen Namen benutzen durfte. Dankeschön auch für die Bilder und eure Speisekarte. Ich liebe euren zauberhaften Laden ebenso, wie ich Gardiner in mein Herz geschlossen habe.

Quellenangaben

Incubus, Love Hurts

Album: Light Grenades, Released 2006, Alternative Metal, Label: EPIC, Writers: Brandon Boyd, Mike Einziger, Ben Kenney, Chris Kilmore, José Pasillas, Producer: Brendon O'Brien

Prinzessin Leia, Han Solo, Wookie, Luke Skywalker

Entnommen aus Star Wars, created by George Lucas.

Mark Hamill

Amerikanischer Schauspieler. Geboren 1951 in Oakland, Kalifornien, USA

Aerosmith

Amerikanische Rockband, gegründet 1970 in Boston, Massachusettes.

Stella McCartney

Englische Modedesignerin. Geboren 1971 in Lambeth, London, United Kingdom.

Von Mäusen und Menschen

Autor John Steinbeck, geschrieben 1937. Neuübersetzung 2002, Mirjam Pressler, veröffentlicht beim Deutschen Taschenbuch Verlag DTV.

Von Sally Thomas bereits erschienen:

Catch my Dreams

Molly Adams ist müde vom Leben. Mit dem Gefühl im Herzen, ihre Träume verloren zu haben, schleppt sie sich nur noch von einem Tag zum anderen. Enttäuscht von den Menschen und gefangen in einer unglücklichen Ehe, kämpft sie mit ihrer inneren Leere und den Stolpersteinen, die das Schicksal ihr immer wieder in den Weg legt. Doch es gibt ein Licht in ihrem Leben. Dorian ist Mollys große Liebe, aber ihr Pflichtgefühl gegenüber ihrem Mann, und ihre Angst davor, neue Wege zu gehen, halten sie davon ab, ihrer Sehnsucht nachzugeben, und endlich ihrem Herzen zu folgen. Sie wehrt sich gegen ihre wahren Gefühle, doch dann überschlagen sich die Ereignisse, und Molly findet sich plötzlich auf dem schweren Pfad der Selbstfindung wieder.

Catch my Dreams
Es gibt nur eine wahre Liebe!

Thunder and Lightning – Im Auge des Sturms

„Wollte ich wirklich zurückkehren in diesen verdammten Ort? Zurück zu den Menschen, die mir mein Leben zur Hölle gemacht hatten? Sieben lange Jahre war ich nicht mehr dort gewesen ..."

An dem Tag, als Quinn West zurückkehrt nach Cougar Lake, ist er von Rache getrieben und voller Wut gegenüber denen, die ihn für eine Tat verantwortlich gemacht haben, die er nicht begangen hat. Er will die wahren Schuldigen finden, doch das ist gar nicht so leicht, denn auf ihn wartet sein ehemals bester Freund Jack, der ihm wegen genau dieser Tat ans Leder will. Alle Welt scheint gegen Quinn zu sein, doch dann bekommt er plötzlich Hilfe von jemandem, mit dessen Unterstützung er nicht gerechnet hat: Jacks Schwester Jezebel! Weiterer Ärger ist vorprogrammiert ...

Printed in Poland
by Amazon Fulfillment
Poland Sp. z o.o., Wrocław

53294320R00197